意林 轻小说

意林轻文库 轻舞飞扬系列 003

迷迭香在青春里绽放

《意林·轻小说》编辑部 编

吉林摄影出版社
·长春·

意林轻小说 出品

图书在版编目（CIP）数据

迷迭香在青春里绽放 / 《意林·轻小说》编辑部编. -- 长春：吉林摄影出版社，2015.9

（意林轻文库. 轻舞飞扬系列；3）

ISBN 978-7-5498-2389-5

Ⅰ. ①迷… Ⅱ. ①意… Ⅲ. ①长篇小说－中国－当代 Ⅳ. ①I247.5

中国版本图书馆CIP数据核字(2015)第191849号

迷迭香在青春里绽放

Midiexiang Zai Qingchun li Zhanfang

出版人	孙洪军
总策划	安 雅 张 星
责任编辑	朱薏楠
图书统筹	非 非 凉小葵 大 野 朱 颜 米 修 流 木
特约编辑	杨 宁 主 睿
封面绘图	雯 雯
书籍装帧	胡静梅
美术编辑	张云丽
作家经纪部	卢晓凤
开本	700mm×1000mm 1/16
字数	350千字
印张	13
版次	2015年9月第1版
印次	2016年4月第2次印刷

出版	吉林摄影出版社
发行	吉林摄影出版社
地址	长春市泰来街1825号 邮编：130062
电话	总编办：0431-86012616 发行科：0431-86012602
网址	www.jlsycbs.net
经销	全国各地新华书店
印刷	北京中科印刷有限公司

书号 ISBN 978-7-5498-2389-5 **定价：**19.80元

目 录
CONTENTS

爱比光阴长
Written by | 苏墨白
Painting by | 君-零天下

vol.1 爱比光阴长

"陆晨曦，把遥控器拿来。"

"陆晨曦，把地擦一擦。"

"陆晨曦，躲一躲，挡到电视了。"

好不容易干完所有的活儿，饿了半天的我煮饺子充饥，才吃了一个，阴魂不散的声音就在身后响起："陆晨曦，饺子好吃吗？"

坐在餐桌前的我，听沈一恒这么说，下意识把饺子护在怀里，某人也不生气，又问："好吃吗？"

沈一恒笑起来很好看，白净的脸上，眸子发亮，红唇微微翘起，大长腿伸得比沙发还长，被他看得发毛，我点了点头。

他拿着镜子走过来，举到我面前毒舌道："还吃呢，你瞧，你都胖成什么样儿了。"

一句话说得我一点儿脾气都没有，认命地上交饺子后，灰溜溜地跑进卧室。

是的，我挺胖的，反正沈一恒自恋用的小镜子已经装不下我的脸，可这不是我能决定的，要是能瘦，谁愿意当个在学校总被笑话的胖子。

我躲在卧室，一下午没出来。大概也觉得自己的话有点儿过分，他跑来敲我房门。

"陆晨曦。"

本来心情就不好，好不容易想吃点东西又被他刺激，刺激就刺激吧，我躲起来，都不放过我。

我假装没听见，门外的沈一恒却不依不饶："给你十分钟换衣服，跟我出去吃饭。"

吃饭，我吃饺子你不让我吃，现在不怕我胖了？

掀开被子，我在昏暗的屋子里大叫："不吃！"从认识到现在，沈一恒一直都把我治得死死的，他知道说什么能让我放下视为性命的吃的，知道说什么能让发脾气的我瞬间变成温顺的小猫，所以门外的他说："季航也一起，你确定你不去？"

我瞬间从床上跳起来，打开门，瞪着大眼睛问他："你说谁？"

"季航，我们约二十分钟后餐厅见。"说着他煞有介事地看了一眼手表，然后缺德地倒计时："现在还有十九分钟。"

"沈一恒，你等我，我也要去，我现在先干吗，换衣服，不对，先洗脸刷牙……"

"十分钟。"

"沈一恒！"

在沈一恒的倒计时中，我终于换好衣服站在他跟前，俗话说得好：人靠衣装马靠鞍，换下休闲装，穿上裙子的我，不说窈窕，也有几分淑女的味道。

打量我一眼，历来吹毛求疵的沈某人没毒舌，抬手理了理我的衣领道："还不错，要是再瘦二十斤，穿上就完美了。"又摇摇头，"不对，你再少三十斤才是正常体重。"

我简直欲哭无泪。

vol.2 爱比光阴长

我们到饭店时，季航还没来。沈一恒被老板叫去聊天儿，我一个人留在包房发呆。

第一次见季航是一年前在城东的一个小区门口。

那是我父母去世后，沈一恒回国陪我的第三个年头儿。我一个人放学回家才发现没带钥匙，沈一恒之前说有朋友的生日宴要参加，要晚些回来。我不能傻兮兮地等到他回来，打电话问他在哪儿，自己找了过去。

本来想拿了钥匙就走，可高档小区的保安却死活不让我进，说没有雇主的电话不能确定我身份，一句话说得我一点儿脾气没有，更气人的是沈一恒的电话一直无法接通。反正回去也是等，倒不如在这里等，没准儿保安看我可怜，就高抬贵手。

忽然感觉有人走到我跟前，我激动地抬起头，冬天的晚上，安静的小区门口，昏黄的路灯下，站在我面前的是个高瘦的男孩，身穿米白色的羽绒服，显得他精致漂亮。

没等我说话，男孩就问我："一个人在这儿做什么，冷不冷？"

微微一呆，我道："等人。"

"有亲戚在这里，还是……"

没和沈一恒住在一个屋檐下之前，我对人根本没戒心，是他对我进行洗脑式的防范教育，不能给陌生人开门，不能和陌生人随便搭讪，有朋友借钱一定要电话确认，不能盲目打款，诸如此类。所以那晚，即便男孩长得特帅，我还是道："你管呢。"

这回换男孩一愣，他没发脾气，反而抬起手掸落了我头上顶着的一片落叶："天多冷，如果你想进去，我可以带你。"

"真的？"

他点了点头，露出一口洁白的牙冲我笑。

跟着男孩进去，我才知道小区每家每户都是独立的门，一直跟着我的男孩看我没头苍蝇一样乱撞，好心问我："你去多少号，我带你过去。"

反正已经麻烦他一次，再麻烦一次应该也没什么，报上沈一恒给的地址，男孩一愣道："你确定？"

后来我才知道，那男孩叫季航，更巧的是，他跟沈一恒认识。

那天，他们给共同的朋友过生日。

沈一恒一看见我就冲过来问："你怎么来了？"

"我没带钥匙。"

"陆晨曦，你说你让我说你什么好。"

话说完，不管寿星还没切蛋糕，也不跟带我来的季航打招呼，沈一恒拿上外套，把围巾给冻红脸的我围上，拉着我就走了。

回去的路上，沈一恒才说起季航，是他在美国读书时的同学，就像很多骄傲的精英一样，最初相识的俩人也是互相看不顺眼，暗中较劲，谁都不服输，可越玩，两个人越"臭味相投"。

"想什么呢？"

脑袋突然被拍，陷在记忆中的我回过神，眼前出现的就是沈一恒毫无瑕疵的脸，毫不夸张地说，沈一恒真的很帅，比起那些小鲜肉们毫不逊色，按某人自己的话就是，帅得内外兼修。

捂着脑袋，我冲他吼："说多少遍了，别打我脑袋。"

挑起唇角一笑，他道："打不打都一样。"

"不一样！都让你打傻了。"

就在我们斗嘴互不相让的时候，季航来了。因为上次季航带我去找沈一恒，我很感谢他，回家之后一直和沈某人说他有多好。

沈一恒被我烦得不行，以谢他帮我的名义请了季航吃饭，那之后季航回请，不想欠人情的沈一恒再请回去。一切就这么良性循环下来。

坐到我对面，季航温柔地叫我：“晨曦。”

“季航哥。”

翻着菜单的沈一恒甩我一句：“论演员的自我修养。”

vol.3 爱比光阴长

那晚，像以前来蹭饭一样，季航和沈一恒聊正事儿，我花痴一样地托着下巴看他，见我发呆，沈一恒道：“口水掉菜上了。”

“啊。”

下意识去擦，根本就没有。我抬头白了沈一恒一眼，他当看不见，把盘子里剥好的蟹肉给我：“蟹肉热量低，但是偏寒，你只能吃这一只。”

要是季航不在，我早叫他别啰唆了，可有男神在，我一定要当个有教养的淑女，微微一笑，我礼貌地道：“谢谢。”

抬头看我一眼，沈一恒道：“恢复你本性吧，这屋的人都见过您真身，不用再装了。”

“我哪儿装了，我就这样。”

“不知道的还以为你中邪了。”

不等我发脾气，季航就道：“沈一恒，没你这样说一个姑娘的，说话得说到刀刃上，是吧，晨曦。”

又跟我逗了几句，俩人就回归正题——季航是来B大交流的，因为之前在美国念书的时候，他打工的研究所在北京有工程，因为建筑的特殊性，采光成了问题，他一直在问沈一恒要怎么解决才最完美。

沈一恒拿了纸笔，画了几种方案。他工作起来特别认真，拿着铅笔的手，指白如玉，让人觉得帅气又有魅力。

晚饭结束得很晚，跟着季航出门等去开车的沈一恒时，很少主动跟我说话的季航道：“什么时候高考？”

“六月，你怎么知道我要高考了？”

微微一笑，季航道：“你应该问，还有谁不知道，从你念高三，沈一恒就彻底告别了夜生活，不得不参加的聚会也一定在九点前回家，如果不知道他在纽约念书时的样子，我还真以为他家教多严。”

严，他对我才是真严好不好。从我上了高三，人生简直就是坠入了地狱！每天早起背单词，晚上十二点之后才准睡，不仅把我的时间表规划得严苛变态，他自己也遵守，美其名曰要以身作则。问他这么逼我干吗，年年拿奖学金的沈某人道：“我培养你这么久，你考不上大学，你觉得对得起我吗？”

一句话，让我彻底完败。

没说话，季航又道：“想没想过出国念大学？比如纽约，我在那边有熟人，可以帮你问问看，国外的教育都是开放式的，念书也不会很累。”

“中国的大学考不考得上都两说，何况是去留学，光雅思我就过不了。”

“不试试怎么知道不行。”

是呀，不试试怎么知道。那晚回家，沈一恒一边监督我跳绳，一边看设计稿，不知是被季航说出国的话蛊惑，还是高三压力太大，我气喘吁吁地问他：“沈一恒，在国外念书好，还是国内好？”

沈一恒十岁跟父母移民，十八岁才回国念大学，中西教育他绝对有资格评说。

沈一恒头都没抬，铅笔行云流水一般在设计稿上游走：“没可比性，国外注重外在，国内更注重内涵，问这个干吗？”

“沈一恒，你说，我能去留学吗？”

他不再认真地看设计稿，抬头看我，那表情，不用想也知道会说什么煞风景的话。

所以他没开口，我就道：“算了，当我没说过。”

其实陆晨曦不是个聪明的女孩子，如果她聪明一点儿，就能从沈一恒那晚看她的眼神中看出丝丝不同，没有玩笑，也没有嘲讽，反而带了那么一丝丝的认真。

vol.4
爱比光阴长

和季航见过不久后，我放寒假，放假前学校照旧要开家长动员会。因为没家长，沈一恒回来之后给我开家长会的都是他。每次都是高高兴兴地去，然后一脸阴霾从学校出来，然后在回家的路上没完没了地碎碎念。

“你脑子里住着鬼吗？没有？没有考成这样？什么样？数学一百五你考多少？”

窗外是这个城市的冬天，大雪把一切雕琢成白色，其实雪是一种很奇怪的存在，明明那么小，那么脆弱，一点点的温暖就会融化，可堆积起来却强得像山石一样坚硬，犹如承受了太多挫折，一步步成长起来的我们。

“我语文不是考了一百三呢吗？”

“数学五十九你怎么不说？”

“这次发挥不正常。”

“陆晨曦，你说，你哪次发挥得正常？上次说头疼，我忍了，上上次说题太难，我忍了，可现在还有四个月就要高考，你还有什么理由？”

“考不上大学也没什么，那么多人都考不上呢，我考不上就去做生意。”

看都不看我，沈一恒道：“做什么生意，开肉铺，你这样的论斤卖，比按人卖划算。”

地下停车场，我追着一直笑话我的沈一恒往楼上跑，我道：“你才按斤卖，你们全家都按斤卖。”

追到三楼，他打开门，那天我们住了小四年的家门口不再空荡荡，而是站了两个人，听到开门声音的他们回过头。

看到我们，拿着行李的中年女人大叫：“Surprise（惊喜）！”

回过神儿的沈一恒叫他们：“爸，妈，你们怎么来了？”

那天直至把沈家父母接进屋，我都是惊呆的，沈一恒也是一副事先毫不知情的样子。

收拾好行李，沈父说有事儿要和沈一恒谈，沈母则带我去厨房做饭。

扒着手里的葱，沈母道：“晨曦，三年没见你了，瘦了，也漂亮了，成大姑娘了。”

“嗯。”

“和一恒住得还习惯吗？有什么不习惯，需要的就跟舅舅、舅妈说，知不知道？你爸妈不在，舅舅、舅妈就是你家人。”

是的，我和沈一恒不是再婚家庭的孩子，也不是亲兄妹，而是有着亲缘关系的表兄妹。

可在四年前，他回B城念书一定要住在我这里之前，我对这表哥唯一的印象就是家族聚会的时候，他精致漂亮，却冷冰冰的脸。

我至今都记得舅舅说他要来的时候我的惊讶。第一直觉就是跟这个人绝对相处不了，可大人们已经决定的事情，我也没办法拒绝。

再见是我去机场接他，等了好久都没见人，正要去找地勤广播寻人，一直站在距我不远地方的男孩才走过来，高我一头，瘦我一大半，帅得就连空姐过去都会多看一眼的男孩叫我："陆晨曦？"

"沈一恒？"

四年前的夏末，B城落雨的下午，父母离开后，我独居的家里多了一个男孩。不同于别的男孩子在外光鲜，在家邋遢，沈一恒完全就是整理狂，来的隔天就把我住成狗窝的家打扫得干干净净，那之后还制定了严格的值日表，自己不吃的也绝不让我吃，相处一个月，相互熟悉后，他更以我"太胖，和他出去有碍观瞻"为理由开始逼迫我减肥。起初我也反抗过，也想跟舅舅说把他弄回去，可时间久了，竟然慢慢习惯了他的存在，习惯不管什么时候起来，桌上都有热乎乎的早点；习惯我发烧的晚上，他一陪就是一整夜；习惯有喜欢他的女孩子往家里打电话，他求我装他女朋友把人家打发走；习惯他惹我生气后，再谄媚地叫我妹妹求饶。

有时候舍不得一个人不可怕，可怕的是，他的存在已经成了你的习惯。

vol.5 爱比光阴长

我不知道沈一恒闷骚的性格随了谁，和舅舅、舅妈完全不同。舅舅性格开朗，会装成猫王在家里唱歌，舅妈会不顾沈一恒让我假期也要学习八小时的圣旨，拉我一起追韩剧，我有两道金牌护着，沈一恒只能干生气。

大年三十的晚上，一家四口正其乐融融，门铃声响起，跟沈一恒去开门的时候，门外站的是季航。

见他不请自来，沈一恒道："你来干吗？"

"我们全家都在纽约，我在北京又没亲戚，你也不想这种阖家团圆的日子，我一个人过，这么惨吧……"

"与我何干，该干吗干吗去。恕不远送。"

"沈一恒。"

最看不了他那可怜巴巴的样子，我道："沈一恒，反正多一双筷子而已，一起吧。"

季航激动道："还是晨曦好，你们吃什么？包不包饺子？教教我，我到现在都不知道包饺子和包包子有什么不同。"

进了门，才见沈家父母在，之前在美国见过他们的季航笑眯眯地叫伯父，说自己家里没人，和我们一起过年舅舅介不介意，舅舅道："介意什么，多一个人还热闹。"

是呀，要不是我们强烈反对，昨天去逛街，舅舅还要把一个流浪汉带回家过年呢，就因为觉得这种日子不能让人家一个人在街上，简直罕见。

那年，有季航和沈一恒，有舅舅、舅妈，我过得特别开心。虽然年夜饭沈一恒照旧扣了我的口粮，这些年沈一恒对我减肥的态度一直很坚定，我不知道为什么他这么在乎我的体重。知道真相，知道为什么季航出现、舅舅和舅妈会回来，也是那晚……

年夜饭后，三个年轻人不想看春晚就跑到楼下放烟花，烟火在天空绽开，留下一抹绚丽后转瞬即逝，有些像是命运中出现的小惊喜。

因为声音大，我不敢过去，所以都是季航和沈一恒放，偶尔我能听到他们说话，季航说："晨曦还不知道？"

"知道什么？"

"你不去普林斯顿了？"

普林斯顿，四个字让我微微一愣，舅舅回来之后，一次去书房叫他们吃饭，就听舅舅也说了这个名字，只是不同于今晚沈一恒的沉默。那个下午，他和舅舅说："决定了。"

"一恒，有时候人该自私一点儿，四年前放弃也就算了，这次你也想去不是吗？"

"想是想，可权衡了一下，觉得还是留下合适。"

"留下，留多久？"

"起码等她毕业。"

"晨曦毕业，那你呢？"

是呀，他自己呢。四年前明明可以念更好的大学，却回了北京，虽然从没表示过他为什么回来，可我感觉得到，他是为了我。但是之前，作为表兄妹，我们都没见过几次，他为我做这样的牺牲干吗？

晚风吹动耳边的长发，绚丽的烟花把黑夜点亮，犹如长夜里，一场美丽的梦，我沉浸在其中不想醒来，却在这个晚上被人轻轻叫醒。

本来想听听沈一恒要和季航说什么，他没说话，回头看我一眼道："陆晨曦，你是不是打喷嚏了？"

刚刚一个喷嚏他都听到，可我照旧嘴硬："没啊。"

"上楼拿外套，别让我说第二遍。"

委屈地撇着嘴，一旁的季航笑嘻嘻道："快回去，别让你'沈爸爸'生气。"

那天，我没听话地回去，而是躲在一旁的树下，跟沈一恒住了四年，我知道他让我上楼不止是拿外套那么简单。

我走没多久，坐回长椅上的季航就道："走了，说说嘛。以前在纽约有多少姑娘追你，你全当看不见，现在守着个小胖子，倒守得乐此不疲。"

是呀，我也想知道为什么。

似乎那段往事压了他太久，为我牺牲得也太多，在这个没有我、季航又一再追问的晚上，沈一恒说了一个很长的故事。

那已是很久之前了，久到我忘了少年时他是什么模样，自己又是什么模样。

我六岁那年，父母因为工作忙把我托付给舅舅一家照顾，那时候舅舅一家正在忙移民的事，又不好意思拒绝，就把我丢给在家的儿子沈一恒带。那时的沈一恒也只有十岁，自己都管不好，又何况带个拖油瓶。他每天叫外卖吃，之后各玩各的。第一次去打搅他还是住在一起一周后，我头疼得受不了，去他房间找他。那时候沈一恒游戏正打得兴起，以为我是小孩子无病呻吟，敷衍说要我去睡觉，醒了就会好。我看他一眼便听话地去睡觉，可头越来越疼，再去找他，已经是傍晚，给我买好晚饭的他已经约了同学看电影。我和他说："哥哥，我头还是疼。"沈一恒看我一眼，不高兴地道："你怎么那么麻烦，我有事儿，等回来再带你去看医生。"

那晚他走之后，我什么都吃不下，一个人回了卧室。我一直等着他回来，开门声响起时，我却怎么都爬不起来，感觉到有人叫我，像是过了一个世纪那么久，微微睁开眼，外面的天已经很亮，我眼前是剃着毛寸的沈一恒，他急切地问我怎么了，我却一句话都说不出来。那天他送我去了医院，打电话给舅舅舅妈，大夫说是病毒性脑膜炎，因为送医晚，只能用激素蛋白治疗，大夫问他家属在哪儿，身边没有大人的沈一恒说只有他。无奈我当时急需急救，他在治疗书上签了字。

说到这里，沈一恒道："从小到大，我最后悔的就是十岁那个夏天，在医院里的下午，我干吗要签字！可那时候我真的不知道，激素会有不良反应，我只是想让她好起来，只是觉得很抱歉。也就是从那时开始，明明很瘦，很漂亮的女孩子，开始发胖。大夫说这是不良反应的一种，或许这一生都不能治愈。"

听出他话里话外的悔意，季航道："那都是多少年前的事儿了，再说这也根本不是你的错。"

"一开始，我也这么跟自己说，所以毫无牵挂地跟父母移民，再和他们一家联系后得知她病好了，有些胖，我也没在乎。真正觉得对不起她，还是她父母车祸去世之后，我妈跟我说，她胖得不成样子，说要不是为了去接在外地上减肥夏令营的她，她的父母也不会出车祸。那些话像是一记重拳打到我心头，我只想到那年，瘦巴巴的她站在我面前，说头疼的样子，后来我爸妈问我愿不愿意要个妹妹，我说无所谓，其实那时候挺想她来美国的，可她不愿意，我父母又不敢强求。那时她才十三岁，一个人怎么生活？我一想到她，便坚定地发出了去B大读书的申请书，收到回复后，我便回国一边念书，一边陪她。季航，不是我自夸，我们家陆晨曦虽然胖点，但完全是贤妻良母型，不然你考虑一下？"

话锋突然一转，季航吓一跳道："可算了吧，沈一恒，别说我对晨曦没爱，就是有爱，也是兄妹情，按理你们兄妹的事儿我不该管，不过劝你一句，该放手就得放手，你不能陪她一辈子。如果晨曦知道你为她牺牲一次也就罢了，现在又要放弃普林斯顿的研究所，她会怎么想，她不会感动于你的付出，而是会自卑成为你的累赘。"

万家灯火的除夕夜，天空的尽头是大朵的烟花，我仰着脑袋不让眼泪流出来。

沈一恒你的确没有季航懂女孩子，如果我知道你曾为我放弃什么，我绝对不会让你来陪我，况且愧疚也不该是我们相守的理由，我已经十八岁，已经长大了，总有一天我要离开你的庇护，独自去飞。

我没再上前，一个人往家走，那条走了无数次的路，在这个得知真相的晚上，变得又黑又长。

那个年虽然照旧和舅舅舅妈聊天儿，装成猪八戒逗他们笑，可我一直在等着有人来跟我说让我去劝劝沈一恒，然后像是恍然得知真相一样，找他谈，让他走。但直至整个春节过完所有人都离开，也没人来和我说，我知道那是他们小心翼翼地维护着我的自尊，可越是这样，我越该放手要沈一恒走。

年过了，我和沈一恒的生活回到最初，我们会因为我的成绩吵，会因为我不小心弄脏他的设计稿吵，只是不管吵多厉害，他都没说——陆晨曦，以后你自己过吧。

vol.6 爱比光阴长

我第一次郑重地和沈一恒谈话，已经是我高考后的六月末了。自从春节后我玩命苦学，上天也厚待我，成绩出榜，似乎命运已注定，明明够B市录取分数线的我，却被广东的中山大学录取。

看到我的录取通知书，沈一恒沉默很久，还是我说：“这样多好，我自己也能去广东闯一闯，没准儿四年后摇身一变也成个总裁什么的回来。”

沈一恒却说：“你这样不让人卖了，我就知足了。”

“你放心，这是一个看脸的时代，所以我绝对安全。沈一恒，我走了你怎么办？留在这儿还是回纽约？”

“你管呢。”

坐在阳台的小板凳上，我扯着他的裤脚道：“说说嘛。”

“不知道。”

在我决定了自己的人生，却把他规划在人生之外的晚上，我道：“要是我，我就回纽约，美国姑娘多漂亮！再说你桌上有好几封美国事务所寄来的邀请函，赚美元哎！我以后搞个代购还方便，回去吧，不想念书就给我赚多多的钱，等我结婚时送我一栋大别墅。”

一巴掌拍在我脑袋上，沈一恒道：“做梦吧。”

嘻嘻一笑，我没再说话，有你守候的这四年，就像一场梦，可不管多好的梦总有要醒的时候。

仰头望着天上的星星，楼下的小花园有孩子在吵吵闹闹，这是一个祥和平静的晚上，我和沈一恒摊牌，我们谁都没哭，谁也没闹，就这么默认了彼此的选择。我想沈一恒也明白，每个人的命运不是靠另一个人去维系和护航的，总有一天她要自己面对这个世界。

我和沈一恒在那年八月各自启程，临别的时候，沈一恒说让我到了广东后联系他，说如果现在后悔还来得及。

我紧紧抱住他，道：“哥，别再为我担心，不论你之前有多愧疚，对我来说，你用这四年还给我的东西，已经超过我此生拥有的所有财富，我会变得坚强，会变得漂亮，我会找到属于我的爱情，所以放心走吧。”

终
爱比光阴长

两年后，我从大学新新人变成了戏剧社的台柱，没人再嫌弃我胖，男孩子们觉得我有朝气，也不乏追我的人。

去普林斯顿念研究所的沈一恒也在那一年获得了他第一个国际大奖，一同参加比赛却败北的季航跟我抱怨，我在电脑这边大笑，却在看到他发来的设计稿时，哭出了声。

沈一恒的获奖作品叫《呵护》，以琥珀为原型的一所建筑，高强度的有机玻璃做主体显得炫目漂亮，内里是一栋净色系的小房子，犹如被包裹在琥珀中的花。

设计稿的下面，他用漂亮的中文写了介绍：这是我和我妹妹，不管她走得多远，又是否有自己的家，我都会为她护航，让她知道，爱比光阴长。轻

恼人神铃！

Written by | 大 野
Painting by | Easiyu羽

恼人神铃2
拍照存档一下，可以走了。
咔嚓
汪
扑
非非姐……你终于来救我了！
啪
真是够了，解个锁居然能闹到警局！
疼疼疼……
咔嚓
人脸识别闹钟，解除设定为非非的脸！
又一天早上
啷里格啷啷里格啷……
大野在不？快来帮我拍个照。
我的滑板鞋时尚时尚最时尚
咦？昨天的警察叔叔。
哥成红人了！
没问题！需要签名不？
我只是关个闹钟而已……
咔嚓
闹钟？
咳咳，我设定闹钟时误选了昨天拍下的大野的照片。
OH NO!
哈哈哈哈哈

如此七夕

七夕到了！用巧克力和情书给颜妃一个惊喜！
就是现在！
咻
Hi
大家早上好！
流木，帮你在某宝上买的包终于到了！
哇塞！居然送巧克力，好评！
什么？！
咦？怎么还有封信？
打开
啊！不要！
我……想温柔地……捧着……你的脸。
吃
颜姐，这是什么新的问候方式吗？
？
盯
早上好……
咦？颜颜……
发生什么事了？
颜姐在温柔地捧着野哥的脸，用脚……
吃吃吃
踩
五花大绑
我精心策划的七夕呀！

山风夕阳
都曾相爱
Written by | 陈若鱼
Painting by | 32

他眼中她未曾看到的世界

三月的黄昏，霞光洒落遍地，空气里仍然带着早春的清冷。

叶榛站在火车站出站口，目光快速地扫过熙熙攘攘流动的旅客，她今天特意穿了那件大红色的亚麻棉裙子，在普遍藏蓝色打扮的人群里格外耀眼。她的脸上写满小女生的心思，只希望他能够第一眼就发现她。

三年前，她也是在这里送栾雨棠离开的，只不过那时候还是绿皮火车，虽然破旧，却在她心里有了一种神圣的美好。她时常梦见他乘坐那辆绿皮火车穿山越岭，像一条可爱的巨大的毛毛虫抵达她的面前。

叶榛等到栾雨棠时，夕阳只剩下最后一丝余晖，照在他的脸上如三年前一样光辉灿烂，叶榛的心也随着那张干净帅气的脸融化了。

“栾雨棠！栾雨棠！我在这里！”整个出站口都回荡着叶榛欢喜的叫喊，栾雨棠一眼就看见了人群里穿大红裙子的姑娘，嘴角现出一丝笑意，挤开人群去跟她打招呼。

“好久不见。”栾雨棠打完招呼介绍道，“他叫陆晓光，我俩是发小，这次刚好放假就跟我一起来了。”

叶榛这才注意到栾雨棠身边还有一个陌生人，而且栾雨棠在电话里也未提及。

“你好。”对方礼貌但生疏地打招呼。

叶榛被对方浑厚的嗓音吓了一大跳，这才打量起他：皮肤黝黑，眼神敏锐，头发剪得极短，没有栾雨棠身上的书生气质，倒有一分港片里警察的气质。

“欢迎欢迎。”

叶榛咧嘴笑了笑，然后督促他们上车，再晚就没有回镇上的车了。一路上叶榛都在问栾雨棠三年来的情况，直到听出他单身后才放心下来，心里万分窃喜。

叶榛一家十二年前搬来高黎贡山山脉脚下的镇上，镇上的房子很分散，且被森林覆盖，与其说是镇，不如说是一个大点儿的村子。叶榛的家最偏远，在一片古茶树林里。也许是为了弟弟叶离吧，这几年四周邻居全搬走了，爸爸却没有丝毫想要搬走的意思。不过，也正是因为这样，才让她有机会在三年前遇见栾雨棠。

三年前，她跟叶离去后山采松茸，遇见了来高黎贡山探险迷路受伤的栾雨棠。他在她家一直住到痊愈。两个月的时间里，叶榛每天听他讲大山之外的事情，听他讲道路拥挤的北京、繁华热闹的上海、细雨纷纷的江南，讲他去过的每一个地方。栾雨棠伤愈离开以后，他所说的每一处都成了她的梦想之地。

她想，总有一天，她会去看一看栾雨棠口中山外的世界。

山林香气带给他治愈

从县城到镇上需要三个多小时的车程，陆晓光独自坐在最后一排，栾雨棠坐在叶榛旁边，叶榛喋喋不休地跟他讲这三年里镇上的变化，偶尔加上一两句隐晦的思念，可是栾雨棠似乎心不在焉，只是附和地笑笑。于是叶榛不再说话了。

也许三年过去了，栾雨棠当初对她的那一点儿小心思已经被时间磨灭了，那他为什么三年里都跟她保持着联系，而且三年后还要回到这里呢？

窗外星光满天，山风夹着花香从破旧的窗户缝隙里蹿进来，叶榛只穿了裙子，加之想到栾雨棠的冷淡，从心底里泛起一股凉意，比窗外的山风还要凉。

"冷吗？"栾雨棠边说边脱下外套，还不等叶榛回答就帮她披在了身上，这个小小的关心，击碎了叶榛方才的揣测和担忧，笑容重新挂在脸上。

到镇上时已经是夜里十点多，他们匆匆洗漱就睡了，第二日才跟叶母与叶离打招呼，一起吃早餐。

"叶叔叔不吃早餐吗？"栾雨棠看了看餐桌上的人，问道。

"哦，我爸去邻县了。"叶榛说。

陆晓光停下筷子，看了一眼栾雨棠，栾雨棠又问："那他什么时候回来？"

"这个不确定的。"叶榛感到有些奇怪，"你找他有事？"

"没有，我以为因为我来了他不高兴。"栾雨棠扫了一眼陆晓光，继续吃饭，三年前叶榛的爸爸就不喜欢他。

叶榛倒是被这句话提醒了，三年前因为她擅自带受伤的栾雨棠回家，与父亲叶兆辉发生争执，栾雨棠离开后，叶兆辉要求她必须跟他断绝往来。这次她也是趁叶兆辉外出才敢带栾雨棠回来的，如果被父亲发现她就惨了。

叶母从多年前就开始吃斋念佛，常伴青灯，清心寡欲，几乎不过问叶榛交朋友的事，早餐过后，就回房诵经了，栾雨棠悄悄地拉着叶榛去后山森林散步。

三月的清晨，山林里雾霭朦胧，野花芬芳，叶榛与栾雨棠并肩而行，去了三年前相遇的地方。毕竟是分离了三年时间，不管叶榛怎么装熟，他们之间还是存在着陌生感，从她看见他起，就知道如今的栾雨棠不再是三年前那个阳光少年了，他的脸消瘦得不成样子，眉宇间总是有些忧郁，甚至从见面到现在一直没敢看叶榛的眼睛。

一路上除了叶榛偶尔尴尬的笑声之外都是沉默，叶榛终于忍不住了，她停下步子看着他："现在只有我在，你告诉我你是不是有什么心事？"

原本只是想问一问，没想到栾雨棠突然将她揽进了怀里。叶榛吓了一跳，她感受到他颤抖的身体以及鼻腔里发出的呜咽。许久之后栾雨棠才平复心情，叶榛才知道原来半年前他的母亲因糖尿病去世了。

"你怎么不告诉我？"叶榛红了眼眶，很是心疼，难怪这半年来他突然跟她断了联系。

栾雨棠告诉叶榛，其实三年前他回到北京的时候，他母亲的病已经很严重了，所以他现在才来找叶榛，怕她担心也一直没有告诉她母亲生病的事。

整整三年他已经耗尽了心力，母亲去世以后，他用了整整半年时间来面对现实，随后他想起了叶榛，想起在高黎贡山的那两个月时光，于是他决定来找叶榛。他从未见过像叶榛那样单纯而美好的姑娘，连呼吸都带着山林的清澈香气，这样的姑娘，一定能够治愈他的悲痛。

叶榛说了许多毫无用处的安慰话，栾雨棠脸上的阴郁好歹消散了一些，谈笑间说起了三年前的种种回忆：栾雨棠的腿伤快好的时候，叶榛带他翻过一座山，避过验票口偷偷潜入听命湖；有时候还会走捷径去怒江大峡谷；叶榛总能很神奇地在森林里找到他从未见过的野果；他第一次牵她的手，她没有拒绝而是握得更紧……他知道叶榛比他见过的所有姑娘都特别，在火车站离别时，他甚至动过永远留下来的念头，只是三年后，一切都不一样了。

一起散步，一起回忆往事，叶榛明显感

觉到栾雨棠的陌生感消失了，两人一前一后在中午前回了家。但是在进家门之前，栾雨棠突然拉住了她：“叶榛，你明天可以陪我去一趟腾冲吗？”

时间永远比爱短暂

高黎贡山距离腾冲虽然只有两个多小时的车程，但是叶榛却是第一次来。父亲一向不允许她的活动范围超出镇子，接送栾雨棠都是自己偷偷进行的。这一次她不仅出来了，还是跟栾雨棠单独出来的，脸上的笑容毫无掩饰。

原本陆晓光跟叶离也要一起来的，但是陆晓光临出门时却因为肚子痛而留下休息，叶离也只好留下来照顾他。

叶榛想，也许陆晓光是出于哥们儿情谊，不愿意打扰栾雨棠跟自己的单独约会才不去的，没想到那个精壮的青年竟然有一颗细腻的心。

叶榛感慨这些的时候，栾雨棠心疼地握了握她的手，她也顺势靠着他的肩膀，看着窗外青山绿水如浮光掠影，白云蓝天似乎永远都不会变颜色，纵然这里如此美好，她依然想要去他工作的南方城市看一看。

到了腾冲之后，他们手牵手一起去吃当地的民族特色小吃，逛挂满花灯的街巷，傍晚下起小雨，栾雨棠还送了叶榛一个藏蓝色的小篾帽遮雨，天黑以后他们寻了一家装修简单但很有味道的小旅馆住下来。

夜里，叶榛拎了一壶果子酿去找栾雨棠，也许，这就是感情赋予人的勇气与冲动，她想要用这种方式让对方记得自己，并不离不弃，但喝完了果子酿，栾雨棠还是把她送回了房间。

两人各自揣怀着小心思，一夜无眠，天将破晓叶榛就起床了，他们要去腾冲的来凤山看云海，晚一些云雾就该散了。

叶榛主动牵起栾雨棠的手，晚一些云雾美景会散，她身边的人也要回到远方了，他们时间太短暂，不能够浪费一分一秒。

他们没有跟随人群，因为只要他们在一起，哪里都是美景。他们在腾冲待了三天，去了腾冲热海、北海湿地，还去了情侣们最爱的樱花谷，只不过还未到樱花盛开的时节。

这三天的相处，令三年的隔阂全数消失，叶榛整日都挂着笑容，栾雨棠也没有了初来时偶尔的苦楚，仿佛一看到叶榛的笑，他一切的痛苦和挣扎都会暂时藏匿，他想，他应该早一些来的。可是，早一些又能如何呢？那件事如今已成定局。

叶榛没有发现栾雨棠眼神的变化，只顾享受这三年来最开心的日子，她从原本只奢望再见一次栾雨棠变成了希望他留下来。

在腾冲的最后一晚，他们在小店吃夜宵，叶榛问了这几天一直萦绕在她心里的问题。

“你……要在高黎贡待多久？”

栾雨棠没料到她会突然问这个，怔了怔才说：“时间不多。”

“那是多久？”叶榛追问。

栾雨棠仰头喝掉杯里的茶，好一会儿才看着叶榛的眼睛，“一周”，他看到叶榛的眼神随着他的话音落地而变得失落，心里一阵难过。

叶榛埋头吃东西，沉默不语，算了算时间，今天已经是第五天了，上一次分别三年，这一次又会是多久呢？她越想越害怕，却不敢开口问他是否可以留下来，或者是否可以带她一起走。想到这里，叶榛心里泛起一股酸涩。

也许是为了掩饰心底的难过，叶榛强装笑容讲着笑话，栾雨棠看不下去，结了账拉她回了旅馆。

一路上他想，他不是没想过留下来，只是已经来不及了，从他这次踏足高黎贡，他就明白他与叶榛是永远都没可能了。

等待的人永远不会再回来

第二天，叶榛与栾雨棠一起离开腾冲，临走前，老板友好地跟他们说再见。

在开往高黎贡山镇的汽车启动之后，栾雨棠不知为何突然改变了注意，拉着叶榛飞奔下了车。

“叶榛，我们去大理吧！”

他喘着气仿佛下定了决心，什么都不管了，既然早晚要回去，既然一切都已成事实，还不如顺从自己此刻的心意，让她晚一些知道那些残忍的事。

叶榛看着他脸上坚决的表情，心里满满的都是感动，不管怎么样，只要能多跟他在一起，哪怕一分钟都是好的，甚至连家人都可以抛诸脑后。大概就是这义无反顾，才让以后的叶榛痛不欲生吧。

他们踏上去往大理的汽车，一路向南，两人下定决心，悲壮地关了手机，手牵手看窗外迅速倒退的风景。他们没有选择直接到大理的车，而是一路走走停停，经过无数县城跟小镇。

两天后的清晨他们抵达喜洲，距离大理不到两个小时的旅程。叶榛去买早餐的时候，瞟了一眼桌上的报纸，看见新闻头条是《巨额诈骗犯出逃十二年终落网》，出于好奇多看了两眼，直到“叶兆辉”三个字出现在她眼前，她整个人都僵住了，不敢相信自己的眼睛，可是那个黑白照片上戴着手铐的中年人，分明就是她的父亲叶兆辉啊。

她赶紧开机打电话给弟弟叶离，可是怎么也打不通，她急得满头大汗，抓起报纸就飞奔回旅馆找栾雨棠，可是却不见他的踪影，手机也一直提示关机。情急之下，她留了纸条就急匆匆踏上直接回高黎贡山镇的车，手里攥着的报纸她反复看了许多遍，脑海里出现无数个疑问，“诈骗犯”三个字也一直在她脑海挥之不去。

叶榛在傍晚的时候回到镇上，暮色沉沉，夕阳橘黄色的光辉映红了她家屋后的整片古茶树林，几只乌鸦倒霉地落在她家庭院的树枝上，嘎嘎叫个不停。

叶榛找遍了整个家，也找不到母亲跟弟弟以及栾雨棠的同学陆晓光，母亲的经书散落一地，家里所有值钱的东西都不在了，她渐渐滑落在地板上，夕阳在她的脚边投下乌鸦的影子，她看着夕阳渐渐沉落，仿佛这个世界忽然间就只剩下她一个人。

天黑以后，叶榛忽然想起什么似的，撑开一旁被她揉皱的报纸，上面显示的抓捕时间，竟然就是栾雨棠带她去腾冲的那一天。怎么会如此巧合？想起栾雨棠种种欲言又止的眼神，以及那个突然出现的陆晓光，一种不祥的预感在她心里蔓延开来，随之在她心里蔓延开来的，还有十二年前搬来这里之前的记忆。

只是长达十二年的森林生活，几乎把之前的记忆磨灭干净了，她只隐约记得十岁之前他们一家人住在湖南永州，她念小学三年级的时候叶离才出生，还在一岁多的时候生了一场大病，几乎花光了家里所有的积蓄。某一天晚上，父亲突然说要搬家，一家四口连夜离开湖南，搬去了偏远的高黎贡山。搬去没几天，父母亲带着叶离从缅甸入境辗转去了欧洲治疗，经过治疗之后叶离的身体好了一些，叶母也是从那个时候开始吃斋念佛。叶榛以为母亲是在为叶离求平安，现在看来，也许是为父亲求的吧。

想起这些之后，叶榛艰难地接受了父亲是“诈骗犯”的事实，因为当年父亲在永州只是个银行职员，而母亲没有工作，父亲带叶离去国外治疗的钱，应该是诈骗所得，想到这里，叶榛为自己知道了真相而痛哭起来。

哭声回荡在山林里，凄凄离离。

她想父亲一定是被带回了永州，母亲与叶离应该也跟了过去，只是她不明白，既然父亲逃了十二年，为什么会突然被抓。她联想到跟栾雨棠一起来的陆晓光，那个有着警察一般敏锐眼睛的人，心里涌起似明非明的揣测。

叶榛再次拨打栾雨棠的电话，对方却已变成了空号。

爱的背面是骗局

叶榛赶到永州的那天，正值叶兆辉被提审，是一个归属地为永州的号码通知她的，她打过去却无人接听。

叶榛赶去法院的时候已经开庭，一个多月未见的父亲，站在被告人的席位上，一脸沧桑，而母亲跟叶离坐在底下旁听席上，两人都红着眼眶，见到叶榛之后三个人忍不住哭了起来，法官皱着眉喊了两声肃静。

经过审判，永州法院判定叶兆辉犯巨额诈骗罪，一审被判九年零三个月，判决宣判以后叶母哭得几度昏厥，弟弟叶离苍白的脸挂满泪水。那一瞬间，叶榛觉得整个世界都快塌了，她多希望栾雨棠能够在她身边，哪怕不说一句话，只要陪着她就好，可惜她却怎么也找不到他了。

“阿离，到底是怎么回事？我那天走了之后到底发生了什么？为什么爸爸会被抓走？”一出法院，叶榛就问起事情的原委来。

“陆晓光！”叶离咬着牙说，“那天你跟雨棠哥走后，我打算去找镇上的医生给他看病，没想到他是装的，还追问爸爸去哪里了，我就……我就告诉他了，我没想到他是警察。”

叶榛震惊得说不出话来，先前心里的揣测瞬间敞亮起来，原来这一切都是计划好的，陆晓光根本不是来旅行，而是去抓她父亲，那栾雨棠呢？叶榛简直不敢去想，只觉得心仿佛被什么尖锐的东西狠狠划开，疼得她喘不过气来。

叶榛多希望父亲被捕这件事跟栾雨棠没关系，可是现实总是不遂人意的。

第二天叶离拿着报纸给她，她的心顿时碎成了千万片，报纸上的栾雨棠与陆晓光身着警服，被永州警察局登报表扬。叶榛看着栾雨棠那一脸正派的表情，觉得讽刺极了。看了报纸上的采访，她才知道，三年前遇见栾雨棠的时候他才从警校毕业，在北京工作三年后才跟陆晓光一起调来永州警察局，一次聊天儿中跟同事们说起来在云南的遭遇，可是当他拿出三年前临走时跟叶榛一家人的纪念照时，被一个老警察认出了叶兆辉，这个案子也自然而然地落在了他头上。

叶榛看着报纸想，原来这一切都怪她自己，是她让栾雨棠拍了那张纪念照，父亲不肯拍，她还劝了好久，没想到如今却因为一张照片把父亲送进了监狱。

这一切已成定局，叶榛只要想到栾雨棠，就锥心刺骨，这要她怎么原谅。

永远设防的城市

叶兆辉在四月初终审，永州的天灰蒙蒙的，还下着清冷的小雨。叶榛在法庭上没见到栾雨棠，却见到了陆晓光，他依然一身健硕的肌肉，黝黑的脸，看到叶榛时刻意回避了目光。叶榛想，如果栾雨棠在，他的表情会是什么样，会不会有一丝后悔，敢不敢看她一眼？

一整场审判叶榛都浑浑噩噩的，只在最后听到叶兆辉最终被判六年零六个月，叶母在此之前已经流光了眼泪，听到终审之后只是不停地叹气。

走出法院时，陆晓光踌躇着叫住了叶榛。

“陆警官，还有何指示？”不过一个月，叶榛仿佛变了一个人，眉眼间再没了纯洁美好，取而代之的皆是冷淡。

“对不起……”陆晓光低着头。

“是他让你跟我说的？”叶榛也不知为何，她不想提及栾雨棠三个字，甚至不想听到。

“阿棠身为警察，这是他的职责，你不要怪他。我们从一开始就不是两个人去的，他带你去腾冲只是不愿意你亲眼看到你父亲被抓，他甚至中途改变主意，决定带你去大理一走了之，没想到你还是知道了……”

陆晓光还没说完，就被叶榛打断。

“职责？职责就是利用我的感情来恩将仇报吗？职责就是在事情败露以后消失得无影无踪吗？职责就是得逞以后还要上报纸四处宣扬吗？”

“那是上级指示，他不能违背，他不见你，只是不知道怎么面对你，他从这件事之后就请假了，我也找不到他。”陆晓光说。

“他跟我说的每一句话都是谎言，恐怕母亲去世也是瞎编的吧！”叶榛也没想到自己会说出这样恶毒的话来，可是一想起栾雨棠她就钻心地疼。

“这个是真的……”陆晓光降低了音量，神色悲悯。

叶榛愣了愣，说了句“再见”就走了，她不想再听下去了，虽然无法原谅栾雨棠，可是听见陆晓光说的那些话之后，她竟然还是那么想念他，甚至担心他，虽然她也知道，她跟他再也回不到当初了。

叶榛的母亲决定留在永州，等她父亲出来之后，一家人再回高黎贡山，回到那个与世无争远离尘世的地方。叶榛在永州找了一份工作，供叶离上学，有时候她隐约感觉栾雨棠就在她身边，她能感觉到他的存在，甚至能感受到他的气息，但是在小小的永州他们却从来没有见到过，也没有他的任何消息。

原本以为叶榛一直在山里长大，不懂都市职场的规则，没想到她工作努力，为人和善，并且在商场中游刃有余，在第三年就被升为部门主管。年假的时候，叶榛独自去了一趟云南大理，有时候她会想，如果当年她没有看到父亲被抓的新闻，而是跟栾雨棠一起去了大理，那结局会是怎样呢？也许，总归会知道的，只是晚一些，晚一些她跟他就能够多一点儿时间。

叶榛到大理的时候，是二月底的黄昏，正是六年前她在古茶树林第一次遇见受伤的栾雨棠的时间。在这几年时间里，午夜梦回，她会梦见每一个黄昏时的栾雨棠，第一次遇见他时的黄昏，送他离开的黄昏，三年后等待他的黄昏，每一个黄昏都充满离别的悲戚，醒来后她总是一脸泪水，然后再也无法入睡。

二月的大理，天气还有些凉，游客稀少，叶榛一身青山色长裙，裹着夕阳色的围巾，走在青石板铺就的街巷，一阵风吹过就湿了眼眶，她多希望一切都是梦境，而她与他还能够重新梦一场。

叶榛在三日可逛遍的大理，足足待了七天，走遍了每一寸土地，看遍了每一处风景，每一朵花开。

离开的时候，叶榛回头看着这个古城想，她与栾雨棠没能来的大理，从今以后大概这一辈子她都不会再来了。

只是太迟了

还有六个月，叶兆辉就会被释放。叶榛辞了职，为回高黎贡山做准备，她觉得还是山里好，纯净，质朴，重要的是那里有太多她不舍的回忆。叶离在九月的时候已经提前回了云南，在昆明念大学。

有一天早上，叶榛泡了一杯普洱，茶还没凉母亲欲言又止地递给了她一份报纸，映入眼帘的是身穿警服的栾雨棠，脸上的笑容如夕阳般光辉灿烂，但标题却是《年仅29岁的警察为救学生因公殉职》。

叶榛惶然失措地想要起身，却没能站稳，打翻刚泡的茶水烫伤了手也没察觉，一旁的叶母赶紧扶住她，可是叶榛却像被抽去了魂魄一般，双脚始终无法站稳，瘫坐在地上呆呆地望着窗外，许久许久以后才突然抱着母亲放声大哭。

叶榛只想过这辈子都不会见到栾雨棠，却从来没想过这个世界上再也没有他这个人，她没天没夜地看报纸上的照片，千遍万遍地读那个报道，因为在报纸的最后，记者写到年轻警察在手术台上留下的最后一句话是——叶榛，对不起。微博上甚至发起过“寻找叶榛”的话题活动，但叶榛从来没有去关注过。

一个月后，陆晓光来找叶榛，他们在楼下的咖啡馆见面，陆晓光告诉她，其实她在永州的这六年，栾雨棠一直在她身边，但都只是远远地看着她，一次也没有勇气站在她面前，甚至三年前叶榛去大理，他也跟去了。

“走之前，他说，终于可以和你一起去大理了，就算死也值得。”

叶榛原本以为自己的心已经足够冷，但还是酸了鼻子，眼泪一颗颗滚落。关于栾雨棠的回忆如洪水般席卷，将她淹没。其实在大理的时候，确实有一次她隔着人群见到了一个跟栾雨棠很像的人，只是她不敢相信那是他，没想到原来真的是他，原来在这六年时光里，他们还是有见过的，虽然只是一扫而过。现在，她终于还是相信了栾雨棠在旅馆里在她耳侧说的那句，我希望时光可以永远停在此刻，只是，太迟了。

后来，叶榛患上了一种叫“黄昏忧郁症”的心理病症，每天黄昏的时候，她的心就会隐隐作痛，而栾雨棠的身影会从黄昏的远处走来，握着她的手。

很久以后，叶榛登录了微博，那个“寻找叶榛”的话题依然在话题榜上，而主持这个话题的人，就是被栾雨棠所救的高中女生。叶榛点开那个女生的微博，看见了她的照片，明眸皓齿，齐腰长发，尤其是一身红裙，在黄昏的余晖中灿烂如虹。

与栾雨棠九年前在黄昏中见到的叶榛，仿佛一模一样。轻

回不去的
漫暖时光
Written by | 米炎凉
Painting by | 32

一

十五岁以前，傲雪的生日都是在家里和父母过的。注重仪式感的老爸会让贤惠的老妈做满一大桌好菜，在医生的规劝下戒酒两年的他，这一天也会饮上一杯，以为闺女庆生为由过把酒瘾。

傲雪十五岁生日那一天，老爸帮傲雪预订了一个生日蛋糕，去取的时候，傲雪非要跟着去不可。

当父女俩拿到蛋糕走出去的时候，迎面走来一对年纪不大，却是情侣模样的人。擦肩而过的瞬间，女生突然停下来，盯着陈爸戳了戳旁边的男生，说："寒少，快看那个人，天哪，他的脸好丑，这么丑还敢出来吓人。"

被称为"寒少"的男生闻声朝陈傲雪他们看了过来，还引来了其他过路之人的注目。

陈爸爸在傲雪很小的时候出过意外，一大块红白扭曲的疤，占了半张脸，乍一看，确实可怕得让人心惊。

没有人能够抵抗意外，这意外不仅使陈爸丢了工作，也让他很长时间无法像正常人一样生活，别说工作，一走出去就会被人嘲笑，四处碰壁。

那时傲雪还小，只是听妈妈说，爸爸是因为救人才受伤的。

但陈爸是个性情温和之人，待人接物有礼，脸的问题带来的不顺，并没有让他对人生失去信心。

这两年，傲雪的性格越来越随老爸，低调。

然而，真正熟识她的人都知道，陈傲雪看上去是只小兔子，但绝对是个不好惹的家伙，你若伤害她的亲人，她会马上跟你炸毛。小时候因为有个小胖子说她是个丑八怪的女儿，她曾不要命似的跑去和人拼命，拼掉了一颗牙。虽然缺失的牙齿在后来整齐洁白地长了出来，和其他牙齿别无二致，但是那股狠劲儿，见者生寒。

就是这天，上午10点的街上，陈傲雪冷然喊住了那个女孩。

女孩看了一眼身边的男生，发现男生正饶有兴趣地看着那个脸上有疤的男人，便冷哼一声："你想怎样？"

陈爸也低声说："傲雪，算了，我们走吧！"

傲雪却微笑着从老爸手上拿过蛋糕，蹲下身在膝盖上拆开，那是一个漂亮的水果蛋糕，用巧克力色的奶油写着可爱的大字：傲雪，生日快乐！

傲雪慢慢地切出一小块，然后又仔细地包好，将剩下的蛋糕递给她爸。

所有人都不知道她想做什么，直到传出一声尖叫——她竟突然将切出来的那小块蛋糕不遗余力地涂在了那个依然带着鄙夷微笑的少女脸上。

完成此壮举的少女无辜地说："啊，不好意思！没拿稳！"

那女孩本是个娇生惯养的主儿，一身的盛气凌人，却在众目睽睽之下被傲雪故意、胆大妄为地如此羞辱。她破口大骂着擦掉糊在脸上的奶油，冲上前去要还击，只来得及听到被傲雪扯着往前走的陈爸的一声"对不起"。

"你……你给我站住！"

受害者追不上人家，气急败坏，眼泪簌簌流了下来，最最可气的是身边的寒少看到她的惨状"扑哧"笑了。

大小姐跺着脚嗔怒道："寒少，你就

这样看着人家被欺负？”

寒少怜悯地帮她把还被奶油糊在脸上的头发拿开，飞快地说：“那我走了。”

“你去哪儿啊？”女孩泪眼未干，声音急切而又可怜。

“去帮你报仇！”

二

井御寒是在几天后出现在陈傲雪就读的学校里的。

他骑着一辆拉风的赛车，在傲雪上学必经的门口等她，吸引了往来学生的注意。

那一年井御寒十七岁。那个年纪的男孩本该充满阳光的气息，寒少同学却将白衣黑裤穿出了沉郁之气，连那张脸也俊美得近乎阴邪，身上又带着一股大院子弟般的高贵和倨傲，即使他们那些琴棋书画样样精通、骑马射猎兼有涉猎的孩子，见到了他，也会礼貌甚至讨好地叫一声大哥。他在所有同龄人里脱颖而出，是圈子里当之无愧的领导者，带领小伙伴们做那些平常并不敢尝试的事情。

女孩见了他无一不脸红、心跳加速。

所以，这所普通高中的女生也不能幸免，不知道多少个女生经过对他行以注目礼后，他等的那个身影终于出现了。

与四周所有的学生一样，傲雪穿着蓝色的运动校服，并不是那种美到赏心悦目的人！

她朝着这边越走越近，井御寒勾起嘴角耐心地等她像其他所有女孩一样，朝他看过来。然而，傲雪始终低头慢吞吞地走着，好像那条路是她一个人的。

眼看着她的身影就要从他身边走过，井御寒终于从那辆骚包的赛车上跳下来，在她离他最近的时候，手臂一伸扼住了她的手腕：“傲雪是吧？”

傲雪受到了惊吓，猛地想要抽回手，同时抬起了头，防备地看着他：“你是谁……要干吗？”

“怎么？这么快就不记得我了？”井御寒当她在装傻。

她似乎想了一下，这次有些谨慎地问：“我们见过吗？”

见过，当然见过。

无论是男生还是女生，见过井御寒的同龄人，很快就会成为他的拥趸。长辈见到他会给他贴上“这孩子看不透”之类的标签，但绝对不可能有人不记得他的样子。

后来一想，她不是不记得他，而是当时全身心放在了如何把蛋糕糊在他身边的女孩脸上，根本就没有认真看他一眼。

然而，“被忽略”跟“不记得”在井御寒的世界里该当同罪。

握着她的手不但没有松开，反而紧了紧，声音带着危险的讯号：“如果我没记错的话，上次用蛋糕糊我朋友的人是你吧！”

傲雪怔了一下，看来是找她麻烦的人，她逼退自己一闪而逝的胆怯，迎上了他的目光：“是！”

“你以为你那天跑掉就没事了吗？”井御寒的黑眸眯起来，寒潭般幽深。

“你先放开我，同学都在看。”她看了看四周，红着脸，放软了音量。

“放开你，又想跑吗？”

“不会跑的。”

“真不跑？”

“真不跑，你个子比我高，腿也比我

长，还有车，我也跑不过你。”她居然冷静地观察了一下局势，以确保自己不跑。

这话动听，寒少听得高兴，正欲放开她，忽然被一个声音喊住：“傲雪，你在这里。他……他是谁？”

说话的是一个男生，戴着黑眶眼镜，眼神落在了他拉着她的那只手上：“发生了什么事，我要不要去和老师说一声？”

陈傲雪看到那男生的时候，双眼一亮，却又马上暗淡下来，对那个同学说：“樊洋，没事儿，是熟人，你先回去吧。”

樊洋识趣地走了，井御寒放开了傲雪，倒不像受到了樊洋的“威胁”，他对着傲雪说：“上回把好好的生日蛋糕糊在那丫头脸上太可惜了，特意来赔一个给你。”

“你开玩笑吧？”

“我说真的。”

陈傲雪又抬头看了他一眼，她当然不会天真地以为他辛苦找到她的学校是来赔蛋糕给她，但她还是礼貌地回答：“不用了，谢谢你。”

“忘了跟你介绍，我叫井御寒。”井御寒挑眉，“我不习惯被人拒绝。”

陈傲雪瞪着明显找事的这个人，半晌，说：“你想怎么样就怎么样吧。”

三

井御寒真的给陈傲雪买了一个新蛋糕，比她爸爸买的那个更大、更漂亮，连上面的那行Happy Birthday都是梦幻的！可眼前陈傲雪只觉滑稽：“你到底想干吗？”

“庆祝生日喽！”

“我生日已经过了，你不知道吗？”

“我知道 。”

“那你这是……”

“今天是我生日。”

他用玩世不恭的语气说出这句话，见她还愣在那里，说：“不祝我生日快乐吗？”

“哦，”傲雪尴尬地杵在那里，见那人看着她，眼神竟有几分期许，干巴巴地说，“生日快乐。”

井御寒笑了起来：“跟你开玩笑，你真信了。”

“……”

傲雪从来没有见过这样反复无常的人。

根本无从知道从他嘴里说出来的话哪句是真哪句是假。

直到第二年冬天，傲雪方才知道，那天确实是井御寒的生日。

傲雪不喜欢井御寒接近自己，他像是未知的危险品，指不定哪一天就让她粉身碎骨。

傲雪欣赏的人是樊洋，樊洋是个学霸，很长时间里，傲雪都与书为伍，力争上游，但求有朝一日同他比肩。

断然不承想当她把所有时间、心思都花在学习上，拼了全力拿到紧挨着他的名次时，得知樊洋接受了她们班著名的不良少女的表白。

拿成绩通知书那天，她撕了榜单上面自己和樊洋的名字，跑到大梧桐树下蹲着，不说话，不哭，只是蹲着。冬日京城的风像刀尖，直往傲雪脸上招呼，冰冷的，疼痛的，仿佛要吹折她的灵魂。

在这样寒冷的天气里待久了，脸和手指冻得通红。

大家纷纷领到自己的成绩单回家过寒

假了，没有人在意那个蹲在树下的女孩。

直到天色暗下去，她的双脚蹲得麻木了，一条围巾落下来，绕在她的脖子上，上面还带着另外一个人的余温，帮她系围巾的人有一双白皙修长、骨节分明的手。

“找你半天，在这里装什么‘蘑菇’。”是井御寒。

傲雪不说话。

井御寒一把将她拎起来，她一踉跄，差点儿栽倒，好在他及时扶住她。她欲推开他，手脚却冻僵了，丝毫使不上力，一群人热热闹闹地围了上来，见了井御寒，有人叫他大哥，有人喊他寒少，人人都恭敬服从。

井御寒在大家的簇拥下浑然没有一丝不自在，仿佛本该就是这样子的，他侧着头对傲雪说：“还能走吗？”

见她不回答，他擅做主张：“走，带你吃点儿好的去，瘦得跟风里的豆芽菜似的，这破学校伙食很差吧？”

当时傲雪是想说不去的，可是不知道怎么了，竟然像提线木偶般跟着井御寒的脚步。井御寒就这样将她带到了他的世界，他的世界人山人海，五彩缤纷。她明明与他们格格不入，可是他总有办法照顾到她。

很多年以后，有人说要给傲雪介绍男朋友，问她有什么条件，傲雪说不上来。想了半天，说，我希望在我害怕、惶恐，在我即将下沉或想要退缩的时候，那个人能伸出手拉着我，向前走一步。

是啊，哪怕只走一步。

那人没有听懂她的意思，说，如果傲雪小姐掉进河里了，×先生一定会跳下去救你的，×先生游泳很厉害的。

那些都是很久以后的事了，那个最初向绝望的傲雪伸出手，带她走的人，是井御寒。

在那个隆冬里，他用一条带着体温的围巾为她御寒……

四

很快，傲雪的身边便多了个寒少。

寒少十分霸道，傲雪和别的男生走得近了，都会惹得他一顿咆哮。傲雪也不恼，就那么笑着看他。

他与傲雪不在一所学校，几乎每天他都拉风地骑一个多小时的车来学校找他，只为和她吃个饭，有时，是连饭也吃不上的，就说几句话。

他对她的课表非常清楚，所以，每当她回家吃完饭，就能恰好接到他的电话。

问的无非是她在学校或者家里发生的事情，而他几乎从不提及自己的家庭。

这一切直到除夕夜，那天，照常是他给她打电话。

她对他说了一声：“新年快乐。”

未料到他的回复是：“讨厌过年。”

她当然不解，问：“为什么？”

在那通电话里，傲雪第一次听他说起了他的家庭。

井御寒的父母关系不好，井父是一个专横霸道的人，在井御寒六岁的时候，母亲曾经和井父赌气，带着井御寒搬到酒店住了半个月。她一直等着井父去接他们母子回家，未想到，却等来了一场火灾。那场火灾带走了他母亲的生命，若非有个工作人员不顾一切抱着他从火海里逃了出来，也许他也死了。

傲雪听得很难过，一个年仅六岁的小

孩儿还不知道什么叫——生命不可承受之重，然而他再也没有忘记那场大火，它让他失去了母亲。

两年后父亲再娶，大红喜字贴满了房间，他一言不发，在那个要被父亲娶进门的女人鞋子里塞钉子，被他父亲胖揍了一顿。

父亲却并没有将他揍成一个听话懂事的小孩儿，他越来越叛逆，用这种方式来挑衅父亲，一次两次三次，后来父亲索性不再管他了，任由他在外面飞天入地，称王称霸。

井御寒说："讨厌过年是因为，每当这个时候就必须一家人坐在一起吃饭。对着那两个人的脸，美味佳肴，难以下咽。"

陈傲雪不知道应该说什么，想了半天，说出一句："要不，以后过年来我家，我陪你吃饭。"

"你说的。"她不知道因为这句话，电话那头的男生唇角抿成了一条直线。

他们有过两年好时光。

被无数少女宠上了天的寒少经常倚在她家楼下的墙边，等她！

每一次傲雪都是又欣喜又担忧，嘴上说着"不要总来找我，会被发现的"，可是又很期待。

五

有一天，陈傲雪偶遇到那个曾被她用蛋糕糊了一脸的女生，女生穿着艳丽的红裙子，背名牌包包，主动和她打招呼，她说："你还和寒少在一起吗？"

傲雪尴尬得点头也不是摇头也不是。

女生指着附近的一家热饮店："去那儿坐坐。"

傲雪想拒绝，那女生看定她："放心吧，现在我可不敢动你。不过你不想知道寒少为什么选择你吗？"

听到她这么说，傲雪不由自主地跟着女生走进了热饮店。

那女生怜悯地说："你不会以为寒少真喜欢你吧？寒少什么样的女生没有见过？你那么粗暴，一点儿女生样都没有的人，有哪点值得他喜欢。和寒少分开后，我费了很大劲儿才查到，寒少这些年一直在找一个脸部烧伤的人，直到那次我和他在街上遇到你爸。他习惯性地留意这种人，直到通过一些关系确定要找的人就是他。这些你应该不知道吧？你爸确实是个好人，只是走霉运。他曾经在一家酒店做过服务员，后来酒店不幸失火，他奋不顾身地救了里面的一个小孩儿，自己的脸却烧伤了。你猜到了吧，那个小孩儿是井御寒，他看你们一家过得惨兮兮的，送礼去你们家，却被你妈拒之门外，因为他爸当时拿钱了事，表示并不想寒少知道这个救命恩人的存在既而提醒他丧母的事。于是寒少只好转而对你好。"

陈傲雪很小的时候确实听说过爸爸的脸是为了救人才弄成这样的，她有时觉得爸爸真傻，有时又为他感到自豪。过年的时候井御寒在电话里对她说，曾在火灾里被救的时候，傲雪还没有联想到这事，直到此刻，才真切地将一切联系了起来。

这是一个多么有正能量的故事，说实话，傲雪感谢她面前这个人对她道出一切。可是不知道为什么，她又有一点儿难过。

她想起井御寒出现在自己生命里，他确实对她很好，好到失真，一点点地侵蚀着她。她以为那就是喜欢了，所以她也付出了同样的喜欢。

此刻的傲雪心中千头万绪，需要找个地方好好地静一静，去理清一些东西。可是到处都是人，终于，她找到了一个小公园，小公园里有几个中年男人坐在那里打牌。她绕过他们，找了一条横椅，一直从下午两点坐到太阳下山，这一次，井御寒没有出现。

她心不在焉地挤公交车回家，却在她家楼下看到了井御寒，他在等她吗？

不，和井御寒一起站在那里的还有她的妈妈。

六

此刻，傲雪多想做一只鸵鸟，可是上天没有给她一个做鸵鸟的机会。

因为在老旧寂静的居民楼下，她听到了她妈和井御寒的话："你不要再来了，更不要再和傲雪有所来往，老陈当时救了你，这一生遭受的非议和痛苦不是你做任何事能够弥补的，你爸的态度我想你应该清楚，我们这样一个平凡的家庭，经不起折腾。"

"阿姨，你凭什么觉得我会伤害傲雪？"井御寒说，他背对着傲雪，她看不到他的表情。

也许是因为有路灯照射，从傲雪的角度看去，一向温婉的妈妈脸色苍白，她似乎想说什么，却忽然抬起头，喊出两个字："傲雪。"

傲雪闻声想要装作若无其事地走过去，但是她做不到。

她发现此时此刻的自己根本无法面对眼前的人，无论是自己的妈妈还是井御寒。

那是第一次，她感觉到一双无形的大手推着她，推着她转身，拔足狂奔。

身后是她最亲的亲人和最好的朋友，他们用这样的方式，将她推到幸福之外。

如果这是电视剧，女主角生气地跑出去，男主角必然会紧张，会马上追上去。

然而这样的剧情并没有发生在井御寒身上，井御寒从来都不是她人生里的男主角。那天追上来的是她的妈妈，她拉着她的手，说："回家吧！"

回去后，一向温柔的妈妈，流着泪对她说："答应妈妈，不要去和井家人有牵扯了。"

傲雪鼻子一酸，点了点头。

之后的两周，井御寒先后找过傲雪五次，第一次傲雪不理他，第二次傲雪不理他，第三次他生气地拽住傲雪的肩膀，用了蛮力，让她正视他，傲雪却垂着眸子，不看他。

他还是像以前一样，想要带她走，却被傲雪一把推开："井御寒，你浑蛋。"

第四次，傲雪把一个日记本交到井御寒手里："你别来烦我了，我喜欢的人一直是樊洋，不是你。"

那是在遇见井御寒之前写的日记，厚厚的一本，写得情真意切。

井御寒翻了一下，凡事得心应手的他眼睛里有怒色："所以，陈傲雪，这些日子你是在利用我？"

最后一次，井御寒来找她，只对她说了一句话："你会后悔的！"

直到在医院里见到樊洋，陈傲雪才明白井御寒的意思。

樊洋家里开了一家很小的面馆，某一

日，一群小混混儿来店里闹事，称吃坏了肚子，抓着他们没有营业执照这一点儿要将事情闹大。

樊洋上去跟他们理论，对方不依不饶，拿起电话要打，有个人说："这样吧，如果你小子敢和我们寒少玩个游戏，这事就算了。"

樊洋跟着他们去见了那个被称为"寒少"的家伙："原来是你，你想怎样？"

原本慵懒地坐在藤椅上的井御寒，随手拿起一张弓，一支箭，对着他，说："退后。"

樊洋顿时全身发抖，他被身边的那些小混混儿拉着退了一段距离，然后有人将一个橙子放在他的头上。

井御寒忽然拉弓，一支利箭远远地朝着他射了过来，樊洋根本不了解井御寒这个人，更遑论信任，临危之际，他拔腿想逃，然而忘了身后就是干枯的游泳池，一头就栽了进去。

七

井御寒从小被长辈过度宠溺，被同伴争相拥戴，惹过一些祸，但这次他爸爸意识到对他的管制不能再这样松散下去了，专横的井父，强制地将他送去了一所号称军事化管理的学校。

樊洋因为受伤，小太妹开始躲着他，他的成绩也急剧下降，班上没有多少人愿意再和他玩儿，傲雪却慢慢走近了他。

经过了那么多事情后，他们不再急于表达，两个人默默地陪伴着对方，一起高中毕业，考上了同一所大学。

这是两年后井御寒回来打听她的消息时，知道的一切。

他回京后，连家都没回，第一个想到的是去她的大学看她，却看到她和樊洋并肩而行的身影，他忽然感觉到气馁。

井御寒想起那天傲雪跑掉后，傲雪的母亲和他说的话："不管你承不承认，你的性格和你爸太像了，骨子里都有着一样的专横。傲雪单纯，如果你真的感恩，想想你妈的惨痛教训，放过她，放过我们一家吧。"

是啊，她说得没有错，他讨厌自己的父亲，可是他竟成为和他一样让人讨厌的人。

是啊，他曾一心一意地想对一个人好，想要温暖她，照顾她，不是因为报恩，而是，他心里只有一个位置，除了她，别人住不进来。

可是，她竟狠狠地、狠狠地，将他好不容易筑起的温柔的巢捣碎了。

那么就让他做回那嚣张的、任性的、肆无忌惮的，不用在意任何人的心情和感受的寒少，反正也没有人知道两年前的寒少受过怎样的挫折。

八

傲雪有时候想起井御寒，他目中无人，他嚣张暴戾，他骗她，却也温暖过她，这命运让她遇见他，从此再也无法忘记他。

真正喜欢一个人不是因为他有千般好，而是他万般不好，你还是忍不住喜欢他。

北京的冬天又快来了。

陪傲雪过冬的人是樊洋。

你知道吗？有时候，陪你过冬的人未必能为你御寒。

因为，这世上的寒冷，不是只有冬天而已。轻

雨巷深处
伞花开
Written by | 马晓艳
Painting by | 虚镜游灵

1 古镇中的美少年

宋青芯拖着行李箱站在塘栖古镇的时候，正值江南梅雨时节，雨滴淅沥有些凉爽。

“快到这里避避雨吧。”

宋青芯循声望去，不远处的避雨廊棚里有个男生正朝她招手。许久见她不动，男生竟飞快地冲进雨中，二话不说便扛起行李箱，拉着她朝廊棚跑去。

“这雨会把人淋病的！”男生说着把干毛巾递到宋青芯面前，见她瞪着一双眼，他有些着急：“我叫顾晨迪，就住在前面的小巷里。”

“不是说雨中欣赏江南最美吗？”

顾晨迪嘲笑着问：“你是第一次来南方吧？那些旅游宣传上的话也就骗骗你这样的小女生。”

宋青芯确实第一次来江南。

事实上，她长在北方，是个性子大大咧咧的女生，但她却对江南烟雨小镇情有独钟。填报高考志愿时不仅擅自做主报了杭州大学，更说服爸妈在高考后的暑假里独自去找在塘栖做生意的舅舅。

坦白讲，宋青芯也说不出喜欢南方的具体原因，或许只是一种情怀。

宋青芯目不转睛地打量一地竹条，问：“这是做什么的？”

“这些是做油纸伞的材料。”

宋青芯曾听舅舅说过，在江浙一带会制作手工油纸伞的民间艺人少之又少，几乎到了失传的地步。

“你会做油纸伞？”

顾晨迪冲宋青芯爽朗一笑，一瞬间他瘦削高挑儿的身材映入她眼帘，剑眉星目、棱角分明看上去很是清秀，十八岁的男生总是喜欢搞怪又爱面子，他帅气地打了个响指：“必须会啊，我家祖传的呢！”

那时，宋青芯才知道，顾晨迪的奶奶是制作余杭油纸伞的老艺人，而他与奶奶就住在小巷尽头的两层木屋里，靠给伞厂做油纸伞为生，而油纸伞厂的老板便是宋青芯的舅舅，凑巧的是舅舅家就住在同条小巷的巷首。

就冲着她是老板的外甥女，顾晨迪对她简直照顾有加。刚住下的那几天，宋青芯每天吃着顾晨迪送来的塘栖古镇的特色美食，又香又糯的粢毛肉圆、酥软鲜甜的细沙羊尾、酸甜适中的糖水青梅，每一样都让宋青芯喋喋称赞，但她最爱的便是味鲜肉嫩的塘栖熏鸭。

听说熏鸭制作烦琐，顾晨迪的奶奶常一次性做很多晾干备存，于是整个七月，宋青芯几乎每两天就能吃到一次熏鸭，不过俗话说吃人嘴短，再加上顾晨迪家境一般，这倒让宋青芯多少有些内疚。

直到七月的最后一天，宋青芯和顾晨迪蹲在廊棚里啃着鸭腿，他奶奶在巷尾吆喝问熏鸭怎么都不见了时，他像早有准备般说是被猫叼走了。

宋青芯为他机智的回答竖起大拇指，不顾形象地笑倒在廊棚的座椅上，顷刻间棚外的大片明媚光束落在她脸上，连棚外的小河也波光粼粼，沿岸的民居在明晃晃的阳光下犹如世外桃源，宋青芯欣赏着，心中莫名地升起一丝幸福感。

2 闯进心中的一个人

遇见齐蕊，是在夏季最炎热的暑天。

那天顾晨迪在小巷里踢足球，一脚没注意踢翻了邻家正晾晒的蜜饯摊，一地的杨梅、青梅滚到他面前，吓得他赶紧去掏衣兜："这么点儿钱肯定不够赔偿啊。"

正当他一筹莫展时，宋青芯一把拽住他，低语道："我帮你还钱，但你要帮我做一把油纸伞。就这么定了。"不等顾晨迪反应过来，她已抱着足球跑去敲门。

而被认为是"肇事者"的宋青芯，遭受齐蕊一顿指责。

齐蕊是土生土长的塘栖人，自然也是顾晨迪的"青梅竹马"。

"齐蕊你别激动，球是我踢的，我一定赔偿。"顾晨迪解释道。

见顾晨迪那么维护宋青芯，齐蕊指着她怀里的足球，气愤地吼："她做错的事情，凭什么晨迪哥哥你来赔，她才来几天，连你过生日要吃的熏鸭都被她吃光了，凭什么对她那么好！"

宋青芯的心情暮霭沉沉。这些日子里所有幸福感在齐蕊的一句话后荡然无存，这一刻她觉得自己好像是个只知道吃的笨蛋。

郁郁寡欢地过了两天后，宋青芯收到了一份礼物。

傍晚的塘栖古镇被夕阳笼罩着，宋青芯独坐在石拱桥上，远远地看见顾晨迪抱着东西朝她跑来。

那是宋青芯第一次触摸油纸伞，略微粗糙的伞体散发着桐油独特的味道，浅红色的伞面上画着大小不一的黄色向阳花，在她撑开伞的瞬间，从伞芯掉出一块东西，她定睛去看，才发现是一只用线系在伞骨上被纸包着的熏鸭腿。

"这伞是我两天赶出来的，送你。这鸭子……"他抓抓头，傻笑着，"我怕奶奶发现，才藏伞里的。"

宋青芯只觉嗓子眼儿发紧，从包里拿出一盒土豆饼："生日快乐！这附近买不到蛋糕，不过我放足了大虾在饼里。"

夕阳残落的塘栖镇小巷里，宋青芯摆弄手里的油纸伞，全然没注意到盯着土豆饼发呆的顾晨迪。

然而，那晚塘栖古镇并没有想象中的宁静。

就在宋青芯回到家美滋滋地欣赏油纸伞时，周围发出的惊叫声和空中的滚滚浓烟让她心底一沉。

失火的地点正是舅舅的伞厂。

宋青芯拼命地跑去，伞厂的入口处满是进进出出帮忙灭火的人，唯独她东张西望着挤进人群，就在那一刻有人扯住她手臂。

这人是齐蕊，见宋青芯依旧闷头儿往里冲，齐蕊吼道："里面危险，你舅舅不在里面！"

"可是顾晨迪在里面！"宋青芯当然知道舅舅没事，因为在来的路上舅舅告诉她顾晨迪还在里面做伞。

看着宋青芯不顾一切地冲进火海时，齐蕊震惊地愣在原地，虽然并不喜欢她，但不得不承认这份勇敢还是很值得佩服的。

好在有个人在危急时刻拦腰将她拽回安全地带。

"火灾人人都往外逃，你怎么还往里面冲？"

她扭过头，看见满脸烟灰的顾晨迪紧皱眉宇，悬着的心此时才安定许多，于是口是心非地说："我……是担心舅舅的材料。"

那场火灾，据说是因为桐油被引燃所致，所幸没有人员伤亡，然而狭窄的巷口救火车根本进不去，大火烧掉了所有油纸伞材料，以至于舅舅一时间无法按时制作交货，只能赔钱给商家，而拿不到工钱的工人们大都选择离开。

廊棚一角，宋青芯偷瞄一眼顾晨迪，问：“你也会走吗？”

他沉默了会儿：“不知道。”

宋青芯知道这是他和奶奶维持生计的唯一工作，如果他离开也无可厚非。

那段时间，舅舅东奔西跑，不仅说服商家延后交货期，还将所有积蓄拿出来买材料，宋青芯自然肩负起看守伞厂、打扫卫生的杂活儿。

想着以往充满欢声笑语的伞厂，如今却变得凄凉破败，宋青芯很是伤感，而这其中还夹杂着一份对顾晨迪的说不出的惆怅。

她这才惊觉，原来在无忧无虑的时光中，心底渐渐闯进了一个人。

3 千难万阻，不可言弃

舅舅带着制伞材料赶回塘栖的那天，伞厂一位工人都没来。

宋青芯和舅舅并肩而坐，默默地看着窗外绵绵小雨，耳边响起一阵急促的脚步声。

青石板路被一众彪悍的队伍黑压压地占据着，浩浩荡荡地闯进伞厂，面对舅舅的无奈和惊恐，为首的几个男人言语恶俗、动作粗鲁。

他们是油纸伞厂的客户，火灾后虽然答应会赔钱，可舅舅资金周转不灵，几万块钱只是杯水车薪。

看着舅舅被人抓住衣领失魂落魄的样子，宋青芯哀求讨债的队伍：“叔叔们再通融几天好吧，交不上货我舅舅也很痛苦……”

但他们毕竟是生意人，为首的壮汉甩开宋青芯的手，用不可置疑的口气道：“少废话，交不出货我们都得喝西北风！”

混乱的推搡是在一个少年兴奋的呼唤声中戛然而止的！

“有办法了！伞厂有救了！”

宋青芯回头去看，是气喘吁吁的顾晨迪，他顾不上被淋湿的衣角，嚷着：“我们不走了，奶奶说要留下帮伞厂渡过难关。”

这样的结果固然让人开心，可伞厂的情况宋青芯太清楚了。连舅舅都没有底气，不禁说道：“一时半会儿……可能都给不了你们工钱。”

顾晨迪摇摇头：“我奶奶说了，做人要心怀感恩！”

“这和感恩有什么关系？”宋青芯望着同样百思不得其解的顾晨迪，担心说，“可两个人还是完不成油纸伞的订单啊。”

宋青芯的小脸皱成一团，看得顾晨迪很是揪心，他看向舅舅：“您尽量把交货期延迟吧，奶奶说无论如何我们都会帮忙的！”

想着既能帮舅舅，顾晨迪又不用离开伞厂，宋青芯只觉得不管是什么样的办法，她都会毫无怨言地去完成的。

所以，整整一周的时间，顾晨迪带着宋青芯和齐蕊挨家挨户去探访离厂员工们，并将舅舅写下的工钱延后发放的保证书给大家看，希望以此能让大家再回伞厂工作，然而一连走访二十家，宋青芯和顾晨迪听到最多的就是“对不起”，要是遇到不耐烦的员工，三人则直接被赶出大门。

全无收获的两人无精打采地走在塘栖古镇的巷子里，虽然那时舅舅已经谈妥交货期延迟一个月，可年轻的员工都不愿在一时拿不出工钱的地方工作，就算顾晨迪和他奶奶日夜不休也不可能完成那么多订单。

这其中属齐蕊最不耐烦，抱怨道：“没有伞厂还可以做别的呀，油纸伞而已，我们何必这样自找苦吃。”

这一句话让气氛变得异常尴尬，正当三人沉默不语的时候，远处一名身穿花布衫的女子撑着油纸伞缓缓走来，顾晨迪凝望片刻，似在感慨：“在塘栖，花布衫和朴实女子，再加上一把油纸伞，这就是一种独特的江南象征，油纸伞是我们的骄傲，可如今却没人真正愿意去做它了。”

宋青芯失魂落魄地回到家，昏暗的室内舅舅一支烟接一支烟抽个不停，她悄悄回到卧室，拿着顾晨迪送她的油纸伞不住地端详，脑海中又想起顾晨迪的话。

是啊，那么漂亮的手工油纸伞，工艺一旦失传就再也找不回了，更何况如今的塘栖古镇就只有舅舅这么一家还坚持手工制作的伞厂……这么想着，宋青芯一下觉得自己肩上多了一份责任，她紧咬下唇，忽然心生一计。

她跑到了塘栖古镇晚上最热闹的小广场，一大波阿姨们正随着震耳欲聋的《小苹果》跳着广场舞，这些阿姨们大都是地道的塘栖人，很多人年轻时都学过制伞工艺，还有一部分是从舅舅的伞厂退休的老员工，她本想在这里动员大家，然而任凭如何嘶吼都无济于事。

那时，陪奶奶散步回来的顾晨迪刚好看见她，关心问道：“出来散心吗？”

宋青芯摇摇头：“我想去台上给阿姨们解释伞厂的事，可歌声太响，喊破喉咙她们都听不到。”

“这有何难，我去拔掉音响插头不就行了。”不等宋青芯反应，他已经跑到音响旁边，片刻周围就陷入一片安静中，继而又是阿姨们的埋怨声。

事情来得突然，宋青芯也只好硬头皮说出了自己的心声：“油纸伞是塘栖古镇的骄傲和生命，我舅舅说过，如今的油纸伞艺人少之又少，机械化的今天已经让油纸伞少了一层原始的味道，塘栖古镇就这么大，这些年舅舅一直坚持开设手工油纸伞厂的初衷就是想把它做好。”

宋青芯说完最后一个字时，小广场上已是鸦雀无声，她最后说道：“明早八点伞厂会重新开工，希望阿姨们能帮助舅舅。”

走下看台，顾晨迪冲着宋青芯竖起大拇指，鼓励着她：“千难万阻，不可言弃。”

4 呆萌的阳光少年

翌日清晨，宋青芯和舅舅满怀期待地赶到伞厂，可空荡荡的门口却宣告着宋青芯昨晚的演讲毫无作用。

“舅舅，你有什么打算？”

面对宋青芯的问题，舅舅一声叹息中包含着无数的辛酸与无奈：“算了，实在不行我就去打工还钱吧。”

宋青芯也不再言语，跟在舅舅身后，正当伞厂大门锁上时，巷首传来嘈杂的说笑声，再定睛看去是几十位老奶奶，见舅舅要离开匆忙制止：“我们刚来你就关门啊，莫不是嫌弃我们这些老太婆上班迟到了？”

舅舅糊涂地抓抓脑袋，完全不知发生了何事。

“快开门，我们可都是制作油纸伞的老艺人，虽然动作慢了点，不过那些年轻的员工要等到下班后才能来帮你做纸伞，你别怪她们，毕竟一家人要养活。”为首的是顾晨迪的奶奶。

那时宋青芯才知道，昨晚离开小广场后，顾晨迪逼着齐蕊又跑到老年活动中心去动员，按照奶奶写的地址找到了一批制作油纸伞的老艺人们，她们都是和顾晨迪奶奶一起学习制伞工艺的好友，上了年纪后便过起了闲云野鹤般的生活，因此对帮助舅舅的请求她们都欣然同意，而且对工钱发放的时间快慢也毫不在意。

得到这些老艺人的帮助，伞厂也一点点开始运作，连舅舅都忍不住夸赞顾晨迪是大恩人。

那段时间，伞厂工作得以恢复，宋青芯则每天做各种馅饼来报答顾晨迪，蔬菜、水果、海鲜，只要能做馅的她一种也不放过。直到那天午休，顾晨迪吃了宋青芯特意送来他家的土豆海虾饼后昏沉沉地倒在桌上。

她唤他名字却毫无反应，那时，他脸上逐渐起了红疹，人又毫无意识，她第一个反应就是拖着他去古镇里的小诊所，而刚搀扶着他费劲地走出房门，迎面便碰到来找顾晨迪的齐蕊。

看了眼他的症状，齐蕊诧异地问："他吃过什么？"

宋青芯想了会，说："土豆海虾饼，好像只吃了这个。"

"你确定他吃过这个？"齐蕊大吼道，"晨迪哥哥对海虾过敏，吃完会起红疹和暂时昏迷，你怎么竟害他呢，真是扫把星！"齐蕊边吼边从愣在原地的宋青芯手中扶过顾晨迪，喊了几个人帮忙送去了小诊所。

那一刻宋青芯忽然觉得自己很没用，连这些小细节都没注意过，还害得顾晨迪食物过敏，她哪里还有勇气去看他。

夜深的时候，宋青芯偷偷去了小诊所，顾晨迪半躺在病床上吃着药，看见站在门口的宋青芯，惊讶道："你怎么在这儿？"

"明知不能吃虾，干吗要装作很喜欢的样子？"只有两个人的室内，宋青芯既委屈又担心。

顾晨迪却"嘿嘿"一笑，挠着脸上的红肿处，轻语道："你做的，挺好吃。"

她试过在熙来攘往的人群里寻找他，默默地注视着他离开或走来的身影，在古镇小巷中悄悄尾随他，哪怕阳光晴好，也难以遮挡掉他笑容中的温暖、话语间的柔和，以及此刻的呆萌。

5 总有一些秘密在心中

大暑是整个夏季最闷热的一天，为了赶制油纸伞，大家不敢松懈，没事可做的宋青芯和齐蕊就负责给大家煮绿豆水，只不过齐蕊还在为顾晨迪和宋青芯关系好而生气，不肯干活。

"我虽然答应晨迪哥哥来干活，但我可不想帮你！"齐蕊噘着小嘴，模样像是受了委屈的小孩儿。

正值花季的姑娘，任性起来是最可爱的，更何况对齐蕊心直口快的性格，宋青芯一点儿也不讨厌，于是笑道："这点活难不倒我的，你去休息吧。"

骄阳高温下，宋青芯忙前忙后帮员工盛绿豆水，自己却忙得顾不上喝一口。中暑脱水的症状渐渐袭来，突然眼前一黑她便晕了过去。

宋青芯醒来的时候已经在自己房间里，眼前是顾晨迪一张由紧张到欢喜的笑脸。

"你怎么在这儿？"

"嗯，刚刚你中暑了。"顾晨迪答非所问。

宋青芯一低头，看到顾晨迪肩膀上的发箍，那是她盘发用的，她眼睛顿时亮光一片："是你背我来的？"

他有些尴尬，像个青春期的腼腆少年，

拿着水杯走了出去。

原来，宋青芯晕时大家一时慌了神，是顾晨迪冷静地扶她到通风口，擦去汗水又喝了解暑的药品，这才把她背回了家。

齐蕊是趁顾晨迪离开时偷偷来看宋青芯的，因为怕被他责怪。

在房门外纠结许久，齐蕊低着头走了进去，扭捏半天内疚地从嘴角边挤出一句："对不起，没帮你一下。"

"过来坐呀，吃点儿水果吧。"

齐蕊有些尴尬地接过宋青芯递来的水果，吞吐地说了句"谢谢"。

在这简短的对话后，两人相视一笑终于化解了之前所有的不悦。齐蕊也毫不客气，啃着水果的嘴巴口水横飞地讲着顾晨迪小时候的糗事，从顾晨迪学做油纸伞被奶奶罚站，以及初中时被女生疯狂追求最后哭着跑回家……

宋青芯躺在床上，努力回想着来塘栖后发生的一幕幕，心中的温暖感瞬间蔓延开。那之后的一段时光，在她想来，真是青春年华中一次奇妙的相遇、一次美好的回忆。

然而，那晚对于宋青芯来说却有些伤心，因为她发现摆在书桌上的油纸伞不见了，舅舅从不进她房间，齐蕊也说从没见过，她纠结许久跑去找顾晨迪。

塘栖古镇的夜晚宁静而优雅，皓月星辰配上小桥流水，煞是迷人。宋青芯在石桥上遇到了顾晨迪，她问："我桌上的油纸伞你有见过吗？"

"我送你的那把吗？"顾晨迪反问着摇摇头。

宋青芯耷拉着的脑袋忽然抬起来："如果找不到，你可以再送我一把吗？"

顾晨迪迟疑片刻笑着点头，可是宋青芯却笑不出来，她看见一个走路瘸拐的中年男人抬手想跟他打招呼，却被顾晨迪一个扭头避开了。

那是顾晨迪的父亲，而就在他之前食物过敏被送去小诊所时，宋青芯在休息室外听见两人的争吵声，顾晨迪语气冰冷地说："这些年你不在身边我也一样长大了，如今来看我一眼又能改变什么？"

他父亲一声叹息后，失落地离开了。

当时，是齐蕊担心顾晨迪过敏出事，这才通知了他父亲。

或许，就像齐蕊说的那样，顾晨迪不管多难过，永远都会面带微笑，所以不要以为他是快乐的。

每个人都会极力掩饰一些内心的秘密，除了自己，没有人能感同身受。而有时越是笑得明媚，心中越是苦忧。

6 我也像你喜欢我一样喜欢你

暑假生活即将结束的时候，宋青芯正在整理去大学报道的行李箱，那时舅舅的油纸伞进入最后包装阶段，没事做的工人都回家休息去了，而宋青芯也有一周时间没见到顾晨迪了，听齐蕊说顾晨迪奶奶突然生病住院，几乎花光了家里所有积蓄，连他大学学费都给用掉了。

那天，宋青芯辗转找到了顾晨迪奶奶住院的地方，医院走廊上她将装了一沓人民币的信封塞给他，乐呵呵地解释道："你们前几个月的工资，舅舅让我交给你的，剩下的钱要再缓几天。"

他一怔，接过钱轻笑："那真是谢谢了。"

宋青芯与顾晨迪并肩站在走廊的窗边，周围的喧嚣却衬托出两人的长久沉默。她咬着下唇，终是问出了酝酿于心中许久的话：“你恨你的父亲吗？”

“从小我见父亲的次数很少，这些年他只会寄来钱，没有父母在身边那种感觉很无助，我并不恨父亲，只是不知如何跟他交流……其实我知道他不容易。”顾晨迪浮现一丝微笑的脸上，却滑下两行泪，在阳光的映照下晶莹剔透。

也许连宋青芯自己都不知道有多么了解顾晨迪，多么不想看他笑着哭泣，哪怕能为他做些事也好。

然而，世事难料。几天后，宋青芯在距离塘栖古镇不远的到一处取款机取钱时，刚好遇到回家的顾晨迪正站在不远处盯着自己。

他拿出那个装满钱的信封，问道：“我去了伞厂，那批伞还没有发货，你舅舅哪来的钱发工资？这些钱是你的对不对？”他把钱塞到宋青芯怀中，虽然她并没回答，但早已猜到的答案，他还是想要问一问：“为什么要这么帮我？”

宋青芯凝视他的脚尖，轻声回道：“因为我想要为你做点什么。”

只是这次，她有些害怕。因为有时，偏执的喜欢也是一种压力。

7 时光中永久的秘密

人与人的缘分总是千变万化、捉摸不定的，所以没人知道误会后是满怀欣喜的再相遇，还是一次郑重的结束。而在期待之内，大多数人只能随缘而行吧。

宋青芯想到这句话的时候，顾晨迪已去市区打零工了。

那时顾晨迪奶奶刚出院不久，他的父亲在家陪护，一有时间也会去伞厂找舅舅聊聊天儿。

那是宋青芯第一次清楚地看见顾晨迪的父亲，黝黑的肌肤、憨厚的笑容，一看就是本分的老实人，他递给宋青芯一个信封，说：“晨迪让我交给你的。”

信的内容只有寥寥几句：

奶奶说父亲的脚伤是你舅舅出钱医治的，连后来的工作也是他帮忙找的，我知道做人要心怀感恩，但我如今只能说声抱歉了……

这些话，看得宋青芯一头雾水，而在舅舅解释后她才弄明白缘由。

原来舅舅跟顾晨迪的父亲是多年好友，当年家境不宽裕的顾爸爸外出打工弄伤脚后，舅舅慷慨地为其垫付了医药费，后来得知他无法干体力活，便帮他在市区里联系了一份轻松的活，这也正是顾晨迪奶奶即使没有工钱也执意帮舅舅制作油纸伞的原因。

几天后的周末，是宋青芯在塘栖古镇的最后一天，她漫步在河岸边，远远地看到坐在石桥上的顾晨迪。

她叫他，他却没听见。

她走近一看，才发现他正塞着耳机听歌，也不知哪里蹿起的怒火，宋青芯一把抓住他手臂，质问道：“顾晨迪你什么意思？你是不是想说陪我吃塘栖美食、偷熏鸭给我、送我油纸伞，这些完全是因为你所谓的心怀感恩，因为我舅舅帮助过你们家，所以我也成了你感恩的对象？”

顾晨迪低着头，死死地盯着在半空摇晃的耳机，从嘴角里挤出一个“嗯”字算是回答。

毕竟，家境不好的顾晨迪在宋青芯面前，是有些自卑的。可她头也不回地跑掉，没有看到顾晨迪眼角的泪水，也不知道对于一个花季少年来说，男孩子的自尊心是多么倔强。

她在小巷里一直奔跑，遇见顾晨迪奶奶时忽然停住了脚，她毕恭毕敬地问了好，奶奶还打趣道："晨迪每次都说熏鸭被小猫叼走了，其实我知道，他是拿给你的。还有那把向阳花油纸伞，明明说送你的，不知为何又被他拿了回来。"

一直以来，宋青芯都以为油纸伞是自己弄丢的，可奶奶的话却让她心里泛起一个疑问。

后来，在她的请求下，奶奶准许她去顾晨迪的卧室，在书橱的角落里她找到了那把弄丢的油纸伞，时间并没有淡去桐油的独特味道，浅红色的伞面上，大小不一的黄色向阳花有些褪色，透着窗外浅薄的光线，这油纸伞有着与塘栖古镇一样的古朴美感。

其实，油纸伞并没丢，而是被顾晨迪拿走的，他以为这样就能让宋青芯死心。然而他却忘记了，即使再浅薄的喜欢，也是一种覆水难收。

8 静待梅雨时节来

炎热的九月，宋青芯拖着行李箱去杭州大学报到。

即将迟到的她一路狂奔进校门，却被凸起的青石绊倒，一头扑在一个人怀中，她仰起头，有些愕然。

是顾晨迪！他穿一件浅黄色T恤，额前的碎发还沾着汗水，深邃的眼神看得人心慌意乱。

宋青芯挣扎几下，手臂却被顾晨迪抓得更紧，他眨眨眼，轻声问道："那把油纸伞是不是被你拿走了？"

她不回答，愣愣地反问："你怎么在这？不是去打工了吗？"

"我就不能考这所学校吗？不打工哪来的钱交学费。不止我，齐蕊也在这哦。"顾晨迪嚷道。

宋青芯佯装生气："这么巧会在同一学校，这次你不会也因为心怀感恩吧？"

顾晨迪摇摇头，面色突然严肃起来："但我要坦诚地告诉你，当初伞厂的大火是因为我才造成的，我还一直不敢说出真相，这样的我你不讨厌吗？"顾晨迪追问道。

其实，顾晨迪并不是故意的，他忙着赶制要送给宋青芯的油纸伞，离开时忘了将桐油储存好，这才使几个玩鞭炮的小孩儿引燃了桐油。

宋青芯摇着头，轻声回答："你找舅舅道歉，还赔上全家积蓄，帮忙联系老艺人，这些我都知道……"她停顿一会儿，突然昂起头，"但你偷走我的伞，这要惩罚你！"

两人说话的间隙，齐蕊不知从哪儿跑过来，指着顾晨迪嚷着："没错，以后再敢欺负宋青芯，我也不放过你！"

顾晨迪忧伤的脸上慢慢浮现一丝微笑，如同时光长河中静好的涟漪，他诧异地问："你们何时成了朋友的？"

"在你不知道的时候！"宋青芯和齐蕊异口同声。

那天，空中飘起了一场秋雨，嘈杂的校园里到处听得见齐蕊兴奋的喊声，顾晨迪则为宋青芯撑着那把油纸伞，两人一直漫步在大学的林荫小路上。

那一刻，她才终于明白，有些人走了又来，争吵了又和好，而蓦然回首，这懵懂青春或许就是岁月中最美的时光。轻

刀尖舞者
Written by | 苏画弦
Painting by | 我是小弦

楔子

2012年将尽时，佟苒在洛城街头撞见了来参加商演的阿宏。这个梳着大背头的摇滚少年，曾在纽约带着她在第五大道上演了一次速度与激情。

此时他戴着能遮住大半张脸的蛤蟆镜，激动地一把抓住佟苒的胳膊。

“竟然真的是你？”他的中文进步了很多，甚至熟门熟路地带着她走进大排档坐下。

刚坐下他便开口：“他一直以为你没能理解他的决定，所以他过得一点儿都不好。”

佟苒一怔，下意识地转过头。阿宏的眼睛仍是最纯净的蓝色，但此时却布满了血丝，甚至有些狰狞。

他忽然又咧嘴笑起来：“你别当真，我骗你的……其实他现在重新回归校园，相较于以前，生活平静得如一潭死水。如今靠着那张脸总不缺美国姑娘围在身边……不过他真是好了伤疤忘了痛，复健刚结束就开始做业余花滑的助教，说到底无论是滑冰还是你，他都放不下。”

不远处有闪光灯骤然亮起，阿宏咒骂了几句，便匆匆离开，临走前将一张写着地址的字条塞到佟苒手中。看着他慌张跑远的背影，佟苒竟有种时光倒退的错觉，仿佛回到了他们三人在纽约街头逃窜的情景。

有人说，走得急的都是最美的时光。而在佟苒看来，她这一生中最值得珍藏的日子都离不开一个人。

那个脾气坏、倔得如一头牛、眼睛长在头顶的许星辰，那个拉着她狂奔在时代广场、陪她去百老汇看《狮子王》的许星辰，那个牵着她的手走进冰雪世界的许星辰，通通走失在一年前的盛夏，再也寻不回。

1

佟苒的家乡洛城位于牡丹江畔，是赫赫有名的冰雪之城。

自幼学习芭蕾的佟苒一直跟着身为教练的叔叔溜冰，她有着超乎常人的平衡感和灵敏度。她十岁那年，在北京举办的全国青少年花滑大赛上，年仅十二岁的许星辰一举拿下金牌，成为大赛开办以来年纪最小的冠军。

当镜头转向那个意气风发的少年时，正在压腿的佟苒几乎忘了眨眼。一袭黑色的赛服衬得他皮肤雪白，高挺的鼻梁勾勒出精致的侧脸。他亲吻奖牌时露出两只大大的酒窝，但他的笑容并不可爱，带着毫不掩饰的张狂和不羁。

正是这样的一张脸深深地印在了佟苒的心中，后来她曾不止一次地想，如果不是那惊鸿一瞥，她又怎么会从此义无反顾地走上花滑的道路。

然而她怎么也没想到，五年后自己会与前来集训的许星辰相遇。

也许，那是一次巧遇。

她与母亲因练习滑冰起了争执，之后便气冲冲地偷了爷爷的渔船去江边散心。然而她刚划出岸边两米远，便听到船舱里传来细微的动静，等她走进去，只见睡眼惺忪的男生正靠着废箱子打呵欠，四目相对时，彼此都吓了一跳。

“你是谁？”两人异口同声道。

“我是佟苒，这是我爷爷的渔船，你怎么会躲在这里睡觉？”

许星辰冷哼一声，得意地说：“我在这里睡觉，你应该高兴才对。”

“有病吧。”佟苒看不清他的脸，她又在气头上，正愁没地方发泄。

她走出船舱，故意将船划得左摇右摆。许星辰慌慌张张地跑出来，大喊：“喂，你想干吗？我怕水啊……”

刺目的阳光下，佟苒这才看清他。十几岁的少年戴着顶黑色鸭舌帽，黑色的毛衣外套了一件棒球服，看上去又高又瘦。只是他神色紧张，为了保持平衡而手舞足蹈，看上去有点儿滑稽。

佟苒想到前两天叔叔说花滑队要来洛城的冰场集训一段时间，看着面前的人，她几乎不敢相信自己的眼睛。她连忙放下船桨跑过去，不料船突然右倾，等她反应过来，许星辰早已在湖里大喊救命。她来不及犹豫，纵身一跃，扑腾了好一会儿才带他上岸。

两个人在寒风中瑟瑟发抖，许星辰连吐了几口水，吓得面色惨白，指着佟苒骂骂咧咧道：“我不过是在你的船上小睡一会儿，你至于谋杀我吗？”

佟苒心中愧疚，连连向他道歉，并将他带回家换衣服。

所幸北方早已开了暖气，许星辰哆哆嗦嗦地换上一套宽大的睡衣，顿时暖和了不少。他打量起整间屋子，暗自祈祷分配民宿时能抽个比这家更高档的房子。

他拿着干毛巾从卫生间出来，佟苒正散着头发帮他烤衣服，秀气的脸上一双眼睛又大又圆，倒像是江南水乡的小姑娘。

“没想到这穷乡僻壤倒挺暖和，可你给我的衣服是什么年代的啊，这么破。”

佟苒回过头，只见许星辰一副阔少做派地往沙发上一靠，嘴角扬起的笑容比之前电视上看到的更加狂妄。她心中有些失望，索性将烤好的衣服往他脸上一丢，头也不回地进了自己的房间。

向来习惯了被人群簇拥的许星辰头一回看人脸色，他讪讪地跟了进去，却见房间里贴满了花滑队比赛的海报和报纸，里面还有一张是他的特写。

他一怔，旋即揶揄地笑起来：“怎么？是我的粉丝还不承认？”

“我……只不过是喜欢滑冰罢了。”佟苒张开双臂挡在了那张海报前，她急于解释什么，但话到嘴边却什么也说不出来。

许星辰俯身打量了一眼佟苒，摇了摇头说：“你当滑冰那么容易，什么人都可以胜任吗？”

佟苒丝毫不示弱，用力推开他：“你等着瞧吧！”

“拭目以待。”许星辰将衣服换好便出了门，然而他怎么也没想到，傍晚入住民宿的名单发下来，他恰好分到了佟家。

当他拖着行李箱敲开熟悉的门时，忽然发觉缘分这个东西果真奇妙得可怕。

2

许星辰甫一住进佟家便跟佟苒结下了梁子。

“他嫌这嫌那，挑三拣四，明明妈妈每天烧的菜都不重样，最好吃的都先给他，他竟然还不满意，我讨厌死他了！”

爷爷摸了摸佟苒的头，哈哈大笑起来：“你不是一直视小星辰为你的偶像吗？怎么现在这么大牢骚？”

“爷爷，我刚来这边有点不习惯，给你们添麻烦了。”许星辰将茶水递到佟爷爷手中，转过头冲佟苒扬了扬眉。

“两面派！”佟苒冲他做了个鬼脸便跑远了。许星辰倒也不生气，他坚信佟苒的心底是崇拜他的，如此只不过想吸引他的注意。

花滑队的集训通常从清晨持续到傍晚，佟苒每天放学都会经过冰场。她总爱透过玻璃窗偷看队员上课，常常不由自主地寻找那抹熟悉的身影。

她不得不承认，训练场上的许星辰似乎有一种魔力，能让她忘记他所有不好的模样，脑海中徒留他驰骋在冰场上的身影。

期末大扫除的那天，乌云黑压压地往下坠，佟苒最后一个离开学校，她和往常一样往冰场走，却意外撞见几个花滑队的成员围在一起窃窃私语。

当她听到“许星辰”三个字时，几乎是条件反射般竖起了耳朵。

“教练真偏爱那个臭小子，上次我们故意让他掉队，他到傍晚才悠哉地逛回来，教练竟什么也没说！”

“他那副目中无人、猖狂的模样真让人恶心，今天也算是给他个教训！”

“不过你这招太险，还好他发现得早，不然钉子戳得太深那脚可就废了。”

佟苒心中咯噔一下，心中正义感涌起。一向温婉善良的她只晓得拾了脚边的碎石头砸到说话人的身上：“你们有本事在赛场上赢他，背地里动手脚真让人瞧不起！”

那几个大男生见佟苒年纪小，正准备教训几句，却见教练小心翼翼地扶着许星辰一瘸一拐地走出来，纷纷转头就走。

佟苒看了看他的脚，连忙要向教练告状，却被许星辰打断，他抿着嘴望了她一眼，那眼神传递着倔强和不甘。

回家的路上，许星辰走得极慢，而佟苒每走几步便停下来等他，想扶住他的手伸出去一秒，便又缩回来。如此反复几次，忽然听到他说：“还不扶一把，你平常骂我的时候可没这么扭捏！”

佟苒白了他一眼，却还是乖乖扶住他。走到最后，她也跟着他一瘸一拐地走，许星辰笑道：“你学瘸子倒是挺像。”

晚上爷爷拿酒精帮他处理伤口，佟苒生平第一次看到那么多血，可许星辰却只是皱了皱眉，从始至终没吭一声。

他见佟苒一脸紧张的模样，便故作轻松地说：“其实我很羡慕你，你的身后有太多人支持你、鼓励你。我爸爸一直反对我练习滑冰，我已经很久没有感受到……有人肯站在我身边的感觉了，很温暖。”

习惯了与许星辰拌嘴，面对他突如其来的感谢，佟苒竟有些不适应。她后来才得知许星辰因滑冰与父亲冷战多年的事。

3

没过多久，洛城下了一场大雪，距离佟家不远的月牙湾结了厚厚的一层冰。在过去的五年里，佟苒都会跟着叔叔去那里溜冰，如今因为母亲的反对，她只得在夜里偷偷溜出去，却不想引起了许星辰的注意。

如水的月色下，佟苒换上冰鞋迎着风跳了一段《吉赛尔》，她别出心裁地在经典作品里加入了芭蕾元素。

然而在做最后一个旋转时，佟苒脚下一滑，结实地摔在了冰面上。

“你的重心不对，你要借助蹬冰的力道完成旋转的动作。”许星辰将佟苒扶起来，并把手伸到她面前，优雅得如同穿着燕尾服的绅士。

佟苒一愣："你怎么在这里？"

"我扶着你，反正我们这样差不多高。"他没有回答她的问题，反倒坏笑着扬了扬眉毛。

佟苒犹豫着将手交给他，她发觉对方的手掌暖得发烫。

后来时隔多年，她永远忘不了那一晚，她和他在冰上飞舞，细碎的雪花纷纷扬扬地落在他们的眼角眉梢，两人的手心都冒出了一层薄汗，不知是紧张还是羞涩。

在那之后，佟苒发觉自己与许星辰之间的气场缓和了很多，只要许星辰得空，便带她到冰场练习，教她基本功。偶尔周末时，佟苒便提了饭盒去队里给许星辰送饭。队里的人总爱起哄："女神不在，你就随便勾搭小姑娘啊。"

许星辰听了，便爽朗地笑起来："欲加之罪何患无辞！你们有本事就当着叶韵的面说。"

那是佟苒第一次从许星辰口中听到叶韵的名字，从前她只知道叶韵是花滑队女单项目的翘楚。不想几日后，当她在许星辰的指导下练习时，一个纤瘦的高挑儿女生便出现在他们面前。

许星辰毫不犹豫地朝叶韵大步流星地走过去，佟苒望着他们并肩而立的身影，第一次尝到嫉妒的滋味，甚至有一些不甘。

晚上队里为叶韵接风，佟苒坐在一旁有些食不知味。席间叶韵的目光扫过她，停留了片刻后忽然佯装生气说："你们这些人，不好好训练，竟拿一个小妹妹开玩笑，实在是不像话！佟苒妹妹，他们读书少，你别见怪啊。"

佟苒呆呆地看着她，一时竟没反应过来她话里有话。而许星辰坐在一旁笑而不语，临到散场时忽然如哥们儿般伸出手臂搭在佟苒的肩膀上："她天生就该站在冰场上，未来一定也会站在冰场上。"

此起彼伏的欢呼声中，佟苒只觉全身的血液都一股脑儿往上涌。她侧过头便看到许星辰意气风发的笑容，而对面坐着的叶韵眯起眼睛，嘴角的笑容有些诡谲。

她离开时经过佟苒，一边用饮料与她碰杯，一边小声说："许星辰说话总凭着一腔热血，你可千万别因为他一句话就轻易改变自己的路，未来的他对你而言是遥不可及的一颗星，你还是忘了他吧。"

佟苒也不知道从哪里涌上来的勇气，她爽快地将饮料一饮而尽，大声地说："不管他再怎么遥不可及，我都会努力朝他走过去，你就等着看吧！"

叶韵错愕地看着她，而远处的许星辰也听到动静，疑惑地转过头。

后来佟苒每每回想此时的场景，都有种恍然如梦的感觉。仿佛人越长大越胆小，十五岁时的几分鲁莽和狂妄竟是再也寻不回。

继叶韵归队后，气氛顿时变得紧张起来。佟苒每每经过体育馆，也只能悄悄偷看一会儿。有时看着叶韵和许星辰一同在冰上做示范，她看得出了神，冷不丁与叶韵的视线对上，她吓得转身就跑，狼狈而又窘迫。

但佟苒并未想到，在一个天蒙蒙亮的早晨，一袭黑色风衣的叶韵与自己的叔叔站在院子的角落里争执不休。还没等她反应过来，便看到叶韵哭着扭头跑走，而叔叔颓然地蹲在院门口抽烟，看上去十分落寞。

她去问爷爷，这才知道叶韵是叔叔的女

儿，自父母离异后一直跟着母亲生活。如今她之所以亲自登门，竟是要找叔叔要钱，一开口就是十万。

佟苒打心底不喜欢这个冷冰冰的堂姐，当她又一次在体育馆外偷看时，叶韵突然出现在她身后。

她高傲地扬起下巴，冷哼一声道："偷偷摸摸准没好事。"

"堂姐，你不该找叔叔要钱。"

"那是他欠我的！更何况，听说他这么多年一直视你为己出，记住，是你抢走了原本属于我的爸爸，你没资格来质疑我。"

佟苒怔怔地看着叶韵的背影，一时间竟哑口无言。

集训的最后一个周末，许星辰突然敲开了佟苒的房门。他带着她去月牙湾，在冰上展示他新编排的短节目。

佟苒呆呆地看着他行云流水的动作，后知后觉地鼓掌说："你爸爸不应该反对你的，你天生就应该在冰上飞舞。"

许星辰轻松一跃，坐在了围栏上："我十岁那年，妈妈为了来看我比赛遭遇了意外，从那之后爸爸一直没有走出悲伤。他讨厌看到我滑冰，因为这会让他想起妈妈。"

佟苒心中咯噔一下，心痛地看着他。她从未想过这个不可一世、骄傲得意的少年的心中竟有这样一个悲伤的秘密。

良久，他站起来长吁一口气，临走时遥遥地冲她挥手："我要去多伦多了，你要好好努力啊，我在那里等你。"

正是这句话激励着佟苒在花滑的道路上坚持下去，她几乎将学习以外的所有时间都用在了练习滑冰上，最终作为一名业余组队员站在了赛场上。一天又一天，她始终期待着以更好的自己与他重逢。

4

三年后的秋天，省青少年业余花滑大赛在北京拉开序幕。业余组平时也在省队训练，但他们并没得到过任何重视。佟苒利用周末勤加练习，精心准备了短节目和自由滑，然而赛前热身时，她在最后一个跳跃中发生失误，狼狈地摔在了冰场上，顿时唏嘘声一片。

佟苒的脑袋有些发蒙，然而伴随着几声尖叫，大屏幕上出现了一个熟悉却又陌生的身影。他用最快的速度滑到她身边，并将她从冰面上扶起来，摄影师适时拉大的特写有如电影中的慢镜头。

众目睽睽下，许星辰将佟苒扶到场下，甚至半蹲着为她检查冰鞋。他一脸严肃地抬起头，"你难道都不知道赛前要检查冰刀吗？虽然只是个小缺口，但在你做旋转动作时它的危害会瞬间放大，所以你才会摔倒。"

佟苒呆呆地看着他的嘴巴一张一合，脑袋嗡嗡作响。三年了，她曾无数次梦到与他重逢的场景，然而当他真的出现在眼前，她却连句完整的话都说不出来。

许星辰见她沉默，想了想又说："我第一次上场比赛时就自我催眠，当那些评委是萝卜青菜，然后就不会紧张了。"他弯起嘴角朝她眨了眨眼睛。

佟苒小声说了句"谢谢"，却被队友的欢呼声淹没。

那一天，她穿着火红的赛服，将一曲《火烈鸟》演绎得如梦似幻，最终获得第三名，出乎所有人的意料，连总教练都对她赞赏有加。

当晚队里为许星辰和叶韵接风，并正式

宣布两人归队。

饭后有人提议去K歌，偌大的包厢里挤满了人。教练指着佟苒对许星辰说：“喏，是不是快认不出来了？当年为你送饭的小妹妹如今已经站在领奖台上了。”

让人眼花缭乱的光线里，佟苒穿着一条水蓝色的蓬蓬裙，她正与同伴嬉笑打闹，举手投足间有种动人心魄的俏丽。

音响突然出了故障，放下麦克风的叶韵忽然提议说：“既然佟苒实力不差，不如让她多参加我们专业组的训练，指不定以后可以当个替补。”

佟苒一愣，只见叶韵正饶有兴致地望向许星辰。

“从没有业余组来当替补的先例，你未免太夸大她的能力了。”许星辰淡淡地说道。

中断的音乐声再度响起，佟苒尴尬地站在原地，她没有再看许星辰，而是独自一人回了学校。她想，自己于许星辰究竟是什么样的存在？至少是朋友吧，可为什么他丝毫不顾及她的感受？

一连两周，佟苒都以课业忙为由不再去队里练习。直到教练又打电话来问，她才磨磨蹭蹭到下午才去。

“你已经自暴自弃了吗？还是说，你要因为我的一句话就放弃滑冰了？”许星辰的声音在空旷的场馆里不断回响，佟苒错愕地仰起头，正对上观众席上的许星辰。

“我不过是个业余组的，来不来又有什么影响？倒是你，这个时间怎么会在这里？”

“当然是等你。”

许星辰双手撑在栏杆上，从上面抛下一根棒棒糖，佟苒慌忙伸手去接，险些栽跟头。下一秒，男生爽朗的笑声便响彻整个冰场。

“没想到三年过去，你还是傻乎乎的，别人分明是想故意给你难堪，你却完全分不清敌友。”

佟苒并没有说话，其实她这两天不去训练完全是想躲着叶韵，那天在离开唱歌的房间之前，她在卫生间撞见叶韵，告诉她叔叔生病住院的事，可对方完全没有要去看望的意思。

两个人发生了激烈的争吵，叶韵更扬言要让她退出花滑。

许星辰见她不说话，以为她还在生气，只好打着圆场说：“你们女生真是麻烦，这样吧，十一假期我要去纽约参加一个集训，教练说你们业余组的人也可以过去学习，到时候我给你当免费导游好了。”

5

若说起最难忘的时光，佟苒日后想起来总是在纽约的那几天。

当佟苒拖着行李箱走进许星辰在美国的家时，几乎被满房间的奖牌和证书所震惊。一脸兴奋的许星辰如一个孩子般骄傲地挨个儿介绍，仿佛完全沉浸在自己的世界里。望着他亮晶晶的眼睛，她仿佛也同他一同回到了那个奋勇拼搏的赛场。

许星辰此行是为了一个月后的四大洲赛做准备，这个比赛在花滑界相当于奥斯卡，备受瞩目。队里只有一个名额，许星辰算是众望所归。

白天他去冰场训练，佟苒总是极有耐心地拿着毛巾和饮料等在一旁，薄荷绿色的连衣裙如花瓣般铺洒在地上。总有美国女孩拜托佟苒拍几张与许星辰的合照。佟苒心中有点小嫉妒，但更多的是满心的欢喜和自豪。

许星辰始终是我行我素的模样，不耐烦时便冲佟苒抱怨，可见对方露出无辜的表情，心里某处便软了下来。

来到纽约的第三天，结束课程后，他带着佟苒去见一个朋友。

傍晚的天空晚霞旖旎，佟苒跟着许星辰一路穿过时代广场，五彩纷呈的巨大屏幕上播放着当红歌手的录影带，穿着随性的街头艺人随处可见。有卓别林打扮的年青男人徒手将白鸽变成了一枝玫瑰花递到佟苒面前。

她惊喜地接过花，羞涩地说了声“谢谢”。

而那人却并没离开，一直盯着佟苒看。许星辰见状，便牵起佟苒的手，笑着说了句《傲慢与偏见》里的对白：“She is spoken for.（她名花有主了。）”

那人尴尬地笑了笑便转身离开，佟苒疑惑地望着许星辰，正想问什么，却忽然见他脸色一变，拉着她便往路边跑。

疾驰而来的鲜红跑车伴随着巨大的轰鸣声在两人身边停下，一个梳大背头、穿皮夹克的摇滚青年大声喊了句：“快上车！”

还没等佟苒坐稳，身子便如离了弓的箭弹了出去，所幸一旁的许星辰将她拉了回来。他用地道的美式英语提醒那名青年小心一点儿，那人便对着后视镜里的佟苒痞气地笑了笑。

离开拥挤的商业区，穿过第五大道时，佟苒不忘拿出手机拍下各大一线品牌的商店。

不知过了多久，车子终于在一处荒无人烟的公路边停下。

佟苒下车时，腿一阵发软。那青年忍不住哈哈大笑起来，许星辰瞪了他一眼，连忙扶着她走进了一家小酒馆。

佟苒发觉许星辰对这里熟门熟路，三个人在吧台前坐下，许星辰与那青年随意聊了两句，佟苒大致听出是有坏人在追他们，所以才一路横冲直撞地穿越大半个曼哈顿区来到这里。

“你叫他阿宏，他会说一点点中文，但通常很难听得懂。”许星辰笑着拍了拍那青年的肩膀。

佟苒有些不好意思地用英语自我介绍了一下，脸竟忍不住泛红。

那晚与阿宏道别后，许星辰告诉佟苒，阿宏一直渴望成为一名真正的摇滚歌手，可是总没有遇上伯乐，这一次比较惨，被唱片公司坑了钱，追债的人隔三岔五地找他麻烦。

佟苒欲言又止地看着他，许星辰了然道：“我知道你想问什么，只是如果我真把钱放到他手里，恐怕我们就再也做不成朋友，他就是这样执拗倔强的人。”

次日许星辰跟随教练去拜访曾经世锦赛的花滑冠军，佟苒闲来无事，便一个人出门闲逛。谁知从圣帕特里克教堂出来时，被人从身后用木棍打晕，等她再次醒过来，便依稀听到刺耳的刹车声和尖叫声混成一团。

满身是伤的阿宏不知从哪儿跑来，将她手脚上的绳子解开。

“许星辰，他在哪里？”

阿宏没说话，只是手忙脚乱地拨报警电话。佟苒心中咯噔一下，连忙抬眼看去，只见巨大的火光几乎烧着了半边天。

她吓得踉跄了两步，就在她茫然无助时，一个熟悉的身影一瘸一拐地走了过来。

脸上被浓烟熏得有些狼狈的许星辰往地上啐了一口。阿宏喜出望外地扶住他，而佟苒已经吓得眼泪直往下掉。

6

这场恶性事件所幸没有造成人员伤亡，然而许星辰却伤到了脚踝，佟苒很清楚，这对滑冰意味着什么。

阿宏却因祸得福，由于警方的介入，他被经纪公司诈骗的真相浮出水面，那些追债的人更因为绑架、违规飙车而受到惩处。

那天晚上，打着点滴的许星辰睡得并不踏实，阿宏蜷缩在一旁的长椅上打着鼾，佟苒接到了从国内打来的电话。

“我上次的提议，你考虑得怎么样了？只要你想办法不让他去参赛，我就去医院看叔叔。”叶韵的声音冷冰冰地从电话那端传来。

“就算没有许星辰，你也不可能拿到去四大洲赛的名额，叔叔有你这样的女儿，不见也罢！”

电话那头忽然没了声音，佟苒这才发现手机因没电而自动关机。她心烦意乱地走进病房，却见许星辰浑身冒着冷汗，不住地喃喃喊着“妈妈”。

佟苒叫不醒他，只得轻轻拍着他的背。陷入噩梦中的男生终于平静下来，呼吸渐渐平缓。

第二天早上，趴在一旁熟睡的佟苒被起床穿衣服的许星辰吵醒。他看上去十分兴奋，直吵着要出门。

当他一不留神险些摔倒时，佟苒眼疾手快地扶住他，却不想两人突然离得极近。抱着法式长棍面包和牛奶进来的阿宏连忙坏笑着转过身去，然后阴阳怪调地说起中文：

“你们好了没？”

佟苒连忙红着脸放开许星辰，却见他的神色也有些不自然。

“咳咳，鉴于明天就要回国，我们今天去看百老汇看《狮子王》吧。”

“可是你的脚……”佟苒忧心忡忡地说。

“没关系……”

有护士来带他去做复查，阿宏忽然一本正经地对佟苒说：“昨天的事很对不起，不过我还是看那家伙第一次这么紧张一个人，昨天他一路闯的红灯能抵上我一个星期的！”

佟苒被他逗笑了，心里甜滋滋的。

那天演出落幕，骤然亮起的灯光让佟苒一阵晕眩，她忽然捧起许星辰的手说：“你一定要坚持下去，我想看着你站到最高的领奖台上。”

许星辰定定地望着她许久，忽然弯起唇角笑道：“那假如，我说我想放弃滑冰了呢？”

“医生说我一年内不能再从事剧烈运动，而我也打算和老爸结束冷战。至于你和叶韵的问题，我想，也顺带迎刃而解了。”

这一番话，他说得云淡风轻，似乎那是无关紧要的小事。可佟苒却震惊得久久说不出话来，她忽然蹭地从座位上站起来，不敢置信地说：“许星辰，虽然我不知道你是怎么得知我和叶韵的事，但我只想告诉你，这根本与你无关，也轮不到你来操心。即便一年不能运动，那还有明年，你怎么能如此轻视自己的梦想？”

“这也是我的事，与你无关。”许星辰面无表情地走出剧场，一瘸一拐的背影看上去决绝而哀伤。

7

从纽约回到洛城，佟苒与许星辰陷入了冗长的冷战。

她回到学校后，整整一星期都将自己锁在寝室里与高等数学较劲。媒体上发布了许星辰退役的消息后，她第一时间便冲出校门往体育馆赶。

公交车上的电视上出现那个熟悉的身影时，她拼命踮起脚越过人头张望。许星辰穿着笔挺的西装坐在数只话筒前，人瘦了很多，说话时彬彬有礼，却似拒人于千里之外。

面对记者的问题，他都一一耐心地作答。对于突然退出冰坛的原因，他言简意赅地说：“上次跟老爸视频，他竟然长白头发了。我希望能够做一个父亲心中的好儿子，我想靠自己的力量去支撑起一个家。如果说十八岁以前我只做我自己，但从明天起，我希望能更有担当。”

此刻的许星辰看上去有了很大的不同，他不再是那个骄傲得不可一世的少年，正渐渐蜕变成一个更有责任感的男人。当他的爸爸有些笨拙地在电脑前罗列那些退役后过得并不好的例子，他这才后知后觉地发现原来一切的反对与妈妈的事无关，那只是一个平凡的父亲会有的担忧。

那晚许星辰在洛城最豪华的酒店宴请教练和队友，唯独佟苒缺席。她将手机关机，逼着自己坐在图书馆里做习题。她的脑海里始终回荡着叶韵的话：“我问过阿宏，许星辰脚上的伤是替你挡的，你还有脸去见他吗？”

许星辰离开时，佟苒没有去送他。她想起他十八岁生日那天，曾这样对她说：“花滑是条艰苦的路，踩着冰刀的我们就如同刀尖上的舞者，我们保持微笑，但每一步都生疼，唯一支撑我们的就是倔强。在以后的日子里，我会一直看着你继续向前的。”

2011年盛夏，她甚至没有好好地和他说一声再见，许星辰便彻底消失在她的生活里。

8

2013年。

虽然佟苒并不知道等待她的是什么，然而她还是带着阿宏留下的地址，坐上了飞往纽约的飞机。

当飞机穿过太平洋上空时，佟苒做了一个不愿醒来的梦。

梦里的许星辰仍是初露锋芒时狂妄不羁的样子，他和她在沃尔曼冰场上共同完成了一套双人冰舞。当午夜的钟声敲响时，他忽然戴上小狮子王辛巴的面具对她用力地挥了挥手。

“我想要用力地和你道别，愿此生最美的时刻定格于此。”轻

壁花少年的烦恼
Written by 龟心似贱
Painting by 覃 覃

One

Bihua Shaonian de Fannao

我完蛋了！

就跟你在走廊拐角刚讲完某人坏话，回头却发现他就站在你身后的感觉一样，还有什么比恶作剧被抓包更让人尴尬、难堪、忐忑不安的？

有！等待许智言找上门来跟我算账的过程，简直让我煎熬得生不如死。

事情是这样的。

上个星期，班里最帅也最受欢迎的男生顾延拜托我一件事，让我给他画一套Q版头像，再设计一个漂亮的签名。

而他之所以会找上我，是因为前段时间，我在现在的高中同学群里发布了一些原创漫画，内容是关于班里的严肃鬼许智言的——那群里当然没有许智言，因为班里大多数人都对许智言积怨颇深，所以建QQ群的人故意落下了他。当我把那些将他塑造成臃肿呆板模样的讽刺漫画贴进去之后，所有人都觉得大快人心，大家像是终于找到了发泄不满的最佳方式，隔三岔五地就来催我：“才女齐舒，快快出现，新一期的《智言好烦》画好没有！”

瞧瞧这套作品有多成功，我的班级地位都因此小幅度提升了一下。

顾延也因此关注了我。他是我们班的体委，性格开朗又细心，把校服穿得服帖好看，身上有好闻的艾叶香味，我总在上自习课的时候在本子上偷偷画他的模样。我记得很清楚，他是在我贴完第三期漫画之后，单独点开了对话小窗，亲切地跟我聊了会儿天，还夸了我好一阵儿，才问我能不能帮他这个小忙。

那可是顾延！笑起来左边脸颊的酒窝能让人沉迷的顾延！我没办法拒绝他，也不会拒绝他。

所以，我用了一个周末，给顾延设计了九个表情头像跟两组风格迥异的签名。做好之后趁着灵感爆棚，又画了新一期的《智言好烦》四格，作为同学们的周末加餐，发在了群共享里。接着才点开顾延的对话框，把给他要的头像跟签名发了离线。

问题就出在这里！

我今天上学的时候，被几个女生叫住，她们都说我给顾延画的Q版头像太棒了。语气是赞美没错，但我多少感觉到气氛有一点点尴尬。

这不是重点，重点是，我以为我把两个文件搞错了，班级群里上传的是顾延要的东西，那给顾延的，应该是《智言好烦》。

可是，顾延掏出手机确认完之后，竟冲我摇了摇头：“没有哦，我什么都没收到！”

情况有点儿诡异，我回家之后急忙打开QQ确认，才发现好友栏里竟然有两个叫“superman”的人，头像也惊人地相似，但他们一个是顾延，一个是许智言。

Two

Bihua Shaonian de Fannao

是时候说一下许智言这个人了。

他皮肤黝黑，体形略胖，看起来憨憨的，但实际上根本不是这么回事。他为人一点儿也不厚道，作为纪律委员，他严厉得简直有些可恶，而且存在感超强：早操时间谁敢迟到一秒，他就罚二十个蹲起；周一升旗的时候谁敢不穿校服，就让谁捡操场垃圾一个礼拜……不仅如此，他还禁止大家课间吃零食，否决我们集体AA制去吃海鲜自助的聚会申请，还跟班主任举报女生烫头发或者涂指甲油。

这个冷酷又不通人情的家伙，他让我们的班级生活每天都过得胆战心惊、如履薄冰，自己却浑然不觉，还总是代表我们大家去响应学校提出的各种劳动号召。

最人神共愤的就是上个月，学校小花坛的水泥围栏坏了，校务处号召同学们义务劳动。许智言第一个冲上前为全班的男生报了名，还自告奋勇表示学校不必请泥瓦匠，他跟大家就可以把水泥围栏修好——好吧，事实证明许智言没有说大话，他不仅会和泥水，还带领同学们把围栏修得整整齐齐，但我们班好几个男生的鞋子因为沾了水泥点子报废了，顾延的裤子还被工铲划了个大口子，大家损失惨重。

尽管怨声载道，许智言的种种“业绩”却很讨老师们的欢心。校务处给我们班发了个“劳模班级”的奖状，还奖励了二十桶矿泉水——当然，这水得我们自己扛进教室。

也就是在男生们愁眉苦脸地排队下楼当运水工的时候，一向在班里走乖巧文静路线的我忽然灵光一闪，想到了用画漫画的方式表达同学们的愤怒与不满……虽然，我们大家已经在有意无意地孤立疏远许智言，但对于他那种行事古板、本来就不需要朋友的男生来说，这种惩罚简直微不足道。

事情的结果你们都知道，漫画大获成功，原本存在感弱弱的我一下子成了班里的小红人，大家都在群里讨论“想不到高手在民间，我们班的大才女齐舒真是深藏不露”，连顾延都主动跟我交朋友——但好事持续的时间这样短暂，我很快就搬起石头砸到了自己的脚，种种细节上的巧合如此严丝合缝，好像冥冥之中自有天意，警戒我需要为自己的行为付出代价。

Three

Bihua Shaonian de Fannao

自从这个世界出现了微博之后，江湖上便多了一个党派——手滑党。于是，很多耐人寻味的点赞，都可以被当事人理直气壮地推卸为“手滑”。

我在想，假如许智言来找我的话，我也应该给自己想个道貌岸然的理由脱罪，比如说……脑滑什么的。

没办法，这个世界没有为发错文件的人提供可参考的补救措施，除了懊恼跟悔恨，我只能听天由命。

可是，直到礼拜二早课结束，许智言一直没有过来。不仅如此，他仍然摆着他最擅长的严肃脸，对大家一视同仁地严谨、刻薄、不通人情，没有阴险恶毒地找我麻烦，他甚至没有多看我一眼。

我满腔狐疑之后忽然想到了一种可能：也许，许智言这两天并没有上网，他还没看到漫画！

侥幸之光照亮了我的人生，我开始回想

一些蛛丝马迹，比如他古板沉闷的模样像个拒绝现代文明的原始人，而且我从未听他谈起什么新鲜资讯或者喜欢的游戏，他甚至不拿手机。这样的人，可能几个月才登录一次QQ呢！

回想得更远一点儿，我们之所以会互加好友，完全是因为在一次班会上，班主任唐老师号召班干部们要有凝聚力，让大家互相交换账号，回家以后我想也没想就通过了许智言的验证，但隔天跟文委方品意聊天儿的时候才知道，其实班干部里有好多人都忽略了他的申请。

现在想来，当时我实在太宅心仁厚，如果那时候没有加他，就不会闹出现在这些烦心事了。

可是，就算我一不留神加了他，但谁又能想到，他跟顾延的名字、头像那么像呢！

简直像个忽悠我上当的圈套！

但是，如果事情真的如我想的那样，许智言并没有看到漫画，那就说明，我还有补救的机会！

抢在他发现之前，把他叫到家里，让他登录QQ，再借故支走他，把文件删掉！

可是，想做到这些，谈何容易！

不过，比起被许智言主动发现后那不可预知的恐怖后果，我宁愿硬着头皮试一试。

首先，我得假装友好地跟他套套近乎。当然，还得避开全班同学的耳目，以免被大家嫌弃。

想来想去，午休时间是个不错的机会，因为按照惯例，许智言会去图书馆待上半个小时，看看科普杂志。

我就那么理所当然地走到他旁边的位子坐下，然后既小声又一本正经地问他：“许智言，你知道秋葵怎么种吗？”

他抬头，脸上无比惊讶的表情在我的意料之中，而我则极力压抑心底的紧张，再平常不过地望着他，抿了抿嘴巴：“是这么回事，生物课上听到你说小时候经常帮奶奶种菜，所以……”

小伙伴们，我这叫投其所好拉近距离，为的是让许智言对我卸下防备！

我得逞了，一提起“小时候”“农村长大”这些关键字眼，许智言的态度就和善了不少，他对自己的童年经历非常自豪，且乐于分享，我则趁热打铁，对他说：“我家的一楼小花园有些空地，我想种点儿秋葵试试，可我什么都不懂，要不晚上我们一起上网查查资料吧！”

我有信心，只要我能骗他一起到电脑前，就能说动他登录QQ，到时候，嘿嘿……

可是——

“不用那么麻烦呀！”许智言冲我笑了笑，“种秋葵我很在行的，我跟你说，只要……”

我有点儿傻眼，本以为自己挑了个不太大众的蔬菜做引子，可没想到许智言七岁的时候就种过，且经验丰富，他跟我说的那些种植步骤，恐怕比百度百科里的还要详细。

不仅如此，他还热心起来，说自己正好周末陪爸妈回老家农忙，回来的时候可以给我拿点儿种子跟化肥，免得我自己买不好。

我简直哭笑不得，虽然跟许智言套近乎的目的达到了，但结果完全跑偏，从“窃取高科技重要文件”变成了“农业爱好者的友好交流”，这都什么跟什么呀！

但，好消息是，如果他周末回老家，那他就没机会上网了吧！

不出意外的话，我还有两天时间可以想想别的辙。

Four
Bihua Shaonian de Fannao

周末两天，我在网上查阅了各种“快速成为黑客的方法”，想干脆盗了许智言的QQ算了……无奈慧根实在有限，捣鼓了两天啥都没学会，还给自己添了一对黑眼圈。

礼拜一上学的时候，许智言真的给我带了秋葵种子跟化肥，还有一个小册子，里面详细写着种植方法跟注意事项，旁边还画了些简单的小图画，用来解释一些农作物常见的发病症状跟解决办法。

看着那些线条简单却生动的图画，我心里既感动又惭愧，因而越发焦急地想要把那份文件删掉。

可是，当天下午，他就又引起公愤。因为要求大家在体育课练够半小时的集体操，一个女生中暑了，多亏了顾延跟几个男生手疾眼快，轮流背着她去了医务室。女生醒来之后，看见许智言向她递去矿泉水，毫不领情地别过脸去，嘴里哼着：“别假惺惺当好人了！”

旁边的几个人早就对许智言看不顺眼，也开始冷嘲热讽，说有些人就想拍老师的马屁，博好名声，却连其他同学的死活都不在意。还有的更直接，把以前的事情挖出来一一批斗。眼看着大家的抗议与讨伐越来越强烈，我忍不住在走廊里冲里面喊了一句，“许智言，老师找你”，把他叫了出来。

许智言从走出门之后就开始一言不发，而我一直纠结不已地跟着他，走了好久，他终于停下来，自言自语似的说了一句：“是我太苛刻了吗？可我只是想维持合格的校园秩序而已啊。上早操本来就不应该迟到，烫头发跟涂指甲油都对身体不好，喜欢响应学校号召那是因为我觉得我们班的同学都很有潜力，我们能做成很多别人办不到的事，这样难道不好吗？”

就在刚刚，那个女生昏倒的时候，我明明看到许智言也拼命地跑过去，想要送她去医务室，结果却被男生们挤在后面。接着他细心地买了水赶过去，却又遭受了大家的一番奚落——只是因为我们习惯性地觉得他有错，却忽略了这件事只是个意外。就算真的需要哪一方来承担责任，最该讨伐的，应该是炙热火辣的太阳啊！

我忽然觉得自己从前实在有些幼稚，总把许智言当成十恶不赦的大浑蛋，深想起来，他并不是坏人，好像也没犯什么大错，他只是喜欢讲究原则，不擅长用柔软的方式跟大家沟通，也不懂表达内心当中最美好的意愿……但这些，真的值得我们当成罪过，变成怨恨他的理由吗？

但是，他实实在在地受到了伤害。而且，跟医务室里那些出言不逊的同学相比，我也没有什么不同，甚至于，比他们更阴暗卑鄙地朝许智言背后捅了一刀。

Five
Bihua Shaonian de Fannao

但我始终没有勇气跟许智言坦白，并道歉。

也许，除了懦弱，我还有另一种心安理得——QQ离线文件的有效保留期是七天，期限已过，即使我不说，他也不知道我曾做过什么。

但是，看着许智言渐渐把我当成朋友，不时跟我倾诉烦恼的信赖模样，我愈发坐立难安，觉得自己配不上他的信赖。

而且，我能感觉到班里有些人对我的态度也开始微妙起来，他们大概觉得我是叛徒吧，明明是最先开始发动小手段讽刺许智言的，如今却跟他像朋友一样站在一边……我也觉得自己很虚伪，对许智言很抱歉却不敢坦白，想要帮他在大家面前仗义执言又缺乏勇气。说实话，我真的很讨厌这样的自己。

终于有人忍不住，趁许智言不在的时候跑来问我为什么要跟他交朋友，但还没等我回答，一旁的顾延却站起来道：“我猜，齐舒肯定是想深入敌军观察创作素材，别忘了，《智言好烦》都停好久了，大才女肯定是想积累笑料给我们放大招啊！”

众人纷纷“恍然大悟”，我想要解释，却被顾延走过来再次打断。他拍拍我的肩膀，别有深意地冲我说了一句：“别着急，齐舒，我会再帮你一把的！”

顾延要在家里办生日会。

他给所有人发了邀请卡，包括许智言。

拿到卡片的许智言一脸的难以置信，顾延见状，一脸亲近地走到他旁边，问道：“你会来吧？”

看着许智言受宠若惊点下头的瞬间，我分明感觉到身旁有看好戏一般的嘲弄之意。

再回想顾延说的“再帮我一把”，我总觉得这场生日会肯定有什么阴谋，便想去阻止许智言，但又不好太直白，只得试探着问：“顾延的生日会，你真的想去吗？”

“当然！这是我第一次收到同学的邀请，我很想去。”许智言捏着邀请卡，样子仍然激动不已。

他越这样，我就越担心，便继续说道：“可是……好像挺吵闹的，要不然，我请你看电影去吧。”我也实在没别的好主意了。

“看电影？”许智言对我的提议明显感到有些意外，但很快就回过神来，“不好意思啊齐舒，我已经答应了顾延要去参加生日会。你也收到邀请卡了吧，我们一起去吧！”

看着许智言坚决又固执的模样，我只能说，我尽力了。

Six

Bihua Shaonian de Fannao

早就听说顾延家很大，一二层的复式楼，门口连着个小院子，容纳四十多个人毫无压力。

许智言来得稍晚一些，拿了一盒礼物，是他自己做的饼干跟蛋卷。顾延一边接过来一边夸张地喊了句：“许智言，你该不会暗恋我吧，竟然送我小点心！”众人纷纷附和大笑，许智言的脸瞬间涨得通红，跟平时的呆板形象截然不同，他就像个腼腆又无措的小孩子。

看着顾延热情地招呼他，其他人也给许智言递饮料跟水果，一切都显得那样平常。我不禁放下心里的担忧，也许，事情并不是我想的那样，没有阴谋没有算计，大家只是想好好给顾延过一个生日而已。

可是，我的自欺欺人很快就被推翻了。

人到齐之后，顾延先是以东道主的姿态站出来致辞，感谢大家的到来，接着有人提议，好不容易出来玩儿，不如做个游戏。

提议的人早有准备，文

委方品意拿着个大箱子出来，里面装着写着所有男生名字的小纸条。一会儿男生们集体站在院子中央充当人质，女生们则拥有解救人质的权利，抽到一个人，跟他跳一支舞，就可以把这个人解救；如果女生抽到不想解救的人，可以换回纸条重抽一次，但不能弃权。

听起来挺有趣，但其实是在考验男生的魅力，因为参与游戏的女生比男生少了一个，所以，不管女生怎么选，最后都会有一个男生无法被成功解救，处境显然会非常尴尬。

游戏很快开始了。

女生们按照学号排序，依次去抽纸条，前几个女生都很顺利，基本都是一次过，顺利解救了抽到的人质。到第十几个人的时候，大家换人的频率忽然高了起来，而我看着院子中间的男生接二连三地欢呼被救，剩下的人假装团结地相互鼓励的时候，立刻明白了这场游戏的真正恶意。

女生们之所以有一次换人的机会，参与游戏的人数又要少一个，每当有女生说要换人时方品意脸上都会流露出贴心而了然的神色……

这是一场集体捉弄，大家费尽心思，其实只想留下一个男生，让他了解自己不受欢迎的处境，体会被嫌弃的尴尬与困窘。

那个人就是许智言。

也或者，一切还有转机，我故意在轮到我的时候假装接电话错过，将抽纸条的机会留到最后，就是想要看大家究竟要如何对待许智言，而我是否有机会能为他做些什么。

而我怎么也没有想到，最后留下来跟许智言PK最后一个解救名额的人，竟然是顾延。

这真是个惊人的巧合，没有人会抽到顾延之后放弃跟他共舞，他只是一直没有被抽到。而许智言……我们大家心知肚明，这是一场为他而设的圈套。

纸箱里只剩两个小纸条，一个顾延，一个许智言，所有人都觉得，胜负已经很明显。

不管我怎样使用自己的权利，只要我想跟顾延跳舞，都可以实现。

那是个在我梦里偷偷出现过的男生啊，我当然想跟他一起跳舞，在女生们艳羡的目光下，为自己留下最为辉煌隆重的青春纪念，而顾延在这个时候，也在温暖地望着我——可是，我又没办法忽略许智言的身影，他的落寞与难堪，才更需要我的解救。

并不是我看着他黯淡失落的样子心生怜悯，而是我觉得，在这场青春盛宴里，等待看他笑话的我们，才贫瘠得一无是处。我们不懂反省与包容，从没有想过可以用温柔的姿态解决我们跟许智言之间的隔阂，却贪图一时痛快，用残忍的方式去伤害本意善良的他。

所以，尽管内心挣扎万分，我还是忍痛放弃跟顾延共舞的机会，下定决心，想要解救许智言。

可是，我第一次掏出来的纸条，从感觉上来说，就让我觉得情况不妙。

那张纸条非常平整，且折痕清晰，众目睽睽下，我慢慢打开，果然，上面的名字是顾延。

大家见我脸色微变，以为上面的名字是许智言，作为主持人的方品意在旁边“善意”提醒：“没关系哦，齐舒，你还有换人的机会！”

我生怕自己的犹豫会再次伤害到已经垂头丧气的许智言，急忙将纸条一揉，攥在手里，对方品意说：“好的我换，反正箱子里就剩下一张纸条了，你来帮我念吧！”

方品意“心领神会”地去拿那张纸条，却立刻傻了眼，她不可思议地看看那张皱巴巴的纸条，又看看我，似乎在问：“你确定？”

我坚定地点了点头。

但是，她并没有尊重我的选择，竟然面对众人，念出了顾延的名字。

欢呼声立刻顺理成章地响起，顾延优雅地走过来邀请我共舞，但我的目光竟无法别开孤零零的许智言，他脆弱得不成样子。

“对不起，我不能跟你跳舞！”

我忍无可忍，拒绝了顾延，走到许智言面前，跟大家宣布：“我要解救的人是许智言！”

Seven

Bihua Shaonian de Fannao

我执意要为他讨回一点儿公道，哪怕这公道单薄无力，无法为他翻转难堪局面，但我真的想让他知道，事情没那么坏，我们也没那么坏。

我给他看纸条，我说我想换你，真的是你，你别泄气。

方品意没料到我会拆穿她，立刻跑过来冲我问：“齐舒，你什么意思，我好心帮你，你倒不领情！”

事情越来越乱，我不知道该怎么解释，大家也不知道该帮谁。混乱时，许智言忽然假装无所谓地冲我说了一句：“别勉强了齐舒，对于我今天的处境，你是救不了我的。”

说完，他走到顾延面前：“谢谢你能邀请我过来，真的谢谢，虽然局面跟我想的不太一样，但是，我一直到走进你家之前，心情都很激动，我以为我有机会跟大家成为好朋友……现在看，好像是我想多了。”

“我好像一直都让大家很讨厌，但请你们相信，我真的没什么恶意。”说完，他长吁了一口气，冲大家挤出一个比哭还要难看的笑容来，“别为了我影响心情，大家开心一点儿吧！”

话音刚落，他低下头，飞快地穿过院子，离开了。

大家也集体陷入了沉默。

我不知道这沉默中是否能有一些反省，我只知道，许智言离开的时候紧咬嘴唇，死死压抑着自己的伤心难过。

“也许，我现在并没有资格说什么，因为我也曾带头暗地里戏弄过许智言，但是，后来仔细想想，又觉得他其实没那么可恨……我欠他一声对不起，现在去补救，可能还来得及。抱歉各位，我得先走一步了！”

我无法呼吁大家承认各自的错误，年轻的敏感与自负最忌讳别人来提醒督促，我只能做好自己。我也相信，有些事情，大家也能很快就想出头绪。

Eight

Bihua Shaonian de Fannao

我并没有想到的是，当我鼓足勇气去追许智言，跟他坦诚那个错发的漫画时，许智言却对我说：“那个哦，我早就看过啦。”

不仅如此，他还觉得很开心：“虽然你把我画得有点儿丑，但我知道大家会拿这个东西看我笑话，我还是挺欣慰的。”

许智言说，他知道自己不受欢迎，但如果能给众人带去点儿娱乐效果，他不在乎别人用怎样的方式记住他。

这个严厉刻板的男孩，他其实非常自卑而脆弱，他想要受到欢迎却不知道怎么做，只能一味展示强项，但有几个女生欣赏会劳动的男孩呢？他非常渴望能成为顾延那样受欢迎的男生，所以笨拙地模仿他，用默认头像跟英文网名，好像这样就能让自己看起来很酷，女孩子当然不会因此而愿意多跟他打交道——但也不是一点儿意外收获都没有，比如我那份《智言很烦》。

“我知道你发错了，可我宁愿你就是发给我的，因为那样好像我们是很好的朋友一样。”

“许智言，如果你愿意，我们现在就是好朋友呀！”我真心觉得这个男孩不错，他胸怀坦荡又有责任心，相处起来一点儿也不吃力，还很踏实。

许智言微微一笑，低下头沉默许久。好半天，才振作起来似的冲我问：“齐舒，那作为好朋友，你告诉我，我到底应该怎么做，才能让大家不那么讨厌我？”

“作为好朋友，我想说的是，其实你并不需要刻意做什么的。”我拍拍他的肩膀，“只要我们都长大了，就会有人明白你的善良与优秀。”

晚上回家，我收到许智言发给我的文件，竟然是他自己画的《智言好烦》，他模仿我的画风，把自己画得很丑，每张图片都是大家在一起聊天儿、吃饭、打游戏，却独独落下他的画面，每一张都有一句：“对不起，让你们的人生里遇到了这么讨厌的一个我，但我很高兴遇到你们。”

我明白他那是什么意思，便帮他把漫画传到了班级群里，那个，没有他的班级群……还附上了一小段话：“许智言知道我们不喜欢他，还把他当成调侃与戏弄的素材，可他还是很高兴，因为我们没有忘记他——我觉得很久以后，当我们学会宽容大度，再想起许智言，可能会发现他其实比我们想象中要可爱得多。”

久久，群里都没有一个人讲话。

但是隔天，一走进教室，不知道是谁布置的，黑板、墙壁，还有飘在天花板上的气球，上面都写着几个字：许智言，对不起。

这一天，是属于许智言的盛宴。

也是多年后，我们所有人的青春回忆里，最浓墨重彩的一笔。轻

待命骑士
Written by 丨李洋洋
Painting by 丨永 夜

Knight one

雅宁来到观澜高中的第一天，就让这所微型校园沸腾起来。

这里是位于沿海郊县的一个小村落，只有一所高中，全校加上校长才七位老师，五十四名同学，每个年级只有一个班级。雅宁走进学校大门的时候，感觉这里所有的目光都落在自己身上，带着好奇的打量、隐隐的兴奋……但并不让人生厌。渔村孩子特有的纯真与善意甚至让雅宁有种踏实的亲切感，所以在走进教室报到之前，她的脸上一直挂着得体的笑容。

于是，在大家眼里，这个来自城市的女孩更加与众不同——她皮肤白皙，穿戴讲究，眼睛亮亮的，身上没有他们因为经常帮家里干活而磨砺出的粗糙印记，整个人干干净净，还很爱笑，很好相处的样子。

雅宁也没有想到，自己就这样被一个陌生的集体认可。事实上，从被爸妈告知要转学，到办理完手续来报到，她的心里一直是悲伤和不情愿的，甚至有些抵触，不知该摆出怎样的姿态去面对全新的生活。

但在这里，大家的热情与质朴感染了她，雅宁的不适被一点点冲淡，看着众人殷勤地围绕着自己，心里甚至不由自主地涌上了一股来自繁华世界的优越感。

“刘雅宁同学，你们原先的学校有多大？”

“比这里，要大二十倍吧，我们有一千多个学生，学校有棒球场和科技馆，最近还修了一个教学影院，中午可以一边捧着饭盒吃饭一边看《龙珠》，管理员睁一只眼闭一只眼，真是个好人。”

渔村孩子们听得心旌神往，艳羡连连，继续问她：“你们的老师也很多吧，他们严厉吗？”

“老师呀，我想想，算上校工跟管理员，一百多个人吧，有好些我都不认识。任课老师都还蛮好的，只有教导主任是大魔头，被他逮到就要去操场旁边修草坪，我们都被他吓惨啦。”

明明是很平常的事情，讲出来的时候看着大家听得津津有味的样子，雅宁也觉得从前的生活分外新鲜，得意之余不免有些落寞——从前的日子，好像再也回不去了吧。

身边的小伙伴还沉浸在那个陌生世界的想象里，过了好久，才有人想起要问她：“对了，刘雅宁同学，你为什么要到我们这里来呢？”

终于命中主题。

雅宁先是一愣，接着看了看众人期待不已的模样，感觉自己的身上已经被冠上生动耀眼的光。她预感到自己接下来在新校园的生活，也必须要仰仗这束光芒带来的热量与好感，所以，她不能公布那个几乎会让她从云朵上掉落的真相。

“是因为我姑姑呀……”雅宁眨着美丽的眼睛，“我小时候是姑姑带大的，后来回到爸妈身边，一直想要姑姑搬过去跟我们一起住，可她就是离不开渔村。这几年她的身体又不太好，我很想念姑姑，所以就跟爸妈申请，跟姑姑生活一段时间。”

漂亮精致的城市女孩，还有一颗温柔善良的心。观澜高中的孩子们再一次被打动了，他们甚至有些庆幸雅宁有个固执的姑姑，这才把这个完美的女孩带给他们认识。

但是，完美背后的真相是，刘雅宁撒了谎。

而且，被人发现了。

Knight two

手握真相的男孩叫宋远航，那么凑巧地，他认识雅宁的姑姑，一个勤快结实的渔家阿姨，丈夫在外打工，女儿在日本留学，自己把家里打理得井井有条，且跟他爸妈的关系非常要好。早在雅宁来学校报到之前，他就听到过这个名字，因为雅宁姑姑两个月前就经常到他们家来感叹，做生意的弟弟投资失利，还欠了许多外债，只好赔掉公司还卖了房子，她想让弟弟一家到渔村安顿下来。远航爸妈都是好心人，自从知道了这件事，就主动帮雅宁姑姑修葺她手里的老房子，粉刷墙壁的时候，远航还去帮忙送过涂料呢。

宋远航记得很清楚，完工那天，雅宁姑姑做了一堆好吃的邀请他们全家吃饭。她一边给远航夹排骨一边冲他说：“哦对了，我有个侄女也会一起过来，跟你差不多大，叫刘雅宁。等她来了，我介绍你们认识！”

等到真正认识的时候，气氛就有些尴尬了。因为沉默男孩宋远航确认了这颗说谎话的校园新星，刘雅宁也想起自己白天在教室里见过这张面孔，她心虚的是，姑姑跟他们一家的关系竟然那么要好，那她的谎言，岂不是马上就不攻自破?

她没有被姑姑带大，只是特别亲近罢了，小时候来渔村住过几次，念小学之后就很少过来了。而且，谎言最容易被戳穿的一点是，姑姑身板结实，根本不像她形容的那般孱弱。

对于家里的状况，雅宁并不知道全部，比如爸爸妈妈对她说他们必须卖掉房子，重新找住处，这段时间她要跟姑姑在渔村生活——他们必须全身心地将债务全部处理干净再来跟她会合。雅宁满心以为“会合”的含义是，他们会东山再起，接她回去。

此刻，这个对未来满怀憧憬的孩子正跟着姑姑与宋远航一家吃饭，小小的餐桌上摆满了肥美诱人的海鲜，但她无心品尝，满脑子都在盘算着，该如何对付那个可恶的知情者宋远航。

他会跟大家拆穿她吗？还是闭口不言，默不作声，只在心里暗暗地鄙视?

对雅宁来说，不管是前者还是后者，她都觉得这个人的存在，是个令人不安的威胁。

可是，要她跑去跟这个并不熟络的男生解释苦衷，再恳求他不要把真相说出去，似乎又有点儿太难为情了。而且那样一来，她更有把柄被抓在他手上，那还怎么在新校园里做高高在上的女王?

所以，唯一的办法就是，不解释，更不要跟他做朋友。

也许，这对原本就不打算使坏的宋远航来说，实在算不上公平。虽然他并不像学校那帮开朗的同学们一样，把欣赏表现得那么明显，但除却后来的谎言，他对雅宁的印象，还是很好的。

甚至，在她姑姑说要介绍他们认识的时候，他还偷偷地期待过，想和她成为朋友。

可惜，一切都在背道而驰。

Knight three

就这样，两个在一张饭桌上吃过饭的孩子，因为各怀心思，隔天在教室里遇见，却形同陌路，连个招呼都没打。

刘雅宁悄悄观察，发现这个沉默的男孩子老实本分，似乎对搬弄是非没多大兴趣，便慢慢解除戒备，放松自在起来。

同学们对她的热情不减，女生对她的漂亮衣服和配饰感兴趣，男生则追问她市里学生篮球队的最新实力排行榜。虚荣像雪球一样越滚越大，在从前的学校，自己不过是再平常不过的高中女生中的一个，身上从来没有这么多引人注目的光环。但在这里，雅宁可以给大家普及少女潮流品牌跟篮球队名次，感觉自己像个无所不知的领袖，被拥戴的感觉不能再棒了！

不仅如此，连老师也对她印象极好。英语课上老师喊她起来朗读，雅宁落落大方地念完了课文，被老师称赞发音精准，语调恰当，当即下令，从此以后，由雅宁来负责二年级的英语早课领读。

雅宁没想到，自己这么容易就被老师委以重任，她的英语水平在原来的学校勉强算是中等，到了这里，竟一下就拔了尖。

雅宁心里当然是开心的，只是有人欢喜有人愁，原本负责早课领读的学委郑京京就郁闷不已。她跟宋远航是好朋友，忍了整整一天，终于在放学的时候对他诉苦："你说，我到底做错了什么，就这么莫名其妙地被人顶替了！"

宋远航想了想，也不怪京京难受，早上英语老师大手一挥就让刘雅宁当领读，一点儿也没有照顾京京被踢出局的难堪。

虽然性格内敛，但宋远航安慰人还是很有一套的，他对京京撇了下嘴巴："顶替就顶替呗，做领读有什么好，每天要比大家早到学校半个小时，还得扯着嗓子大声念课文，早就应该换人接过这个苦差事了。"

京京脸上的苦闷稍微散了些，她是个善良温和的女孩子，在雅宁没来之前，算是班上的"小女神"。其实她也想劝自己别那么计较，只是心里还有些不服气，便郑重其事地冲宋远航问："那你说，刘雅宁的发音真的比我好很多吗？我每天都跟着学习视频练口语呀！"

"没有！"宋远航很干脆地摇摇头，"我反而觉得你的口音更自然呢，刘雅宁念课文的样子太做作了……"

耿直的男孩说这句话的时候并没有想到，村里唯一的雪糕店就在他的右手边，雅宁正对着冰柜里口味稀少的雪糕难过不已，一瞬间联想起小地方的诸多不便，正懊恼着，便听到这样一句评价。

她跑出店门，认出那个浑然不觉、扬长而去的身影，心底微微一颤——原来那个宋远航，是个爱在背后捣鬼的小人。

但就算自己得出了这样的结论，又能做些什么呢？她原本就有"把柄"在他手上啊！

任凭雅宁怒火汹涌，最后还是忍了下来，只在心里给"宋远航"这个名字，画了个大大的叉。

Knight four

渐渐地，宋远航也感觉得到，新同学刘雅宁似乎有点儿讨厌他。

具体的例子还真举不上来，也只有当事人自己最清楚。每天早课她站在讲台领读，视线从未向他的方向转动；午间活动，但凡有他参与的游戏，她必定借口躲掉……太多太多类似的细枝末节，让人无从整理出刘雅宁对宋远航存有敌意的原因，但是他就是肯定，雅宁讨厌自己。

总觉得这中间有什么误会，宋远航决定找个机会解释一下。

时机很快就来了。

观澜高中的体育课，比任何学校的体育课都随意。体育老师是校长兼任，他总是想尽办法把大家带出学校，有时候绕着渔村跑步，有时候带着同学们去他家的大院子里煮海螺吃……这一天，校长又想到了新主意，给每个人发了水桶和工具，让大家到海边挖沙蚕，然后卖到海鲜市场贴补班费，还一本正经地定了下作业：一节课时间，每个人至少抓到一公斤才可以过关。

虽然需要劳动，不过能在上课时间跑去海边，同学们都兴奋不已，可雅宁却愁眉苦脸——这么热的天，她才不想在沙滩上被太阳晒，而且这边的沙滩并不好，沙子里的石砾很扎脚，更重要的是，当她知道沙蚕长什么样子之后，整个人都不好了！

那是一种长相类似蚯蚓的生物……不，甚至比蚯蚓还恐怖，简直就是蚯蚓与蜈蚣的结合体。雅宁只看了一眼就觉得一阵恶寒，让她去捉一公斤？还是打晕她算了。

可是，她害怕，那些从小在海边长大的孩子们却不怕。大家兴致勃勃，动作麻利的已经拨开沙坑捉了好几条。欢声笑语充斥在海浪之间，并没有人觉得校长的主意很糟糕。

雅宁躲在一棵椰子树后面，任凭大家接二连三地呼唤，就是不肯过去，而且担心真实的原因说出来会让大家觉得她不合群，只好再次撒谎：“那个，我小时候在游泳馆里溺过水，从那之后就有些晕水，实在没办法离大海太近。”

虽然理由很牵强，但大家还是相信了她，不再强求，纷纷去完成自己的作业。

雅宁便孤孤单单一个人，远远地看着大家热火朝天地捉沙蚕。许久，她忽然察觉到什么事情，低头看着自己空空如也的小水桶，忍不住苦恼——一会儿要拿什么交差呢？

正在沙滩上忙碌的宋远航也想到了这一点，他当然听说了雅宁“晕水”的那个传闻，但没有纠结真假，只是觉得这或许是个冰释前嫌的好机会，便闷头儿多挖了几个沙坑捉沙蚕，想要把雅宁的作业带出来。

可是，当男孩满头大汗地捧着和解的礼物去找她的时候，却发现女孩已经想到了解决难题的方法。

但那个画面，绝对不是宋远航愿意看到的。

他看到刘雅宁用头上的漂亮发卡，诱惑了班上的老实女生，换来了一小桶挖好的沙蚕——接过水桶的时候她赶紧脱下防晒衣盖在上面，任谁都看得出来，她有多厌恶。

刘雅宁心安理得地拎着水桶，打算走回学校，眼角的余光里，却看见了身旁表情复杂的宋远航。

再一次，被他撞见了自己的丑陋。

雅宁咬咬牙，再也抑制不住澎湃的情绪，气急败坏地回过头来，指着他问：“喂，你打算告密吗？”

告密？宋远航一愣，好像有点儿明白她对自己的冷漠源自何处，觉得这女孩有点儿太小看自己了，便没好气地冲她撇撇嘴巴，语意双关道：“告密？你指的是哪件事呢？”

雅宁抿抿嘴唇，却见他忽然长叹了

一口气，接着向她走过来。

“你，你要干吗？”雅宁看着他手里提着的满当当的水桶，万分害怕那里面蠕动的沙蚕，不禁退后了两步。

“把你手里的那份还给别人，我分你一半交作业。”男孩好心肠地提议。

雅宁讶异于他的不计前嫌，却不由自主地倔强起来：“不，我才不要！”接着飞快地跑开了。

Knight five

莫非是自己误解了什么，那个男孩，好像没那么坏？

雅宁开始怀疑起自己的判断。

可是，已经决定的心意是不会更改的。比如，她提着交易得来的一小桶沙蚕顺利过关，而那个接受了美丽发卡的女生，则因为颗粒无收受到了校长的批评。

这件事，同学们一想就知道是怎么回事，大家开始对她有了新的看法。渐渐地，大家又从一些细枝末节里发现，雅宁所描述的从前的学校以及家里住过的别墅区，好像都半真半假——毕竟小渔村那么小，认识雅宁姑姑的不止宋远航一家，类似的小细节拼凑在一起，终于引起了大家的怀疑——刘雅宁好像很爱说大话?

渐渐地，雅宁就少了一些殷勤的拥戴者。雅宁心力交瘁，知道自己正在损兵折将，却不知道该如何防御摇摇欲溃的城池。

毁掉她的最后一道心理防线的是一封信，原来念书的学校寄过来的，是她离开学校之前最后一次考试的成绩单，学校很负责任地想把结果通知她。这份成绩单辗转抵达了学校办公室，学委郑京京正在抄新课表，班主任就把信递给京京，让她交给雅宁。

薄薄的一封信，信封已经脆弱得不成样子。京京拿着它，刚走进教室，一张纸就从里面飞了出来。几个人好奇地过去捡，很自然地看到那是张摊开的成绩单，只见一排惨淡的分数上面，赫然写着刘雅宁的名字。

似乎又一个“谎言”被戳穿了，雅宁在被询问成绩的时候，曾“大言不惭”地说自己排在班级前五名。

但这件事她说的是真的，她的考试成绩真的从来没有低过班级前五名，只是最后一次考试的那段时间，她正忧心自己要转学这件事，稀里糊涂地参加了考试，在卷纸上写了什么，自己都不知道。

一切就是这么滑稽，雅宁所讲过的谎言与大话还有人选择拒不相信，但这件她据实相告的事情，却因为“证据确凿”，让她成为了一个不再被信任的人。

看着大家都用那种嫌弃的目光望着自己，雅宁懊恼又气愤，理智也烟消云散。明明是一桩巧合，却硬要把所有过错都算在宋远航身上，因为她不知道自己还能怎么办。她气急败坏地跑去找他：“是你，是你对不对？你就是要让我出糗、倒霉、难堪……”

宋远航觉得这女生有点儿无理取闹，心里也开始生气：“我为什么要那么做？”

“你看我不顺眼呗，之前不是还跟郑京京吐槽我英文口音太做作吗？”

远航无语，一来有些诧异那些话被她听到，二来不知道要怎么跟她解释他那天的心理活动。

他觉得雅宁太自以为是了，一次一次地将他置于小人的境地，心里很是难过。隐忍了很久的问话，终于在这一刻和盘托出，他一字一顿地冲雅宁问：“没想到我在你心里竟然是那么不堪，可是刘雅宁，你真的记不起来我是谁了吗？”

Knight six

放学路上，雅宁一直在琢磨宋远航那句问话，直到走回姑姑家，脑子里仍然没什么头绪，糟糕的心情搅得她心烦意乱。

可她不知道，就在这个傍晚，还有一个大麻烦在等着她。

雅宁的爸妈来了。

一推开门，看见那两个熟悉的大人张开怀抱迎接她，雅宁立刻大声尖叫起来，接着一头扎进爸妈的怀里。

真想你们呀！

浓浓的幸福感布满全身，还有那一丝细小的委屈。她在这过得不好，父母的到来让她变成了有所依靠的弱小孩。

可是，接着她就陷入了震惊的沼泽，她原本以为父母有希望将自己从观澜高中里解救出来，回到原来的生活，他们却告诉她，今后全家人都要在渔村生活。

雅宁不可思议地看着爸妈，原本就混沌不堪的大脑变得更加混乱。她不能接受的事情有太多太多，比如家里的境况已经差到这种地步，比如她以为在这里只是短暂休憩，总有一天要回到光鲜繁华的城市里……

爸妈一直在跟她说抱歉，并且细细解释家里落魄的原因，以及他们心力交瘁地将债务处理好之后就急着来见她的心情。爸爸说：“虽然变穷了，我们从头再来就是了。不管怎么样，雅宁，我跟妈妈保证会努力给你最好的生活，请你相信我们好吗？”

雅宁相信爸妈，因为他们深爱自己，她也愿意跟爸妈一起从头开始，只是——让她不安的是，要怎样去面对观澜高中的伙伴们？

她吹嘘自己来自富裕家庭，爸妈是成功的商人——如果有一天他们发现自己的爸妈搬到这里，会不会觉得她又在说谎？

女孩已经因为自己的虚荣尝到苦头，但她头疼地发现，一切远没有结束。

雅宁越想就越觉得懊恼，却不知道该怎么办。她不想去学校，不想看到那一张张厌恶、唾弃的面孔，不想眼睁睁地看着自己坠落。

迷茫又难过的滋味压得她喘不过气来，雅宁想去外面走走，便一个人悄悄溜出门，沿着与上学相反的方向前进。彷徨的眼泪悄悄落在面颊上，她伸手去擦，却越来越多，直到最后泪眼模糊，脚也走不动路，干脆蹲在地上大声哭个痛快。

被大人们打着电筒找到的时候，雅宁已经哭不动了，但是迷了路。她傻傻地看着不远处的小木屋，觉得画面似曾相识，但还来不及细想，就听见有人大声叫着自己的名字。

一起帮忙找她的，还有宋远航一家。爸妈一直在感激他们的热心肠，而雅宁却一直低低地垂着头，拒绝去看宋远航。事到如今，她在他面前，什么秘密都没有了，他可以肆无忌惮地嘲笑她，因为她失去了所有的光环。

Knight seven

雅宁请了两天假。

她借口生病，其实是没有做好准备，害怕面对大家异样的目光。

也许逃避并不是解决问题的办法，但对

于一个十六岁的小女孩来说，除了逃避，她又能做些什么呢？

就在她还在为第三天的请假理由绞尽脑汁的时候，家里却扑啦啦地闯进了一群“不速之客”。

对，是一群。

观澜高中的同班同学，几乎都来了，虽然只有不到二十人，但还是把雅宁在渔村的新家挤得满满当当。

大家一进来就围着雅宁：“雅宁，你们家的事，我们都听宋远航说了。大人的事我们管不了，但你一定要振作起来呀，不要因为家里突然发生变化就接受不了，也别难过，因为我们都会陪着你的。”

雅宁先是意外，接着感动又惭愧，怎么自己就没有想到呢？渔村的孩子们都有一颗纯洁柔软的心，他们很容易被打动，也愿意热心助人，就算自己之前在他们面前说了大话，但若是想获得谅解，那就将一切坦诚相告好了，他们不会不理自己的。

是她自己太骄傲，不肯低头，虚浮的荣光蒙蔽了内心的爽朗与真诚。

还好，有一个人帮助她撕破了那可恶的屏障。

雅宁惭愧的正是自己对宋远航从一开始就没有一个好印象，总是态度恶劣地防着他、误解他，可他却在自己最无助的关头，帮了她一把。

但宋远航却没有过来，也许就算来了，雅宁也不好意思当着众人的面向他表示感谢。她答应同学们，自己会打起精神，尽快回到学校，和大家待在一起。她还保证，自己会慢慢适应渔村的生活，成为一个棒棒的渔村孩子——这里，当然指的是她要克服“晕水”的毛病。

送走了大家，雅宁无限感慨地吁出一口气，接着拳头攥紧，跟自己说了声“加油”，然后换上鞋子，去见一个人。

Knight eight

宋远航，她想起来了。

到观澜高中报到的第一天，并不是他们最初的相识。

那是很久以前，大概是自己六岁还是七岁的时候，雅宁来渔村姑姑家小住。有天自己出门溜达，却在黄昏的时候迷了路，心里正害怕的时候，遇见了一个跟自己差不多大的小男孩。

男孩提着一个小水桶，看见泫然欲泣的雅宁，走过去问她：“你哭什么呀，要不要吃烤虾虎？”

雅宁看了看他，又看看他手里的小水桶，一群长相奇怪的虾虎挤在里面乱动，她又害怕又好奇地问他：“这是什么呀？”

男孩一言不发，拎着水桶继续走，雅宁见左右没人，天更加黑了，急忙上前跟上他。

他走到一栋小木屋门前停住，放下水桶，走进木屋，不一会儿，从里面拿出了一个很小的烤炉。

雅宁看着他熟练地用几根树枝点燃了炉子，又放了几只虾虎，香味很快传了过来，他转头看了看她：“喂，你要不要吃？”

小雅宁走过去，一开始有些害怕，但是他给她剥了一只递过来，鲜美的虾肉一吃进嘴里，雅宁就不再说话，立刻乖乖蹲在他旁边。俩人比谁更快似的，飞快地吃掉了那小半桶虾虎。

可是，快吃完的时候，她忽然又哭了，

男孩问她怎么了，她说：“我想爸爸妈妈了！”

“那就去找他们啊！”男孩不以为然。

“找他们也没用，他们可忙了，都不理我！我生气了，就来找姑姑，想让他们知道没有女儿在身边的坏处。可我都来好几天了，他们就打了两个电话！”小雅宁觉得自己失策了，眼下又迷了路，心里更加后悔。

“你真可怜！”男孩抓抓头，不知道怎么安慰旁边的小女孩，心里倒是有个恶作剧的想法，“不如你就在这里待着，假装自己走丢了，他们肯定会来找你的！”

“天黑了，我害怕呀！”

“怕什么，我陪你呗！”

两个孩子，在大地渐渐被吞噬的黑暗里，一直在小木屋门前，待到了凌晨一点。

但雅宁最终如愿以偿，等来的，是匆匆从市里赶来的爸妈。爸爸走过来一把抱住她，对着她的脸颊就狠狠亲了一口，妈妈又哭又笑地拍了拍她的屁股：“雅宁啊，下次可别吓妈妈了！”

雅宁开心地回头看着男孩，他的父母也赶过来找到他，跟雅宁的待遇不同的是，他爸爸一过来就挥着拳头吼他：“宋远航，你信不信我揍你……”

宋远航，没错，那个曾给她烤虾虎，陪她一起完成心愿的小男孩，就是宋远航。

Knight nine

模糊而久远的记忆渐渐与现实重合，雅宁来到宋远航家，看着那个正在帮父亲补渔网的男孩，忽然意识到，自己为什么没有在一开始就认出他来。

因为，他看起来没怎么变，仍然是倔强少言，却很值得信赖的模样。自己却变了，变得没那么真实和坦然，不知道为什么，身上添了一些总想高人一头的跋扈。

可是，不管是从前的她，还是现在的她，宋远航都一视同仁。他耿直而纯净，从来没想过要陷害她，相反，他始终在默默地维护她。

“宋远航，谢谢你。”雅宁由衷地看着他，谢谢你，一直坚持做一个好人，让我也没有办法继续迷失下去。

“没什么的……”宋远航腼腆地冲她笑了笑，“其实，自从那次你离开后，我一直在想，什么时候有机会再见到你，因为，我都不知道你的名字，也没跟你介绍我自己。”

“那你现在有机会了。”雅宁调皮地看着他，心想，这个内敛的男孩，其实一直都想跟自己做朋友吧。

宋远航鼓足勇气，想起多年以前，他第一次看到那个哭得稀里哗啦的小女孩，心里就在想，身边的人总说他呆板木讷，这真是个好机会，他要跟这个陌生的小女孩说一句话。

后来，他们说了很多话，可是，直到大人们将他们分开，他才发现，自己落下了最重要的一句——“你好，我叫宋远航。”

时光自童年穿梭而来，缘分在记忆里穿针引线，命中注定的伙伴，迟早有一天还要重逢。

阳光下，女孩望着男孩，笑着冲他说道：“你好，我叫刘雅宁。”

他们会成为好朋友吗？

我不知道。

我只知道，这一次，他们不会有人再遗忘彼此。

那女孩对我说
Written by | 余 芒
Painting by | 桀 桀

1.完美偶像剧狗血桥段

十五岁的初中毕业典礼后，我第一次走进了KTV，这也是卜赞和他的“兄弟会”第一次对我发出邀请。

其实所谓“兄弟会”，不过是班里几个臭味相投的男生看了几部港片之后想出的虚张声势的名号，他们会在胳膊上贴上文身贴纸，会在每次考试后调侃谁抢了倒数第一的“冰封王座”……像我这样无论多热的天气都不会解开校服扣子、只关心成绩的乖乖仔，是没资格加入兄弟会的，当然，我也不想加入。

我受邀，只是为了洛璎。

洛璎对我而言有一种特别的吸引力，当时还算不上喜欢，更多是好奇——她的美并不符合主流的审美观，我却怎么都看不够，更吸引我的是她的神秘，神秘得不像只和这个世界相处了十五年的少女，仿若她早已熟识这个世界的运行法则。

洛璎是“兄弟会”里唯一的“姐妹”，和他们一样成绩很差。

以我们今后将背道而驰的人生轨迹来看，今晚可能是我们最后一个交集。

当晚，我安静地坐在包厢的角落里，听“兄弟会”鬼哭狼嚎，偶尔洛璎也会被起哄要求唱歌，她挑的全是些欢快烂俗的流行歌曲，亦不会拒绝卜赞要求的情歌对唱，和她的美一样，她的声音也让人无法定义，单用“好听”或是“难听”来界定都太草率。

时间一过晚上十点，兄弟会那群故作成熟的“中二病”少年就纷纷原形毕露，倒在沙发上横七竖八地睡着了。只有我和洛璎还强撑着，她切了首慢歌，王菲的《脸》。

“呼吸是你的脸，你曲线在蔓延，不断演变那海岸线，长出了最哀艳的水仙……”

我偷偷瞄着洛璎的侧脸，与以往和“兄弟会”厮混时的玩世不恭不同，那是一张悲伤的脸，是一种由内而外的莫名苍凉。

察觉到我在看她，洛璎马上换了自嘲的表情，蹦蹦跳跳唱起了副歌——“最好没有人会明白我说什么，只有你听懂我想什么……”

唱完，她转身对我说：“你看没看过《流星花园》一类的偶像剧？”

“怎么了？”

“你有没有注意里面有很多打耳光的镜头？”

“还真是啊，偶像剧里总是有很多狗血的激烈冲突呢。”

“其实那考验的是演员的演技与反应能力哦，虽然听起来很响、看起来也很像那么回事，但根本不疼啦。”洛璎莫名其妙地说了这一堆，然后凑过来问我，“咱们要不要玩个游戏，考验反应能力的，看看能不能做出电视剧里的效果。”

我觉得挺好玩，就答应了。

“方棠，你这个卑鄙小人！”她还有模有样地说了句台词，扬手向我打来，我赶紧扭过头去，她的指尖在我脸颊上轻轻扫过。

“这个太假了，没有声音的，再来一次。”说着，她又扬起手，这次我扭头慢了些，“啪！”声音很响，但一点儿都不疼，因为她的手掌是虚扣着的。

响亮的耳光惊醒了卜赞和他的“兄弟们”，他们忽然就乌云压顶般站起来在我身边围成了一圈：“睡糊涂了，差点儿忘了，老师的好学生，该和你算算总账了！”

原来，他们认为我就是那个打小报告的奸细——初三上半学期，洛璎莫名其妙地连续几次测验都以满分成绩拿了全班第一。

一次放学后我去车棚推自行车，看到卜赞塞给洛璎一张试卷，他还狠狠瞪了我一眼，警告说敢告诉老师就要我好看。第二天测验，试卷正是前一天卜赞给洛璎的那张，而洛璎也又一次考得了满分。一周后的升旗仪式上，年级主任严肃地发布了对洛璎的通告批评，原因是她利用和其他学校测验的时间差提前得到试卷背下正确答案后骗取高分。当时我偷偷看了一眼众矢之的的洛璎，她正举着一根蒲公英，微笑着把它们吹向了远方。

慌乱中，我透过“兄弟会”的包围圈连连对洛璎摇头，她却推开众人冲过来扬起手对我喊：“方棠，你这个卑鄙小人！”

“啪！”

我条件反射地扭头捂脸，我们就这样演了一出完美的偶像剧狗血桥段。

2.我不懂

从KTV回到家后，我整整睡了一天一夜，第三天早晨，我睡醒下楼洗漱，看到我妈正和一个中年男人在门廊讲话，男人身边站着个女孩，竟然是洛璎。

“小洛，你放心，这段时间我会照顾好璎子的。”

我妈说完，男人便致谢告辞。她牵着洛璎的手走回客厅，被睡眼惺忪的我吓了一跳：“倒霉孩子！醒了也不吱一声。刚才走的是你洛叔叔，妈妈以前的同事。”说着，她指指洛璎，“璎子家里出了点事，最近这段时间要住在咱家了，一会儿让保姆孟阿姨把你哥的房间收拾一下。”

我哥的房间就在我房间隔壁，他大我12岁，前几年去美国留学后，房间就一直空着。两屋相隔的墙上有一扇小窗，隔音很差，以前我哥睡觉磨牙我都能听得清清楚楚。

不过我还是相当窃喜的——我与洛璎本应背道而驰的生活轨迹又有了交集。但因为害怕我妈看穿，我装作不乐意的样子跟老妈拌了几句嘴。

洛璎饶有兴致地看着我和我妈没大没小地斗嘴，仿若对这种庸常的家庭生活感到分外新鲜。

当晚，许是因为之前睡得太多，我躺在床上翻来覆去怎么也睡不着，隔壁的洛璎也没好到哪去，我隔着窗户都能听到她翻身的声音。

我敲了敲玻璃，问她：“认床了？”

“没，是太安静了，睡不着。”她答道。

“这是什么谬论？难道还非得鸡飞狗跳你才能安然入睡吗？”

“差不多吧，从小习惯了。”

“你父母……”

“嗯。”她没等我问完就应了下来，我自然默认为是他们出现了感情问题。

我向来不会劝人，觉得说些“你别伤心别难过”之类的片汤话也无济于事，于是转移话题：“那个，真不是我告的密。”

“我知道。”

“你知道？怎么知道的？”

“因为是我自己告的密，我根本不想考什么第一，是卜赞一厢情愿，我不想和他废话而已。”

洛璎说，她故意把几道语文的阅读理解题答得和标准答案一模一样，老师们又不傻，自然会去查。

“其实，就算没有那些考卷，你也能轻

易考第一吧？我以前看过你的卷子，很多题你明明答对了反而故意改错。”

“你知道得太多了，哈哈。”洛璎似是而非地对我打了个马虎眼，翻身不再理我。

“我不懂，你为什么要这么做？”我不依不饶地继续敲玻璃。

“你哥哥肯定会懂，和你说话太累了，我困了，睡了。”

我想起那些幼年遥远模糊的记忆中，我那个天才哥哥总是戴着耳机孤立于人群，恍然觉得对这次深夜谈心有些似懂非懂，想得乏了，便也沉沉睡去。

3.洛璎，再打我一次

暑假的第二个月，我忽然出现了鼻塞、流鼻涕的症状，一开始以为是普通的鼻炎，但吃过药后仍不见好转，正巧洛璎的父亲是医院耳鼻喉科的主任，一次他上门给洛璎送换洗衣物时为我做了检查，说是鼻息肉，现在息肉还太小，等开学后做个小手术就好了。

说得十分轻巧，就像我出门打个酱油回家做个打卤面吃就能好一样。

我从小就怕血，一听说“手术”两个字整个人都不好了，偏偏洛璎这个恶趣味的家伙还爱在睡觉前给我讲她在医院目睹的各种手术惨况，搞得我一连一个月都噩梦连连。

开学后，洛璎仍寄宿在我家，因为我家离二中太远，洛叔叔托人给她办了一中的借读，每天和我一起上下学。

九月底的一天，放学后，我和洛璎一起推着自行车走出校门，刚跨上车，就被卜赞和他的“兄弟会”堵了个正着，他们把二中的校服或披或搭穿得颇有街头风格，歪歪扭扭地站在路口一字排开，搞得像乡镇企业欢迎领导视察一样。

还没等卜赞说话，洛璎先下了车，给了我个眼神，扬起手来就骂：“方棠！我跟你说了多少遍不许再跟着我！”

我再次条件反射扭头捂脸，谁知这次因为一手扶车，没掌握好平衡，一下演过了——我一头栽在了地上，脸着地。

我起来时，鼻血哗哗地流，“兄弟会”被这阵势也吓傻了，卜赞丢下句“不许再缠着我们小璎璎”后撒丫子就跑，生生把刚拿着铁锹冲过来的传达室大爷气笑了。

洛璎站在旁边当起了我的人肉纸抽和垃圾桶，我从她那里抽纸擦鼻血，再把用过的纸扔给她。

“得，我看你这次倒是省了去医院做手术了。”洛璎把一张沾着血的卫生纸递到我面前，指着上面的一个血块说，“这就是你那块鼻息肉，你得谢谢我啊。”

“谢谢啊！”我继续擦着鼻血，没好气地说。

回家写完作业，在睡前例行的卧谈会上，我和洛璎深刻探讨了她为什么要和“兄弟会”那帮人混在一起的原因。

“他们活泼又聪明，他们调皮又灵敏，他们善良勇敢相互关心……”洛璎直接唱了出来。

“你以为你是蓝妹妹啊！”我吐槽道。

“和他们相处比较简单吧。你看，就算初中时卜赞以为你是告密者，恨你恨得牙痒痒，但只要我装模作样地甩你一耳光，他就没有隔夜仇了，还有这次，我对你凶一点儿，他便屁颠屁颠地不再吃飞醋。”

“你真是他女朋友？”

"你信吗？"

"我倒觉得好多事情解释清楚了更好。"

"太麻烦了，最和谐的人际关系就是大家都糊里糊涂地得过且过，你没听过'文人相轻'吗？聪明人之间看得太透，谁也瞧不起谁，到最后狗咬狗一嘴毛，都不得安宁。"

"洛瓔，你真的只有15岁吗？"

"其实我早就睡着了，刚才说的都是梦话。"

4.洛妈妈

少年时代总是当时觉得过分漫长，但转头一看，就如教室前那面写满了擦、擦了再写满的黑板，就这么新的一天覆盖旧的一天，后知后觉中，我和洛瓔已当了一年多的"室友"。

高二上学期的期中考试之后，我和洛瓔迷上了漫画《火影忍者》，每天一放学就去学校对面的租书屋租漫画，回家写完作业便躺在各自的床上看漫画，看完再打开窗子互相交换。

偏偏洛瓔这货笑点极低，看热血漫画都能笑得震天响，搞得我总觉得她手里那本要比我正看的这本好看许多，不停问她剧情。

"哈哈哈哈哈哈！"

"你又笑什么啊！"我好奇又愤怒地猛敲窗子。

"好色仙人……鸣人……哈哈哈！"

"说人话好吗？"

"说不清楚啦！你过来和我一起看嘛！"

于是我去了她的房间和她一起看漫画，我仿佛受了她的"笑气"传染，也跟着大笑起来。

我俩正笑成一团的时候，房门忽然被推开，洛叔叔走了进来，对洛瓔说了一句："瓔子，我们该回家了。"

洛瓔像是早就知道了一样，没问一句，默默地下床收拾东西。

"洛叔叔！我和洛瓔只是一起看漫画而已！"我以为他是误会了什么，赶忙解释。

"我知道，你们都是好孩子，瓔子打扰你家太久了，该回家了。"洛叔叔笑着说。

洛瓔走后，我妈看我被这突发事件刺激得懵懵懂懂，叹了口气，把我喊去了书房。

"这些事瓔子不让我和你说的，但我觉得你应该知道。是瓔子她妈妈的病情已经稳定了，医院方面也都安排好了，所以她爸才把她接回去的。"

"病情？医院？什么病？她爸妈不是在闹离婚吗？"我听不懂了。

之后我妈挑挑拣拣地给我讲了一些洛瓔母亲的故事，即便如此，我还是一时消化不了。

洛瓔的母亲曾经十分优秀，是个聪明异常又敏感善良的天才少女。当年以全市第一的成绩考取重点大学，每学期都拿最高奖学金并在大三时就被医院附属研究所内定招聘。可她却越来越不快乐了，因为过于内向敏感，她不擅长处理人与人之间的关系，面对同学、室友间的嫉妒、排挤甚至欺凌只会选择独自默默承受。参加工作后，情况并没有好转，即便在人才济济竞争激烈的研究所，她仍是最出色的那一个，社会比校园更加复杂，她承受的压力便越来越大。终于，在生下洛瓔后，产后抑郁症加速了她的精神崩溃，近几年更是严重到已经完全无法出门，洛瓔父亲无奈下只能选择把她送进精神病院。

我妈在相册里找到了一张她当年与洛氏夫妇的合影，年轻的洛妈妈与洛璎惊人地相似，只是洛璎用那张更易被世人看轻的玩世不恭假面遮挡住了自己眸中天才的光点。

离开书房，我去了洛璎的房间，她的东西已经全部搬走了。

一年多以来，从未如此安静过的房间让我感到窒息，我拎着还没看完的两本《火影忍者》，跟妈妈说我要出门散散心。

我走着去了租书屋，无精打采地把漫画拍在老板的桌上，老板照例仔细地检查着书籍是否破损，忽然，他碰了碰我胳膊，递给我一沓折起来的稿纸。

"夹在漫画里的，是不是你的？"老板问我。

我打开一看，是洛璎的字迹，便点头接下，头也不回地走了。

"还没退你押金呢！"老板在身后喊。

5.你脚踩的地狱只是天堂的倒影

让我失望的是，那叠稿纸并非是洛璎写给我的信，而是一篇小说，是以一个傻子的视角看待这个荒诞世间的故事。说实话，我没怎么看懂，但却觉得写得超级无敌好。

我连续几晚用电脑把那篇小说打成了电子版，署上洛璎的名字、学校、班级后发给了当时颇有影响力的一个全国性青少年征文比赛。

转天上学，我顶着两个大大的黑眼圈正准备和洛璎说这件事，她却像压根儿不认识我一样，转身和别人说话去了——她又迅速地加入了班里其他几个"差生"组成的朋友圈，把我这种无趣的书呆子排挤在外了。

这似乎已是她惯用的防御机制——用"沉默的大多数"为自己做掩体，以防被这个崇尚平庸的世界捧杀。

不久后的一天，教室前的小喇叭忽然响起，而且是校长的声音，他兴奋地宣布洛璎同学摘得了全国青少年征文比赛的一等奖。

洛璎刀一样的目光划向我，站起来拽起我的衣领就把我往教室外拖。

"是你干的吗？你得到我的允许了吗？不知道萨特说过的那句'他人即地狱'吗？你觉得这是为我好？我不领情！我根本不想被人瞩目……"洛璎连珠炮似的骂我，每骂一句就把我狠狠地往楼道墙上推一把，撞得我头都晕了。

"你冷静一点儿行吗！"我挣脱开，"我知道你怕什么，你怕重蹈你妈妈的覆辙。但你现在快乐吗？你就想这样一辈子装傻充愣苟且度日？你妈妈疯掉了，但她起码是因为坚持做自己才疯掉的！我跟你说，你照这样下去也会疯掉，还是最可悲的那种，到头来你连自己都不知道自己是谁！"

洛璎顺着墙壁无力地瘫倒在地上："这世界好无聊，像地狱一样无聊。"

我蹲下去，捧起她的脸说："别怕，你脚踩的地狱只是天堂的倒影。"

这其实是洛璎的那篇获奖小说里引用的一句诗，我同样是不懂的，却一直牢牢记在心里。

洛璎的眼泪顺着我的指尖流进我心里，好涩，好苦。

她无奈地笑笑，揉了揉我的头发，说了那首诗的下半句："我唇角的故事终将是时间的灰烬。"

当时，我以为，这句话的寓意是，时间

会带走一切，希望就在前方。

后来，我才知道，这句话还有另一层寓意——无论多么悲惨的故事也只是漫漫时间长河中一吹即散的一片灰烬，时间兀自流淌，它不会为任何人的命运负责任。

6.逃

洛璎获奖后，有不少书商来找她，要把她以前的作文集结成册出版。

她成了风云人物，随之流言甚嚣尘上。

抄袭、代笔、潜规则……妒火中烧的人们无所不用其极地试图用污点掩盖洛璎的才华，流言飞速地蔓延着，没多久就开始有人绘声绘色地描述我与洛璎的“丑闻”，说她寄宿在我家时如何如何，后来又如何如何……

距离高考还剩一个多月的一天，班主任把我和洛璎同时喊去了办公室，办公室里的其他老师已经出去避嫌，等在屋里的是洛叔叔和我妈。

我们一进办公室，洛叔叔就冲上来甩了洛璎一耳光，说了句“洛家的脸都让你丢光了”便拖着她向外走。

回家后，我妈没有责怪我，她说她相信我也相信洛璎，她让我也要尽量理解洛叔叔，说洛璎母亲之前经常被类似的流言攻击，洛叔叔已经心力交瘁了。

我感到很自责，如果不是我把那篇小说送去参赛，肯定不会发生这些事，我还是对这个世界太乐观、太天真了。

那一个月，洛璎再也没回过学校，她爸把她整天锁在家里，对外宣称是给她请假让她专心复习备考。我让孟阿姨每天趁洛璎父亲上班的时候过去看她，孟阿姨每次回来都对我说洛璎很好，但我却总觉得她过得没那么好。

高考前一天的晚上，孟阿姨从洛璎家回来后偷偷塞给我一张字条，我正要打开看，我爸忽然走了过来，于是我谎称出门买文具，揣着字条出了门。

刚走出小区我便遇见了卜赞，这三年他已经长得高高壮壮，他不似从前每次见我都剑拔弩张，反而哥们儿似的揽过我的肩膀，说要请我喝汽水。

我怕推辞反而生事，便应了他，谁知我刚从店员手里接过两瓶打开的汽水，一转身，卜赞人已经不见了，我只得自掏腰包，手一伸进裤口袋，发现那张字条没了。

我慌不择路地跑出超市，过十字路口时被一辆转弯的出租车刮了一下，胳膊上掉了一点儿皮，我挥着手对司机说没事，他却赶忙走下车来，热心地非要给我爸妈打电话，还把我强塞进车里送我去了医院。

那一晚上，就这么兵荒马乱地过去了。

高考结束后，一个惊天的消息传来——卜赞和洛璎同时失踪了，时间就是我丢失字条的那晚。

整整一个月，洛璎和卜赞的失踪成为了本地最大的新闻，但也仅是一个月后，这事就再没有人提了。

这让我哑然——莫须有的流言可以让人受困一生，但两个活生生的人凭空蒸发却一瞬变旧闻。

我随大溜地报考了本市的大学，离家很近，无须住校。

每个失眠的夜，当我透过窗子望向隔壁那个再没亮起过灯的房间时，都会扪心自问：

如果，当时那张字条上写的是让我陪她一起逃，我会像卜赞一样决绝吗？

7.哭泣的原因

我二十岁生日那天正赶上高中同学聚会，标准的聚会流程——在饭店吃到扶墙而出然后去KTV通宵唱歌助消化。

这几年出的新歌我一首都不会唱，于是只能像当初第一次来KTV一样乖乖缩在角落里玩手机。

大约是晚上十一点钟，刚刚还在飙高音的两个女生忽然唱起了“祝你生日快乐”。

我听了两句才反应过来，站起来向大家道了个谢，正要坐下，包厢的门被推开了，先挤进来的是个硕大的蛋糕，然后我才看见后面端着蛋糕的女生。

竟然是洛璎！

所有人都站起来拍掌起哄，这显然是一场精心设计好的“重聚”。

在场的大多数人当年都曾或多或少地参与过那个流言，如今却心安理得地做起了“幸福”的见证人，我望了一眼洛璎，一下懂了——她眸中天才的光点已过早地被艰难生活的风霜所掩盖，她终于被磨砺成了一片不起眼儿的灰烬，于是平庸者的天堂便向她敞开了大门。

洛璎尴尬地从口袋里掏出一张字条，对着包厢号反复确认了多次，最后生硬地挤出一个微笑：“好巧啊，那个……方棠，生日快乐！这蛋糕我请了，大家玩儿好，我还有事，先走了。”说着她就匆忙走出了包厢。

我追了出去叫住她，却不知道该说些什么。

“不好意思，我忘了今天是你生日了。”洛璎转身对我说。

“你什么时候回来的？”

“没多久，我妈出院了，我回来照顾她。”

“这几年，你过得还好吗？”

“挺好的。以前上学的时候总觉得这个世界简单得让人无聊，后来出去，才发现只是自己见识太少了而已。前几年我学习做甜点，笨手笨脚，天天被师傅骂，却让我感到很充实。我早就应该做些自己不擅长的事，也就不用那么费力伪装了。我现在相信海明威的那句话了。”

“哪句话？”

“这是个美好的世界，值得我们为之奋斗。”

“我……”

我终于鼓足勇气想要对她说出那句迟到的告白，她却打断了我：

“对了，我在新街那边开了家蛋糕店，有空过来玩，我真得走了，卜赞还在店里等我呢。”

她用一个轻轻的转身告诉了我，即便在这个“美好”的世界，错过了也只能错过。

“陪我唱首歌吧！”

我在洛璎马上就要走出KTV大堂的时候喊住了她，她陪我回了包厢，点了一首《二十岁的眼泪》。

唱到那句“是二十岁的男人就不再哭泣，因为我们再找不到原因”时，我的眼泪忽然就不听话地流了出来。洛璎问我怎么了，我说：“我是不是很没用，我已经二十岁了，但伤心的时候还是想哭。”

她说：“瞎说什么呢，我们才二十岁，我们的人生才刚刚开始。”轻

邻家武圣 二
（连载 3
Written by | 两色风景 Painting by | akano

上期回顾：曹歌千辛万苦、绞尽脑汁地说服了卓太太放弃了搬家的念头，更大的打击却接踵而来——卓小豪竟然有个定下娃娃亲的未婚妻！这个叫苏漓的女生就这样毫无征兆地闯入了他们的校园生活，更无奈的是，他们三个人还成了同班同学……

11. 新娘子

“——那时候如果没有小豪，我早就死掉了呢！”

地点是卓小豪家的饭厅，桌子上摆满了菜，知道有苏漓这个贵客要来，卓先生使出了浑身解数。照烧鸡腿、蒜蓉蒸扇贝、牛肝菌炖排骨、鱼香茄子煲、京酱肉丝、黄焖对虾……几乎道道精彩，吃得每个人都眉开眼笑。筵席过半，卓太太与苏漓你一言我一语地回忆起了当年初次见面的往事，苏漓一边儿说，一边儿用感激而甜蜜的目光盯着卓小豪，以至于他很不好意思，频频借菜遮羞。

“妈妈打败了老虎！妈妈好厉害啊！”嘴边沾满酱汁的卓小兔崇拜地看着妈妈。

“是的。阿姨也是我的大恩人。”苏漓说。

“嘿嘿，不如说我是你们的媒人。”卓太太坏笑着说，“如果那年夏天我没把小豪带去那座山，你们也不会有一段青梅竹马的时光，这会儿大家也没法坐在一起吃饭啦。”

“什么叫媒人呀？”小兔歪着头问。

“回小姐，意即撮合爱侣之人。”梁爷解释。

梁爷的说话方式让小兔更加不懂了，苏漓点着她的鼻子说：“就是天使一样好的人，让我可以和你哥哥在一起。”

卓小豪呛到了，咳嗽个不停。

“姐姐你要当哥哥的新娘子吗？”小兔瘪了嘴，“可是小兔也想当呀！”

“那我们就一起当吧！”苏漓抱着小兔笑着说。

卓小豪险些又把一口汤喷出去。

“那，歌子姐姐怎么办呢？”小兔又认真地问，“歌子姐姐也会想当哥哥的新娘子的。”

“啊啊啊——”卓小豪把一块菇塞到小兔嘴巴里，“小兔，吃饭的时候不能说那么多话，快吃饭。”

卓先生懂得儿子的心情，也帮忙岔开话题道：“小漓，令堂好吗？”

“嗯，挺好的。”苏漓说，“其他族人也都好，她们一再叮嘱我，要好好谢谢你们愿意收留。”

“不用客气，但是真意外啊。”卓太太说，“我以为你妈妈很恨我们呢。”

苏漓微微一笑：“当年她答应让我和小豪在同一座山训练，是希望借由修行成果，证明英雌族的实力不逊于武圣之后，结果却让她失望了。其实，英雌族的女性强大、独立，这就够了，为什么一定得跟男性势不两立呢？我想，妈妈现在也渐渐看开了吧。”

“她们还是过着隐世生活？不打算到城市里来吗？”卓太太问。

“她们已经习惯了。不过她们也很清楚，要在这个时代继续存活下去，融入当今社会是不可避免的，答应让我来这里读书，也是迈出了重要的一步。”苏漓说，“她当然知道我来找小豪意味着什么，但是连这也不反对，说明她默许了我们的关系。”

“不错嘛。”卓太太打趣道，“那你住在我们家也不能算是寄宿啦，早晚是一家人嘛，哈哈哈。”

苏漓双眼放光的时候，卓小豪的脸快要低到汤里去了……

晚饭后，苏漓自告奋勇要帮忙收拾碗筷，愣是将热爱做家务的卓先生推开了，而就在卓先生离开后五分钟内，厨房里接连传来三次碗碟摔碎的声音。

卓太太凑过来笑着说：“多好呀，咱们的儿媳妇这么勤快。”

“这就叫上儿媳妇啦？”卓先生苦笑，“小豪才十六岁。”

“这要是在古代，当爸爸都可以了哦。”卓太太说，“就算是现代，再过两年也够了。”

卓先生皱眉：“老婆，有些玩笑你可不能开得太过火。小豪会尴尬，而小漓会当真。”

“好啦。”卓太太少女般吐吐舌头，“不过我挺喜欢小漓是真的。”

“小豪是不是比较喜欢咱们邻居啊？”卓先生压低声音说。

“不好说，但我比较支持小漓，怎么说她跟我们也是‘同类’啊。”……

这对八卦夫妻窃窃私语的时候，厨房里的苏漓缓慢地擦拭着盘子，竖起的耳朵灵敏地捕捉着外面的动静。

在听见“咱们邻居”的时候，她又摔碎了一个碗。

12. 暗黑闺蜜

Word文档上的字一行接一行地增加，然后又被删掉。

曹歌索性将word关闭，今晚的状态好差，根本写不了什么东西。虽然《草花》发稿在即，但是，唉，管它呢。

曹歌从电脑桌前爬起，踱到窗口，望向邻居的方向，属于卓小豪的那个正对她的房间，此刻还黑洞洞地没有开灯。

晚饭时间早已过了，平常的这个时候，卓小豪在干什么？应该是在他家的地下训练场里练武功吧？不对，现在他们家有客人，也许会是陪那个苏漓聊天儿？

这还是跟卓小豪认识以来，话说得最少的一天。

今天在学校里，卓小豪与苏漓的关系只能说是“形影不离”。不少有意接近苏漓的男生都被她忽视了，她有事没事就往卓小豪身边黏。傍晚放了学，虽然曹歌以编辑部开会的名义暂时留在了学校，但即使不留，她估计也得一个人回家——人家跟未婚妻一起呢，她难道要来个三人行？

“未婚妻未婚妻，什么时代了。”曹歌不禁嘀咕，“还真以为自己在拍古装片啊。”

埋怨归埋怨，卓小豪那张尴尬苦笑的脸还是在她的眼前浮现，虽然他对苏漓的到来感到高兴，但显然态度是怀念一个老朋友多过前女友。

“既然没那个意思，怎么不早点说清楚？在学校搂搂抱抱了一整天！”曹歌又轻声骂起来，“知道自己优柔寡断，就别学人到处留情！”

接下来曹歌不可遏制地开始想象苏漓跟卓小豪一家其乐融融的相处场面。吃饭、饮茶、谈笑风生，也许闲来无事还可以去机关屋耍两把。“反正她也是个武林高手嘛，肯定多得是话题可以聊。”曹歌不屑地撇撇嘴，“什么门派掌故啊，什么武功心法啊，什么年少时光啊……受不了。”

然后，曹歌猛然想起了什么，她抱住自己的脑袋，露出一脸惊恐的神色。

“等等，我刚才是在干什么啊？”她问镜子里的自己，“我……我这不是仿佛一个躲在背后妒忌别人幸福的坏女人吗？我……在吃卓小豪的醋？”

清晰地意识到了自己的心态后，曹歌开始团团转：“等等等等……这岂不是意味着，我喜欢那个笨蛋？不会吧……我怎么可能……”

就在曹歌陷入人格分裂一般的自我质疑时，对面房间的灯火“啪”地一下亮了，随即传来窗户开启的声音，是卓小豪，透过没有拉上的窗帘，曹歌看到了他。

不过是稍微疏远了一天，这会儿两个人面对面，居然让她有一点儿怀念。

“嗨……”卓小豪有点儿抱歉地说，“今天都没怎么说话呢。”

曹歌心里一热，对方竟然也跟她有同感，她立刻暂时将那些念头抛开，撇撇嘴：“现在怎么有空？不用招呼你未婚妻啦？”

“你不要也跟着闹啦。”卓小豪苦笑，“小漓这么说，小兔不懂也瞎起哄，还有老妈……”

“很好啊，看来已经得到了家族高度认可呢。”曹歌却还是要补枪，“喂，未婚妻什么的，到底什么设定啊？不是指腹为婚这么土吧？”

“不是……我们小时候同在一座山里训练，相处过一个月。”卓小豪说，“你知道的，我小时候没什么朋友，小漓就是我非常重要的朋友，我想我对她而言也是一样的吧。”

“朋友怎么就变成未婚妻啦？”

“小漓说……希望我能永远保护她，我就说好啊……貌似她有点儿误会我的意思……”卓小豪吞吞吐吐。

“那人家都特地来找你了，就顺水推舟呗。她那么可爱。”

“饶了我吧。”卓小豪苦笑，“我每次和你说话，都觉得像是在水里潜了太久，终于能探出头来呼吸一口新鲜空气。怎么你今晚也一直把我往水里拖啊？”

曹歌的心情已经轻松起来了，卓小豪不是油嘴滑舌始乱终弃的人，所以他这番为难的发言，正说明了他心里没鬼……

“不对，有没有鬼关我什么事？”曹歌赶紧摇摇头，“我没有多想。我只是在套八卦！套八卦！”

这时，对面传来卓小豪惊讶的声音：“小漓，你怎么来了……”

苏漓竟然穿着睡衣，走进了卓小豪的房间，她笑眯眯地说：“你害羞呀？我们小时候都一起睡过的。”

“现现现现在可不是……”

“好啦。我开个玩笑。虽然我是你的未婚妻，但也没有硬钻你被窝儿那么不检点哦。”苏漓笑着，身影忽然消失了。

曹歌一回头，苏漓居然来到了她的房间里。卓小豪叫道：“小漓，你干什么？”

“跟同学聊天儿呀，小豪你都可以聊，我为什么不可以？”苏漓说着，把窗帘拉上，回过身对曹歌笑着：“你好，你叫曹歌吧？你白天帮了我的忙，我都还没有正式跟你打过招呼呢。”

“不……不用那么客气。”曹歌恢复了镇定，“都是同学嘛……”

“你对我们的事情很清楚呢。我还以为小豪他们一家那么谨慎，绝不会让非同类知道我们的秘密。”

“啊哈……其实是我强迫他们告诉我的啦……”

“我从今天起会一直住在小豪家，未来的校园生活，也要请你多多指教了。”苏漓拉着曹歌的手说，“我们可以做闺蜜哦，睡前聊天儿什么的，我最喜欢了。”

“好啊……”曹歌当然只能这么说。

苏漓忽然将脸移近曹歌，二人几乎是鼻尖对着鼻尖，苏漓轻轻问：“曹歌你，喜欢小豪吗？”

“不！”曹歌条件反射地说，“当……当然不啦！他对我来说就是个外星人、新闻素材、邻居、同学！”

“我就知道。”苏漓甜甜地握了一下曹歌的手，凑近她的耳边说，“否则的话，我可是会……杀死你的哦。”

相较于之前的甜美活泼，这最后的五个字仿佛冰河般冷冽无情，曹歌的心为之一坠，而苏漓的身影已经不见。

窗帘高高地扬起，苏漓已经回到了对面的房间。曹歌听见卓小豪问：“你们聊些什么？”苏漓笑着说：“女孩子的话题，不告诉你！”

然后，他们俩先后说道：“曹歌，晚安。”

曹歌一个字也说不出来。

13. 女孩的战争

“……这曾经繁盛辉煌、如今沧海桑田的一切，却又沉睡在大自然的怀抱中，得到了最悲悯的抚慰，废墟与草木完全是共生连理状态……”

苏漓的朗读声回荡在高一（F）班的教室里，声音纯净、清甜、不高不低，就像一阵春风徘徊不去，每个人都不禁心旷神怡，代替艾老师执教语文的眼镜老师更是把双手背在背后，跟古代的夫子似的摇头晃脑。

苏漓就像声音的魔法师。不论是她刚入学那天吹的曲子，还是娓娓道来的说话方式，都能够在最短时间内抓住人的耳朵，进而抓住他们的心。

虽然才转学来第二天，苏漓已经是这个班大多数男生心目中的女神了。

也许是因为过去的十年都隐世而居，她的身上浑然天成地散发出一种出尘脱俗的气质，但是又不像小龙女那么不食人间烟火，而是纯真又充满活力的，让人更加愿意接近。

上课的时候点苏漓起来回答问题，成为许多男生心头的期盼，遇到让她朗诵一大段课文的好时候，他们更是恨不能抱住老师高喊：“就这个feel（感觉）倍儿爽！”

当然，最享受的还是跟苏漓一起上音乐课。

高中时期的音乐课，根本已经是可有可无的课程，反正不列入考试，同学们上课总是各干各的，而老师在一旁伴奏般弹着琴，说些仿佛只有她一个人听的东西。

但这次音乐课刚开始，苏漓就立刻举起了手，向老师举报钢琴的音准不太对，在老师赶忙进行了调整之后，她又开始婉转地指出老师的弹奏技巧略显不妥，听得那位老师十分狼狈，而其他同学都觉十分有趣，纷纷起哄让苏漓给他们来一曲。

苏漓的确就像她刚入学时说的，精通几乎所有的乐器，她刚坐下时，被迫退位让贤的音乐老师还一脸看热闹的神情，而在苏漓十指按下琴键的那一刹，她的表情简直就像是看到了音乐之神的降临，沉浸在旋律里的苏漓显得那样神圣，她甚至忘情地唱起一首歌来：

今夕何夕
当年少年
云海有时尽
孤帆心际流
青城夜雨十年灯
一曲烟波谢离愁
他乡明月渐式微
式微式微
胡不归

这是一首词曲意境都颇为古风的原创歌曲，而钢琴这一国际乐器的表达却又赋予了个中情绪以穿越时空的质感，如泣如诉的意境居然令许多女同学泪眼婆娑，大家都被苏漓的才华征服了！

曹歌一手托着腮帮子，看苏漓的目光于是带了些许戒备。正在进行的，是体育课。换上一身体育服的苏漓又是另外一番风味了，不知多少人注视着她，簇拥着她。

如果没有昨天晚上的通牒，或许这会儿曹歌也喜欢上苏漓了吧。

“我可是会……杀死你的哦。”只可惜曹歌一想起苏漓说这话时的语气与表情，就不禁要打一个冷战。当时的苏漓，冷酷得简直像一个杀手，与现在的气质完全是天壤之别。只是不想别人接近卓小豪，有必要威胁到这个地步吗？

“喂！”海欣在曹歌身边坐下来，好笑道，“干吗眯着眼睛？学卓小豪？”

“谁学他。”曹歌松开托腮的手，脸上却已经有了红印。

“说起来，关于小漓的报道，我已经写好大半咯！我们做这个选题真是太对了，看她在音乐课上那一手，绝对是要成为明日之星的节奏啊……”海欣兴奋地说着，递上手机，“文档拷在这里了，你要不要先审读一下？”

“算啦，你办事我放心。”曹歌没兴趣。

“怎么无精打采的？哦，知道了！”海欣自作聪明，“因为苏漓她跟卓小豪……哈哈，你吃醋了是吧？”

“文学刊物的编辑为什么说话这么像八卦杂志的记者啊？”曹歌无法不吐槽。

“放心吧！”海欣对曹歌说，“虽然任谁看都会觉得小漓她更有优势，但我们是好朋友啊，我一定会支持你的，不要因为自己的平凡而放弃哦！”

“谢谢你啊，如果没有最后那句就更好了。”

海欣笑了一下，忽然对不远处的卓小豪叫道：“喂——卓小豪，曹歌找你！”

卓小豪正跟几个男生闲聊。在家里已经各种被虐的他，可没有继续在体育课上锻炼的兴趣。听见海欣的话，他立刻跑了过去。

而正被一堆女生围着说笑的苏漓，目光穿过人潮，敏感地锁定着卓小豪。

“怎么了？”卓小豪来到曹歌身边时，海欣非常知趣地走开了。

“我没叫你，是海欣捉弄你。”曹歌翻了个白眼，说。

“哦。”卓小豪点了下头，却顺势坐下，“不过，你今天跟平常不一样，身体不舒服吗？”

“没啊。”曹歌掩饰，想了想忍不住压低声音问，“喂，你跟你那个未婚妻，很熟吗？”

“你别乱叫……”卓小豪尴尬，“我跟小滴当然是很熟啊。”

“我的意思是，你们其实也就小时候处过一两个月吧？之后十年都没接触了，你觉得你真的了解现在的她？”

“你想说什么呢？”

“我想说，就算是青梅竹马，有时候留点儿心眼儿也没错，也许她已经变了……”

“太过分了……”

曹歌和卓小豪吓了一跳，转身只见苏漓不知何时站在了他们身后，苏漓握着拳头，眼里竟然水汽蒙蒙，“曹歌……你怎么可以这样说我？”

“我……”再没有什么比在背后议论人时被当事人撞见更尴尬的了，曹歌一时无言以对。

“小漓，你别误会。”卓小豪忙说。

“可是……我明明听见她跟你说，让你要防着我点！”苏漓站在四周同学的目光中发出委屈的控诉，“小豪，你知道我对你是什么心意的……她这样说，太过分了……”

苏漓从未掩饰她对卓小豪的感情，这点一直让全班男同学羡慕嫉妒恨，但这一刻他们发挥脑残粉的愚昧，毅然站到了受委屈的苏漓一边，你一言我一语地指责起曹歌来。

“曹歌居然是喜欢背后嚼舌根的人啊。”“情敌出现所以有危机感了吧。”“真不愧是做杂志的，这么懂得煽风点火……”

曹歌又尴尬又恼怒，苏漓正被好些打抱不平的女生安慰着，可曹歌分明看到她一边作势擦眼泪，一边悄悄对她投来不怀好意的目光。

曹歌的心里“腾”地冒出火来，如果说之前她还一直说服自己，苏漓也许只是为了捍卫爱情所以装腔作势吓唬她，那么她现在可以肯定了：苏漓根本就是一个腹黑女！

“大家别误会，别误会。”卓小豪大声说，“我可以保证曹歌不是那个意思。小漓你听岔了，曹歌是跟我聊你，但不是说你坏话……她只是……只是提醒我多关心你一点儿，嗯，是的……”

口才本就不好的卓小豪，说着这些辩解的话时，倍显笨嘴拙舌，却让曹歌一阵心暖。

伴随着他的话，周围议论乃至攻击曹歌的声音小了下去，这样的情势下，苏漓也没有再深入扮演一个受害者了。

然而她发射出去的、只有曹歌能够接收的敌意，却不降反升。

14. 惊天一踩

操场上发生着这样一起小风波的时候，某栋教学楼的天台之上，有一双锐利的眼睛从头看到了尾。眼睛的主人身穿连帽衫。他的一只手本来是搭在扶栏之上的，在看到卓小豪安慰苏漓而后者顺势要往他怀里钻的时候，那只手猛地紧了一紧。

钢铁制的扶栏，就整个瘪了下去，留下一个五指的手印。

咣当一声，楼梯间的门被推开了，又有人来到了天台，伴随着这样的对话：

“老大，不想上课我们出去玩儿嘛，来这儿干什么？”

“笨蛋你懂什么！老大这是要登高望远，体会全世界都在脚下的快感……”

“你们两个，要么闭嘴要么给我跳下去。”

骆泽恶狠狠地对胖瘦二人组说完后，才发现这个他习惯来的场所已有人捷足先登。胖瘦二人组同时叫起来：“嘿！这是咱老大的地盘，闲杂人等速速退散！”“没错，不听话我们扁你哦！”

穿连帽衫的人似乎是看操场看得太投入，这时才发现有人来了，他低下头，遮住半个脸的帽檐让人看不清他的表情，他将双手插回口袋，二话不说掉头就走。

他一副不想惹事的低调样，但或许是心里实在有气还是其他原因，竟故意从三人中间穿过，强而有力的肩膀将胖子和瘦子轻轻一撞，就让他们跌了个狗啃泥。

“哎哟！”

“喂。”骆泽喊停兜帽男，“你想挑事是吧？”

兜帽男停下了脚步，骆泽在他背后将拳骨按得格格作响：“好啊，很久没打架了，来，老子跟你玩两把！”

兜帽男将手从口袋里拿出来，握紧，似乎在压抑着什么，最终他还是没有接受骆泽的挑战，胖瘦二人组又怪叫起来：“怕啦！”“怕就跪下来道歉！”

“砰！”兜帽男重重一个跺脚，立刻有一道极深的地裂朝着三人噼里啪啦延伸过去，崩飞的碎石溅在他们身上，触体生痛！三人忙护住面颊，等手放下来，兜帽男已经不见踪影，而整个天台的地板竟都在他那一跺之下，裂成了不规则的两半！裂缝之深，几乎让人相信下一层的天花板也受到了波及！

“……”胖瘦二人组面面相觑，嘴巴张得比脸还大，恨不能把对方吞下去似的。

而骆泽一动不动，看着那道裂缝发呆，他比谁都清楚，这代表了什么。

他的拳头，因为极度的不甘心，握至骨节发白。

15. 黑暗料理的复仇

“不是冤家不聚头”。作为一名文字工作者，曹歌对这句话绝不陌生，但是……

她脑袋微侧，看向身边穿着围裙的苏漓，苏漓同样严厉地看着她。

但是，切实感受到这句话的正确，却还是第一次。

这是一节家政课。天马中学还是很注重培养学生全面发展的，因此开设了这样的课程，主题就是教女生们烹饪。虽然这个时代，下厨已经不是女生的专利与必备技能，但作为一所历史悠久的学校，天马中学却还是坚持着这样的传统教育。女生们上家政课时，男生们就上工艺课，学一些电工知识。

家政课一般是这样上的：先由老师示范一道菜品的烹制过程，再由女生们两人一组合作搞定，其间可以随意举手发问，由于这个时代的人大部分都是吃货，所以这是一门颇受欢迎的课程。

只是曹歌没想到，命运——或者说老师，会把她跟苏漓凑成一对，光是跟她站在一起，曹歌就觉得整个人都不好了。

“咳咳……”讲课已经结束，接下来要正式做菜了，曹歌勉为其难地对苏漓开口，“总之，之前是一场误会，你不用那么记恨我……”

“你对小豪一点儿意思也没有吗？”苏漓仍然警惕地看着曹歌。

“没……没有！”一半是害羞一半是茫然，曹歌本能地这样回答。

但苏漓缓缓摇头：“你的心跳却不是那

么说的，而且你对小豪的生活已经参与得太多了。”

“妈呀……所以你到底要我怎样啦？”曹歌翻白眼。

“那边的两位同学，”老师在叫了，“你们该开始洗菜、切菜了，否则没法赶在下课前完成。”

“是的。”苏漓乖巧地应道，然后乜斜了曹歌一眼，单手轻拍她们的料理台，上面的所有食材立刻飞了起来！

不等它们飞得更高，苏漓又抄起一把菜刀迅雷不及掩耳地凌空削斩数下，食材落下的时候，生菜已变成了精美的沙拉，鸡腿已然骨肉皮均匀分离变成了鸡丁，两颗番茄旋转着落下，皮的部分如同宽衣解带般掉进垃圾桶，肉的部分落入碗里后直接融化成了软绵绵的一摊番茄酱。

这一切就在三秒钟之内完成，周围的人都还来不及察觉。

“当！”苏漓切菜完毕，手中菜刀却像是滑走似的飞出，直接飞向曹歌！不等曹歌尖叫，菜刀从她耳际掠过，带走几寸发丝并击中墙上瓷砖，旋转着反弹回来，被苏漓接个正着。

有人听见了声音望过来，只看见苏漓好好地拿着菜刀，料理台上是被切得巧夺天工的食材，而曹歌不知道为什么双腿发软地坐在地上。

“这位同学的刀功真是不错！看这沙拉！”教烹饪的老师赞不绝口，“摆盘的方式也非常精美……不过把鸡腿弄成这样不是很有必要，本来就是要整根炸的嘛。”

“这样呀？我弄错了呢！”苏漓不好意思地说。

“没关系，那就做炸鸡块好了，也一样的。”老师说着看看曹歌，“你怎么啦？”

“没事……”曹歌扶着台子站起来。刚才那一下差点儿没把她吓死，沾着鲜红番茄汁的飞刀一去一回，几乎让她有一只耳朵被削掉了的错觉。

老师观赏指点一番后走开了，苏漓冲曹歌抬了抬下巴。

曹歌简直要气炸了。就算是出于妒忌，也没必要玩得这么狠吧！但她敢怒不敢言，苏漓刚才分明是在警告：她随时可以取她性命！

遭遇这群走错时代的武侠人物以来，曹歌也算见过不少风浪了，但是行为像苏漓这样的，还是第一次。曹歌咬牙切齿，暗暗盘算着如何扳回一城。

然而对方可是武林高手……

曹歌忽然眼前一亮，不理苏漓，而是打开了煤气灶的开关，等到锅子热了以后，把油倒入，热油的过程中，她将多种作料与鸡丁混合……

“刚才切菜辛苦你了，做菜的部分就交给我吧！”曹歌笑容满面地对苏漓说。

苏漓一愣，随即把这当成曹歌识趣的示弱表现，嘴角翘起一丝弧度，由她去了。

大概十分钟之后，曹歌完成了炸鸡块。她小心地将一块块颜色焦酥浊黄的鸡块倒到吸油纸上，并殷勤地夹起一块对苏漓说：“尝尝。”

“不用。”苏漓拒绝，“这东西上火，影响嗓子。”

“尝尝看嘛，作为我们和好的证明！”曹歌笑眯眯地说，“怕什么，我又不会在里面下毒。”

面对这样的殷勤，苏漓也不再坚持，轻轻地咬了一口曹歌“进贡”的鸡块……

苏滴的脸色猛地变绿了，她刚想对曹歌破口大骂，却只觉头晕目眩，脚步虚浮，居然直接昏倒在了地上！

“Yes！”曹歌握紧拳头。

是的，曹歌的特殊技能，就是能够用非常平凡的食材与作料，做出骇人听闻的料理！即使是卓小豪那样的武林高手，都在吃过一次后发出了宛如中毒的哀号，并且这暗黑料理的神秘光靠看的无法完全领略，一定得吃下肚子才知道！

为了报复苏滴，曹歌不惜使出这让她引以为耻的一招，此刻她的心情十分得意，同时又弥漫着淡淡的忧伤。赶在女孩子们围过来查看苏滴的情况前，她拔腿就跑！

苏滴昏过去两分钟后，悠悠转醒，只见女生们正关切地看着她，一个女生苦笑着说：“你是不是吃了曹歌做的东西？我们都忘了告诉你了，她所做的东西，根本是毒药……”

“我上次喝了她煮的汤，结果泻了一个礼拜肚子呢！”“我吃了她烤的蛋糕，几乎能数清孟婆额头的皱纹了……”“真是同情曹歌未来的老公啊……”

女生们说说笑笑地吐槽着曹歌时，苏滴已经大致清醒了，明白自己被曹歌利用她尽人皆知的短处给整了后，气得推开女生们，追出了门！

此刻，曹歌正在走廊上飞奔，她知道自己逞一时之快，回头苏滴非把她大卸八块不可，她得在那之前找卓小豪当挡箭牌。

然而苏滴的来势却比她想象的还要快。没等曹歌跑到男生们上工艺课的教室，苏滴利落地从她头顶翻过，落在了她的面前！

“你竟敢对我做这种事！”苏滴落地的动作不是很稳，显然刚才吃下去的鸡块余威尚在，她的脸色因为生气和恶心十分难看，“我、我一定要教训你！”

“活该，让你小看我！”曹歌一边后退一边说，“这个只能算礼尚往来，现在大家扯平啦。这里好歹是学校，你可别乱来哦！”

“哼！”苏滴板着一张脸，大步流星趋前，她的确对校园环境有所忌惮，但给曹歌几个耳光还是免不了的。

“呀——”曹歌举手做遮挡状，苏滴动作得很快，她躲都躲不开！

但是，电光石火间，地面竟像是裂开了一样迸出一道人影，不偏不倚挡在了曹歌与苏滴之间，更轻易抓住了苏滴气势汹汹的手。

“你……”苏滴试图挣扎，却徒劳无功，对方奇异的登场方式也让她大感诧异，“你是谁？！”

“啊！”曹歌惊喜，随即有一根手指轻轻放在她的唇上，挡住了她要说的话。轻

（未完待续）

下期预告：突然出现的神秘人影，是曹歌与卓小豪许久不见的一位老朋友！他的出现，似乎在重新拉近卓小豪与曹歌的关系，这让苏滴暗暗有些不爽。《草花》编辑部组织周末踏青，邀请了卓小豪与苏滴一起前往，谁都没想到，一次普通的踏青游即将变成一场危机四伏的致命之旅！

私人定制生辰石

你的三月，碧海蓝天

Written by | 柳扶疏
Painting by | 魔北冥

你可曾见过清晨时的大海？海风清凉，几缕阳光落在海面，海水和天空只一线相隔，那海天相接的地方的颜色，就是海蓝宝的色彩。

作为三月的生辰石，海蓝宝被认为是海水的精华，古时候人们出海时会用它来祈祷海神，以期望航海一帆风顺。像海蓝宝一样，三月出生的人有一种与生俱来的温柔气度，浪漫又富于幻想，犹如深邃广袤的大海。然而，就像海上的天气多变一样，三月的人有时候也会显得稍有些情绪化，如果能够更好地控制自己的情绪，就会变得更加完美。

一、捕鲛船

月色当空，在清凉的海风中，沐汐从海里浮了上来。

头刚从水里探出来，沐汐看到满天繁星，好似无人宫殿中那些温柔的梦境。这夜色……真美啊，跟隔着海水所看到的完全是不一样的感觉。

凉风习习，沐汐在海面上犹如一尾灵巧的鱼儿般游动着。不，她甚至比鱼儿还灵巧。在那海波之下，原本应是双腿的地方却是一条鱼尾，覆着珍珠般的鳞片。她的胸口挂着一个吊坠，其中镶嵌了一块熠熠生辉的海蓝宝石。

沐汐是一个鲛人。

鲛人是生活在大海深处的古老种族，拥有天生的美丽和灵敏，寿命可以长达三百多岁。他们常年居住在海底的宫殿里，极少出现在人类的视线中，故而显得无比神秘。沐汐，就是其中的一员。

在靠近海岸的地方有一块巨大的礁石，沐汐坐在礁石上，海风很快将她湿漉漉的长发吹干。沐汐很喜欢来这里，虽然族里的长老们总是劝说年轻人不要到海面上去，但沐汐有时候还是会在夜里偷偷浮上来。在这里，她可以看到星空，可以感受到海风拂面的气息，还可以遥望岸边渔村的星星灯火。

就在这时，远远地，海面上传来了一阵轰响，一个黑沉沉的影子从天边压了过来，海水在不安地波动。借着星光，沐汐看到那个船上挂了一面旗子，上面绘着一团黑色的火焰。

捕鲛船！

沐汐的心里“咯噔”一下，心知大事不妙，立刻一跃进入海里。

那艘捕鲛船已经发现了她，犹如离弦之箭一般驶了过来，速度极快。沐汐想往深海里潜，那船上却忽然有几道银光射出，沐汐的鱼尾被射出的飞镖击中，蓝色的血液涌出，散在海里。

尾巴受伤，她已经没办法再游往深海了，所幸近海岸的地方有一片浅滩，那里礁石众多，船只无法通过。刺骨的疼痛让沐汐几乎要晕倒，她咬牙强撑着拼命游到了浅滩那里，躲在一块礁石后面喘息。

“那鲛人受伤了，跑不远，都给我下船找，抓住的话重重有赏！”远远地，船上有人喊道，“暗涡在哪里？”

沐汐心里充满了绝望，这一次，恐怕是在劫难逃了。伤口那里还在流血，鲛人的血是蓝色的，没有温度，跟海水一样冰冷。

沐汐望着头顶的繁星，手心紧紧攥着胸前的那颗海蓝宝。这颗宝石是母亲留给她的遗物，沐汐没见过母亲，她很早就去世了，听说是跟人类有关。传说这个宝石拥有神秘的力量，但究竟是什么并没有人知道。

难道，母亲的命运竟要在自己身上重演吗？为什么会这样？如果，如果她可以做一个人类……

极其强烈的念头充斥在沐汐的脑海里，如同海面上的风暴，覆盖了其他所有的念头。就在这时，沐汐发现自己的指缝间竟然有光芒透出！

她一惊，松开了手，原来是那块海蓝宝在发光。如同海水在流动一般，宝石上仿佛承载了所有星辰的光辉，将沐汐笼罩其中。

“看啊，那里有光！”远处有人叫道。

所有的星辰忽然在一瞬间坠落，沐汐的眼前一片黑暗，昏了过去。昏迷之前，她似乎感到一双温暖的手抓住了她的手腕。

二、小渔

“哥哥哥哥，快来，这个大姐姐醒啦！”

迷迷糊糊中，沐汐听到一个脆生生的声音，睁开眼睛一看，一个包子脸的小姑娘在对着她笑。小姑娘只有七八岁，头顶着小小的双髻，上面还插着一朵浅蓝色的小花，可爱极了。

“你是……”

“我叫孟小渔，姐姐你受伤啦，是我哥哥救你回来的！”看到沐汐醒来，小渔笑得眼睛都眯了起来。

“你哥哥？”

“嗯！我哥哥可厉害啦！”说到哥哥，小渔的小脸上满是骄傲，“他叫孟临风，可是这方圆百里最厉……”

“小渔，不许乱讲。”正说着，一个声音响了起来。小渔吐了吐舌头，俏皮地一笑。沐汐抬头，看到一个男子不知何时站在了床边，他穿着一袭黑衣，面容俊朗。

“你的脚受伤了，现在可好些了？”

“谢谢你……我的……我的脚……”什么？脚？

沐汐忽然意识到哪里不对了，她猛然坐起来，呆呆地看着自己——原本是鱼尾的地方竟然不见了，变成了两条洁白修长的腿。左边脚腕上被纱布包裹起来，她动了一下，疼痛的感觉便袭了过来。她的长发垂散在胸前，也变成了和人类一般的黑色。

“不要动，小心伤口再次裂开。”

“这、这是怎么回事？”沐汐望着自己的腿，呆呆发愣。

“昨晚哥哥出门为我去采药，看到姐姐昏倒在海滩上，就把你救回来啦。”小渔插嘴道。

沐汐望着孟临风，有些紧张：“你、你见到我的时候，我就是这样子的？”

“比这样子还糟糕一些，”孟临风淡淡一笑，“那时你倒在乱石堆里，我还以为你已经……结果意外发现竟然还有气息，就把你背回来了。”

“对呀对呀，”小渔在一旁帮腔，“哥哥照顾你的时候可紧张啦，几乎一夜都没有睡呢！”

“小渔！”孟临风瞪了小渔一眼，似乎是怪她说错了话。小渔咯咯笑着，还想说什么，却忽然剧烈地咳嗽起来，呼吸急促，白皙的小脸顿时变得通红。孟临风的神色一下子紧张起来，抱起小渔，轻轻拍着她的后背，直到她的呼吸渐渐平稳、在他臂弯睡着，他才松了口气。

“对不起，我妹妹身体不太好，我得先给她煎药去了，姑娘好好休息一下吧。”他略带歉意地轻声对沐汐解释。

过了一会儿，芬芳的草药味从屋外飘了进来。望着自己的双腿，沐汐握着胸口的海蓝宝，陷入了沉思。

三、星夜

因为伤势有些严重，行动不便，沐汐不得不在孟临风的家里住了一些日子。这是一个临海的小渔村，人口不多，人们都十分淳朴，虽然和沐汐素不相识，但村民见了她都笑着打招呼，尤其是住在村口的莫大夫，常常来探望沐汐。

经过这些时日的观察和推断，沐汐发现那天她之所以变成了人类，是在强大的意念力作用下，海蓝宝的能量被激发出来所致。暗中反复试验后，沐汐已经掌握了其中的诀窍。化作人类的她可以离开海水，然而她一旦离开那块海蓝宝就会变回鲛人，需要回到海里。

这些日子里，沐汐同孟临风和小渔也熟悉了起来。这兄妹两人自小没了父母，相依为命，但小渔从出生起就患有奇病，到处求医问药都看不好，只能想办法缓解。虽然如此，小渔每天还是乐呵呵的，跟着哥哥跑这跑那，有时候还会跟沐汐玩。

这一天，小渔缠着沐汐给她讲故事，大概是身体不好，听着听着她就趴在沐汐的膝盖上睡着了。孟临风看到了，和沐汐相视一笑，将她抱回到自己的小床上，他的动作很轻很轻，轻得像捧着一片海水，眸子里满是对妹妹的爱和关怀。

那一刻，沐汐的心，也仿佛被那一片温柔的海水所淹没。

从来没有这种感觉，看到他就觉得安心，他在身边的时候，她就觉得开心。她活了十几年，从前觉得看到星辰和月光的时候是最快乐的，然而现在只要是在他的身边，纵使什么都不说，什么都不做，只是知道他在，那种感觉都比从前快乐一百倍。

沐汐意识到，这是一个危险的信号。

鲛人一族有一个古老的祖训：那就是鲛人是万万不可跟人类太过亲近的，否则……万劫不复。

不……不能再待下去了，沐汐这样告诉自己，她必须要离开。这天晚上，在小渔睡着之后，她去找孟临风。

她看到孟临风的时候，他正站在海滩上舞剑，月光下，他的衣袂在风中扬起。他是那样好看的一个人，说是渔家少年，却身姿风流宛如侠客，她虽不懂武功，却也看得出来他身手不凡。她静静地站在他身后，不想打扰他，却没料到他忽然停了下来，唤她：“沐汐？”

沐汐的脸微红，有一种心事被人撞破的羞赧，所幸孟临风并没有注意到。

夜色凉如水，他和她并肩坐在一片沙滩上，听着海浪拍打礁石的声音。他们聊了很多很多，星空，白云，月光，大海……聊着聊着，就聊到了海里的生物。

"临风，你……你听说过鲛人吗？"

"鲛人？"孟临风微微一愣，旋即恢复如常，"听说是个古老的种族，天生便有着独一无二的优雅和美丽，我却从未见过。或许，那只是一个传说罢了，也许这个世间根本不存在鲛人。"

"不，存在的。"

"你怎么知道？"

"我……我也是猜的。你还记得那天的捕鲛船吗，如果鲛人真的不存在，他们何必花费那么大力气去抓捕呢？"

"这么说来，还真有道理呢。"孟临风笑了，眼神中有星光一闪即逝，"但愿有一天，可以看到真的鲛人。"

"会的……一定会的。"沐汐的声音小了下去，良久，忽然说道，"临风，我得走了。"

"走？去哪儿？"

"回家，"沐汐笑笑，"别忘了，我也是有家的呢。"

孟临风沉默了。头顶星河璀璨，他仰起头来默默看了许久，没有说话。

"嘿，不要不说话嘛。"沐汐勉强让自己显得轻松一点儿，"听村里的人说，你不仅会武，而且能文，要不，你就送我一首诗作为临别礼物吧。"

"一首诗……"孟临风沉吟片刻，点点头，"好。"

"呜呜呜，不要，小渔不要沐汐姐姐走！"就在这时，小渔的哭声忽然响了起来，两人都一惊。

原来小渔半夜醒来，找不到哥哥，也找不到沐汐，觉得害怕便一路找了过来，又将两人的对话听了去，难过得顿时哭了起来。哭声并不大，看得出是在强忍着的，豆大的眼泪却顺着脸庞簌簌滑落，看上去让人心疼极了。因为伤心，她的病也发作了起来，险些喘不上气来。

两人连忙对小渔又抱又哄，沐汐直说自己不走了，小渔才勉强止住了哭声，又怕她改变主意，还特意跟她拉了钩钩，直到后半夜才又睡着了。

四、泣泪成珠

这次小渔的病发作得很厉害，孟临风很担心，连夜匆匆忙忙去找莫大夫。看着小渔的睡颜，沐汐叹了口气，这一次，她怕是要不辞而别了。

他们兄妹两个对自己有救命之恩，沐汐想留点儿东西给他们表示感谢。为了给小渔治病，这个原本就不富裕的家庭每况愈下，最近还要照顾她。可是，留什么呢？

望着小渔脸颊的泪痕，沐汐有了主意。

传说中，鲛人的眼泪可以化作珍珠。听长老们说，在多年前鲛人和人类是和平共处的，但不知从什么时候起，鲛人可以织水成绡、泣泪成珠的传说流传了开来，再加上鲛人与生俱来的美丽和柔弱，一些人便起了非分之想，通过捕捉鲛人来大肆获利。这样一来，便造成了鲛人一族和人类的敌对。在沐汐的心里，原本对人类也是畏惧的，然而孟临风和小渔的出现让她改变了对人类的印象，还有那些朴实的村民，总是问她伤情好一点儿了没有的莫大夫……

想到这里，沐汐的鼻子就酸了。她的眼睛红红的，泪水在眼眶里涌动着，却怎么也落不下来。

自出生以来，沐汐就从没哭过。族里的老人们说，正是因为人类想要他们的眼泪，所以才更不能哭。以前被捕获的那些鲛人，被人类虐待，再痛苦，都不会掉一滴眼泪。沐汐，已经不会哭了。

眼泪打了一个转儿，很快被海风吹干了。沐汐愣愣地坐了许久，想到孟临风帮小渔叫莫大夫去了这么久还没回来，于是便去找他。

天还是黑沉沉的，沐汐心里有些苦涩，这一次，大概是和他的最后一次见面了吧。他答应送给她一首诗，她大概也没机会听到了……

走到小路尽头，经过一片红树林的时候，沐汐忽然听到其中有隐约的谈话声。那声音很低，但鲛人与生俱来的敏锐感触让她察觉到有些不对，于是悄然靠近，屏息听着。

“暗涡，她的伤也好得差不多了，你打算什么时候把她交给船主？”这个声音沐汐熟悉，是莫大夫。他怎么会在这里？

“急什么，等她彻底养好了伤再说。”一个冷冷的声音响起，语气轻描淡写，却让沐汐惊出了一身冷汗，那竟是孟临风的声音！

“这话我问你几次了，你总是这么回答，你该不是心软了吧？别忘了，那可是鲛人，这几年鲛人有多难捕捉你也知道，只要上交给船主转手一卖，我们就能发大财！”

孟临风沉默了一下：“我不奢望什么发大财，只要平静地和小渔过好日子就好。”

“小渔？”莫大夫冷笑了一声，“她身患奇症，这些年若不是船主寻来名医给她开药，你以为她能活到今天？我和你父亲相识多年了，你的武功和能耐确实是青出于蓝，甚至继承了他‘暗涡’的名号，那是捕鲛人中最高的殊荣。我好心提醒你一句，切记不要心软，否则你纵使不顾自己，也不能不顾小渔吧……”

孟临风的身子颤了一下，良久才开口：“我知道了。”

两人对话的声音渐渐小了下去，沐汐站在黑暗里，手脚冰凉，简直不能呼吸。她想到那一夜听到有人在捕鲛船上喊的那声“暗涡”，原来是在喊他！暗涡，暗夜里的漩涡，吞噬了无数鲛人的漩涡……

她终于明白了，原来孟临风一开始就知道她是鲛人，只是一直装作不知道。他的目的是将她留住，待她伤势好了以后再转手卖出，那么他就可以获得更多的利益。

可笑……她竟然一点儿都没有发觉，甚至对他付出了真心。

无边的绝望将沐汐的心覆盖，眼前一片黑暗，从来没有流过的泪水忽然便决了堤，顺着脸庞滑下，落在地上，竟发出了一连串轻声脆响。

“谁？！”红树林里的人发现了这边的动静，大喝了一声，同时追了出来。

沐汐大惊，转身便逃，奔跑中有一根尖锐的树枝横斜过来，在她脸颊划出一道血痕，又划过脖颈儿。只听得一声微响，那根穿着海蓝宝的绳子被划断了，宝石掉落在地。敌人近在咫尺，沐汐连弯腰捡的工夫都没有，只急速奔跑着。

莫大夫气急败坏：“可恶，千万不能让她跑了！”说罢怀里一道银光直冲上天，那是召集手下的信号。

孟临风默然无语，望着地上那四散的泪滴形的珍珠，只感觉心头压着千钧巨石。这时，他忽然看到黑暗中地上有一个物体散发着蓝色的微光，弯腰拾起，在看清楚它的一瞬间时，他的脸色骤然苍白。

"暗涡，你去哪儿？"

不顾背后莫大夫的询问，孟临风身影如电，顷刻消失在了夜色中。

五、背叛

四周伸手不见五指，一片漆黑。沐汐在黑暗中奔跑着，脚上尚未愈合的伤口再次裂开，疼得钻心。无数次摔倒又爬起，她不知道自己是在跑向哪里，只是近乎出于本能地奔跑着。

就在这时，沐汐发现自己的双腿越来越软，几乎已经不能站立，与此同时双腿的轮廓开始模糊起来，渐渐合拢。没有了海蓝宝的力量，她已经不能维持人形，很快就会变回鲛人的样子。鲛人是离不开海水的，她必须马上回到大海里，否则很快就会像离开了水的鱼儿一样失水而死。

可是刚才的慌乱之中，她已经离大海越来越远，彻底迷失了方向。就在这时，她也完全恢复成了鲛人的模样，黑色的长发变成了湛蓝，光滑的双腿化作了一条银白色的鱼尾，在月色下泛着微光。

这时候，她听到身后传来了脚步声。

路旁有一个废弃已久的破屋，伫立在黑黢黢的夜色中。没了双腿，沐汐已经不能站立，也无法走路，于是只能用手臂支撑身体，在地上艰难地向其中爬行。她只有一个信念，就是宁可死，也不能被那些人抓住！

在破屋中躲了许久，听着门外的脚步声由近及远，终于消失不见，沐汐刚刚松了口气，却听到"嘎吱"一声，屋门被人推开了。一个身形修长的人立在门口，望着屋内的某个角落，一言不发。

沐汐藏身在角落里的阴影中，但是她知道，他看得到她。纵使他一个字也没有说，但她也知道，那就是他。

"孟临风……"因为缺水，她已经非常虚弱，声音也几乎微不可闻，"或者说，叫你暗涡更合适一些……"

男子的身子微微颤了一下，他迈步，走了过来。

角落里，他看到那个平日里美丽活泼的少女在那里蜷缩着，脸色苍白得犹如深海里的贝壳。她一头蓝色的长发披散着，将腰部以下的身体掩盖住。

她不惧怕被发现，甚至说，她是希望见到他的。以她现在的情况，根本不可能回到大海，她的生命大概很快就会终结，如同海上的泡沫一般消失。可是在那之前，她还是想见他最后一面。

"对不起……"孟临风的声音，喑哑而颤抖，她听得出他在极力压抑着自己的痛苦和悲伤。

沐汐却依然在笑，笑容从她的脸颊绽放出来，美得宛若天人。纵使他曾经欺骗过她，利用过她，她依然只愿意记得和他在一起的那些美好的时光。她记得他温暖的笑，他哄小渔时的温柔，以及那一夜，他对她的承诺。

屋外又传来脚步声，是那些人去而复返了。

"还记得吗，你曾答应过会送我一首诗的，只可惜，我大概再也听不到了……"沐汐的意识开始恍惚起来，她抓着他的手，是那样用力，"求你，不要把我交出去，鲛人是大海的儿女，我宁愿死，也只想要……自由……"

"暗涡，你那里有什么发现吗？"门外有人在喊着。

孟临风没有回答。

沐汐望着他，她的眼睛晶亮得如同夜空中的星辰，那是她对他最后的乞求。

“暗涡，暗涡？你听得到吗？”

孟临风垂下眼眸，良久，说道：“对不起，沐汐，我不能答应你……”

“我发现那个鲛人了，快过来搭把手！”孟临风的声音响起。沐汐的世界，就在他的声音中，彻底陨灭。

六、反击

当沐汐醒来的时候，周围被海水包裹着，那感觉太熟悉，熟悉到让沐汐一度以为自己已经死了。其实，她真的宁愿自己死了，也比现在这样好。

沐汐被关在一间巨大的水牢里，其中灌满了海水。那天晚上，那些人把她抓了回去后就关在这里，并派了许多人把守。通过守卫间的对话，沐汐得知他们打算等她伤好后将她卖给王宫贵胄以牟取暴利，而孟临风则因为抓捕她而立了大功，受到了许多奖赏。

沐汐本以为自己会难过，然而她的心里却一点儿都感觉不到痛，又或许，是已经痛到麻木了。

水牢中不分昼夜，也不知道过了多少时间，忽然有一天牢门开了。那些平日趾高气扬的守卫们见了来人纷纷谄笑，言语间尊敬无比。她听到，他们叫他“暗涡大人”。

沐汐很想知道恨一个人是什么感觉，可是，她恨不起来。

看到孟临风的时候，她觉得眼前的这个人是那样熟悉，又那样陌生。她在水里，他在岸上，她仰头，他垂目。当视线相触的一瞬间，她看到他的眼里似乎有千言万语。

忽然，孟临风俯下身来，极快地将一个物体戴到她的脖子上，然后在耳边说道：“我带你走。”

沐汐一惊，发现他给她戴的正是那块海蓝宝！她还没反应过来，他就已经将她一把从水中抱起，另一手一扬，数枚飞镖散射而出，门口的守卫纷纷倒地。

“快来人啊！暗涡反——”有一个人的呼喊还没出口，就伴随着身子的倒地而戛然而止。

孟临风将沐汐紧紧抱在怀中，足尖一点飞掠而出，将所有的呼喊和混乱都甩在了身后。

好久……都没有听到风声了。

她在他的怀里，他的怀抱很温暖，也很宽厚。因为有了海蓝宝的关系，沐汐又化作了人形，离开海水也可以无恙。他抱着她急速飞掠着，风声从她耳旁呼啸而过，那是自由的声音。

“谢谢你。”许久，她小声说道。

孟临风低头，什么也没说，只是望着她，笑。

后来沐汐才知道，孟临风那一夜之所以要把她交出去，是为了救她。她那是已经因缺水而奄奄一息，凭他一己之力没有办法将她带回海里，这才出此下策，目的是先拯救她的生命，是个缓兵之计。这些日子里，孟临风一边跟他们周旋，一边将妹妹小渔安顿好，然后找机会去救沐汐。

“那你以后怎么办？”为了她，他跟那些人彻底决裂，是再也回不去了。

“不知道。”空无一人的海滩上，他和她并肩而立，忽然，他低下头，认真地看着她，“沐汐，你愿意留下来……跟我一起生活吗？”

沐汐的呼吸，一下子就凝滞了。

他的眼神是那么温柔，纵使天上最美的星光，也不及他那目光的万分之一。

七、归海

孟临风将小渔安顿在了一个小海岛上，那里没人能发现他们。小渔见了沐汐，欢喜地扑了上来，沐汐摸着她的头，眼睛却又红了。

夜里，小渔的病又发作了，好不容易吃了药舒缓下来，含着眼泪睡着了，睡梦中依然皱着眉头的样子看得沐汐心疼。孟临风去为小渔采药了，这里就剩下了沐汐一人。沐汐走到海边，望着月色笼罩下的海面，忽然拿下了脖子上的海蓝宝，纵身跃进海里。

沐汐潜到了深海，找到了鲛人族最德高望重的长老，那也是从小照顾她的老人。沐汐失踪许久，众人都以为她已经遭遇了不测，此刻见到沐汐归来长老开心不已，然而听到沐汐所问的问题之后，却皱起了眉头。

沐汐所问的，是如何能彻底治好小渔的病。

长老欲言又止，经不住沐汐再三追问，终于告诉她有一种方法，却是要付出代价的。沐汐问究竟是什么，长老的目光落在了沐汐脖间，没有说话。

那个位置，正是那块海蓝宝。

沐汐回到了岛上，孟临风已经回来了，找不到她，他心急如焚，怕她再被抓走。她解释说她去察看周围的环境了，他这才安下心来。

“沐汐，答应我，再也不要离开我了。”他望着她，像一个胆怯的孩子。

沐汐低着头，没有答话。

夜里，沐汐醒来，看到孟临风已经睡着了。他睡着的样子依然是那样俊朗，眼睛如星辰，能驱散她心里所有的阴霾。

“对不起……我答应不了你。”她的声音沉得仿佛要滴出泪来。

沐汐来到小渔的旁边，小渔还在睡着。她把脖子上那颗海蓝宝摘了下来，戴在了小渔的脖子上。长老告诉她，她的那块海蓝宝就是唯一能救治小渔的法宝，它是鲛人族里特殊的宝贝，拥有大海的力量，可以保护佩戴着的人身体健康，一生平安。

可是，失去了海蓝宝的沐汐，就再也无法来到人间了。

太阳刚刚从海边升起，海面上泛着银光。沐汐来到海边，回头深深地忘了一眼那个不久前孟临风亲手搭建的小屋，然后转过后去，身影渐渐消失在了大海之中。

孟临风，对不起，我答应不了你……

泪水，化作珍珠，沉入了深深的海底。

沐汐不知道，在那间小屋的窗子后，一夜未眠的孟临风望着她消失的背影，终于落下泪来。

他最终还是，永远地失去她了……

尾声

潮起潮落，春去春来，一转眼，便不知过了多少春秋。

“大夫，我哥哥怎么样了？”临海的小岛中，一个老妪焦急地问刚诊过脉的郎中，她的脖子上戴着一颗美丽的海蓝宝。

郎中摇摇头，叹了口气：“气若游丝，脉象微弱，没有多少时候了，看开点儿吧。”

老妪踉跄了一下，强忍泪水送走郎中，

走到床边，望着那个已经昏迷多时的老人：“哥哥，你别这样丢下我，你醒醒啊……”

老人的眼睛微微睁了开来，望着她脖子上的宝石，忽然亮了起来：“沐汐，你来了？”

“哥哥，是我，你不认得我了吗？我是小渔啊！”

“小渔，小渔……”老人喃喃念叨着这个名字，声音渐渐小了下去，“小渔，带我出去。”

室外，星辰当空，夜里传来海浪拍打着礁石的声音。已经接近花甲之年的小渔搀扶着兄长走了出去，那个曾经意气风发的男子如今已是古稀，他独自居住在这个小海岛上，居住了几十年。几十年沧海桑田，花开花落，他始终守在这里，日复一日地在海边伫立着，仿佛是在等待着谁。

可是，几十年来，他等待的那个人始终都没有出现。

“今晚的星空……好美……好像……最初见到她的那一天……”老人喃喃着，坐在沙滩上，望着墨色般的海面。

沐汐，我的这一生已经走到了尽头。回想起来，这一辈子我做了许多错事，然而我最后悔的一件事，就是当初我看着你离开的时候，没有冲上去拦住你。

可是，你终究是要离开的。

你把你的海蓝宝给了小渔，于是你无法再留下来。你是大海的女儿，你生来便属于湛蓝的海洋，属于璀璨的星辰，属于自由的海风。唯独，不属于我。

沐汐，你说，我还能再见到你吗？只是一面，只是远远地看着，就足够了。

“哥哥，快看啊！”

小渔的声音将老人从回忆中惊醒，他抬头，看到波澜起伏的海面上有一抹幽蓝，那是无数次出现在梦中的色彩，蓝色的长发垂落下来铺在海面上，犹如一朵美丽的鸢尾。

“小渔，你回去吧，我想在这里见一位故人。”

美丽的女子出现在海面之上，她的皮肤是那么白皙，面容是那样美丽，仿佛散发着珍珠般的亮光。她静静地看着他，远远地，他和她之间隔着微微起伏的海面，隐约飘散的雾气，还有几十年的时光。

这么多年了，他的容颜已经苍老，而她却依然是旧时的模样。

“沐汐，沐汐……”他轻轻地唤着，时光忽然流转，仿佛一下回到了当年。那一夜的海滩上，她对他说：“要不，你就送我一首诗作为临别礼物吧。”

沐汐，这首诗迟了几十年，如今，我终于可以将它念给你听。它的名字，叫作《鲛人歌》。

“鲛人潜织水底居，侧身上下随游鱼。轻绡文彩不可识，夜夜澄波连月色。有时寄宿来城市，海岛青冥无极已。泣珠报恩君莫辞，今年相见明年期。始知万族无不有，百尺深泉架户牖。鸟没空山谁复望，一望云涛堪白首。”

沐汐，你，听到了吗？

天不知道什么时候亮了，夜色褪去，金色的阳光洒满海面。小渔走了出去，轻轻晃了一下坐在沙滩上的人：“哥哥。”

然而，他，已经没了声息。

视线被泪水模糊，小渔抱着兄长的遗体，痛哭失声。

同一时刻，在遥远的海里，沐汐的泪水也散在海里，杳无踪迹，心也仿佛被割裂成了无数块。这些年来，她知道他在等她，每一夜她都悄悄地浮出海面遥遥地望着他，他却从来都不知道。于是春去秋来，便这样过了几十年。

鲛人的寿命很长，几十年对她来说不过是一个恍惚，对他来说，却是他的一生。

阳光很刺眼，泪眼婆娑间，她仿佛听到有人在轻唤她，抬头，看到阳光之中，男子的脸庞年轻而又英俊，恍惚之间，又回到了旧日时光。

她看到他笑着伸出手来，对她说："沐汐，不哭。"

她去牵他的手，然而就在触碰到的一瞬间，他的面容就消失了，取而代之的唯有湛蓝、深邃的大海。这是她永远也离不开的地方，她最终的归宿。

他不让她哭，那么，她便不哭了。以后这一生，她都不会再哭了。

擦干泪水，她抬起头来，只见阳光正好。一片朦胧中，阳光透过云层落在海面上，波光粼粼，美不胜收。

晴空万里，碧海蓝天。轻

-完-

这篇故事是《私人定制生辰石》系列的第十二篇，也是最后一篇。

从去年4月开始，每个月为大家写一篇故事已经成了习惯，当我写下结尾处"碧海蓝天"四个字的时候，也忍不住红了眼眶。

本来想写悲剧，写两个相爱的人带着遗憾永久地分别，却最终还是让他们在生命的尽头了了心愿，时光也回到最初，回到了彼此最美的模样。虽然中途有狂风暴雨，惊涛骇浪，但最终还是晴空万里，碧海蓝天。

就像生活一样。

生辰石系列虽然结束，但故事还在继续。我们的生活就是一本书，每一天我们都在书写着自己的故事，衷心地祝愿每一位亲爱的读者能够过好每一天，写好我们人生的这些故事。

而我，也将一直陪伴着你们，一直走下去。

你们的朋友

柳扶疏

宝玉无暇
Written by | 小 R Painting by | 32

【一】

不是冤家不聚头

堂前公子各个英俊倜傥，唯独一个阴阳怪气，大热天穿高领衣服不说，胆敢在比试期间大玩风花雪月的也只有他一人了。

“小莺做的糕点真好吃。”那个人舔了舔食指上的碎屑，接着又像懒骨头似的靠在身边的丫鬟身上。

嚣张！简直就没把比试当回事！玲珑阁招亲并非人人都有资格参加，比试者皆是由玲珑阁的宝小姐钦点的候选人，且招亲比试已举办到第三季，至今仍未选出宝小姐的心仪良婿，所以被选上的人都视能参与招亲为荣耀。

可没想到竟有人比他对这场招亲比试更不上心，在一旁喝茶的顾子谦实在看不下去了，说到底为什么那样的小白脸儿也有资格参加？

玲珑阁是京城有名的第一大绸缎庄，而柴米油盐各行也占地一席，所以与其联姻是晏城众男子梦寐以求的事情。顾子谦本无意争夺玲珑阁姑爷之位，参加招亲也无非碰巧被选中，家人推着他去参加，他只好无奈地来走过场，毕竟他可不认为自己能有幸成为玲珑阁的姑爷，要是那个宝小姐好伺候，想必早就定下夫婿了吧？犯得着延续到第三季？她以为这是坊间皮影戏，可以大战数百回吗！

似乎是顾子谦瞪视的目光太过灼热，那张白嫩的脸抬起来，朝他痞痞一笑：“顾公子，难不成还在记恨我打破你的凝脂玉环一事？若不满意，我再差人送上羊脂白玉作为赔礼如何？”

“风二少言重了，顾某岂是心胸如此狭隘之人……”

才怪呢！这家伙竟然还有脸和他提凝脂玉环的事？顾子谦心头愤恨，思及前阵子的事，他差点儿失手握碎茶杯。

顾家世代经营玉器买卖，而作为玉鉴师的少当家顾子谦可谓爱玉成魔。他随商队好不容易从西域淘回极品玉器，就被这个莽撞的风二少坏了好事。那家伙当街打架斗殴影响市容市貌，还波及他刚归来的商队，把商队玉器摔了个稀巴烂！

虽然他顾家也不愁那点儿钱，但看到破碎的玉器，顾子谦那叫一个痛心疾首啊！这比杀了他还难受！他当即颤着手指，眼看就要哭嚷着“赔我赔我赔我”地耍无赖，可风二少拍拍小手，身后仆人就奉上了价值连城的夜明珠，他当场气绝，不得不一口老血咽回去，独自泪从心中流！

即便如此，还是难消顾子谦心头之恨，连招亲会都会碰到这个煞星，注定诸事不宜。真是苦了玲珑阁的大小姐，若是许配给了那流氓痞子，以后免不了又是一桩不幸的婚姻。

风二少摇着小折扇，丹凤眼颇意味深长地看向他，那副纨绔样子让顾子谦差点儿冲上前将其按在地上暴打一顿。但他不能，他毕竟是有教养的顾大少爷，要、隐、忍！

“我看顾兄对这比试没有兴趣，该不会是自知能力不如人，所以打退堂鼓了吧？”这张精致脸孔甚是讨喜，但他眼眸中闪过的几丝嘲讽却成功地激怒了顾子谦。

或许就是被掐中年轻气盛这一点，顾子谦才会欣然接受风二少的挑战！

可是……

碎石沙砾正一点点往陡峭的崖下坠，顾子谦的喉结滚了滚，生存的本能让他又微微挪后两步。他这是逞什么强啊！看着脚下云雾缭绕，深感作茧自缚的他顿时冷汗涔涔。

风二少搭着他肩膀，见他吓得他哆哆嗦嗦，那副样子和不久前的贵公子简直判若两人。风二少忍着笑意，但仍嘴角忍不住咧向太阳穴：“顾兄，我相信以你的胆识绝对不逊色于陈公子和李公子。来吧，跳下去！”

玲珑阁招亲比试第一回，比胆识！

“不……顾某忽然想起铺内尚有急单，我啊啊啊——”顾子谦来不及退缩，不知身后被谁推了一把，他脚下一空从崖边坠下，手脚乱舞，如坠深渊，其间还伴随着鬼哭狼嚎，最终身形一定，悬于半空。

这胆量比试，无非是考验各位姑爷的气魄。所谓“夫战，勇气也”，没点儿胆识，何以执掌玲珑阁偌大家业面临的商业危机。所以，悬挂崖边的姑爷们是否勇者便一览无遗了。

这时送来热茶糕点的小莺，在目睹此景时掩嘴偷笑：“呀，顾公子竟然昏过去了。宝小……”在接收到警告的眼神时，小莺立马顿了一顿，含笑说，“风二少，看来你对这位顾公子很是在意呢。不知你下一步将如何考验他？”

只见崖边上摇着折扇的清俊少年缓缓回首，他檀口贝齿，未语先笑，举手投足间分明是少女才有的名媛气质，可那样的英气女子竟是方才的纨绔子弟风二少。

他，不，应该称为“她”，就是本应待字闺中的玲珑阁大千金薛宝儿。

少女看着悬吊在半空中已经昏死的顾子谦，言笑晏晏道：“我自有打算。”

【二】
雪魄瑶失窃

玲珑阁招亲比试第二回，文韬武略！

作为玲珑阁未来姑爷，将要挑起玲珑阁百业的重担，没点儿智商和体格是不行的。论才智，平日博览群书的顾子谦熟读四书五经，完全不把文试的题目放在眼里。以他的才智，要考取功名实属不难，只可惜他是个玉痴，比起当官，他更喜欢跟着商队游历五湖四海去淘货。

毫无悬念，文试中顾子谦以满分首胜，但由于第一回胆识比拼中，他丢了分，目前总得分名次排位为：琅邪楼的风二少、臻玉坊的顾子谦以及并列第三位的吏部尚书长孙的陈公子、制药世家的李公子。

看到风二少依旧像条无骨鱼似的靠在丫鬟身边，顾子谦不禁剑眉一挑，开什么玩笑，他竟然输给这种无耻之徒？他不服！

接下来的武斗，顾子谦就更不想提了。这种对贵公子而言粗暴蛮横的活动，简直有损他顾大少爷的形象！他才刚踏上比武台，就被武状元的陈公子一脚踹下了台，尤其还看到风二少投来嗤笑的目光，这无疑是在顾子谦的伤疤上大撒盐巴，受此屈辱，他誓要在最终回合扳回颜面，好让那个风二少后悔轻视了他！

等等……扳回颜面？让风二少后悔？在厢房休息的顾子谦忽然一滞，他这么拼命为了哪般？若胜出，那便要娶了薛家小姐，即便赢过风二少，但结果并不是他所期望的啊！他可不想日后当妻奴啊，他要崛起，他要自由！

彼时，厢房外走廊发出“哐当”一声巨响，接着就听到家仆慌张地呼喊：“来人啊，有贼！”

顾子谦推门而出，薛家管事随同一众奴仆赶来，他定睛看了看四周，除了薛家奴仆，陈、李两位公子也在，正当他在探寻另一道身影时，便看到走廊尽头姗姗来迟的风二少。他睡眼惺忪，若非小莺搀扶，定如烂泥般瘫软在地上。

都什么时候了，还那副德行。顾子谦叹了口气，转向薛管家，问道："请问方才发生何事？"

"顾公子刚回城，定是不知近来频频发生的盗窃案吧，此事说来话长……"

【三】

众志成城抓飞贼

据闻自前几年侠盗风萧落网后，本该风平浪静的晏城竟冒出了另一个盗贼，但他并非义盗，手段卑劣，擅使迷魂香作案，喜窃珍稀宝物，并且来去如烟无影，故人称沉烟。至今官府都束手无策，唯有发出重酬通缉。

沉烟为何会盯上玲珑阁？经薛管事提醒，顾子谦方才明白过来，原来玲珑阁新姑爷将会得到玲珑阁藏宝——雪魄瑶。据闻那是一种旷世奇玉，透如天山冰晶，为极寒地脉所出，不仅能在夜里发出瑰丽霞光，更有祛热静心的玄妙功效，这原是远在金砂荒漠的穆族皇室的避暑之宝，没想到如今竟出现在玲珑阁中。可惜来晚了一步，雪魄瑶已被沉烟窃走了。

得知这个噩耗，作为玉石狂热爱好者的顾子谦不禁心中一痛！他连雪魄瑶都还没见着，都怪那该死的小贼！

"没有雪魄瑶，那这场招亲还有何意义？"首先打破沉寂的是陈公子，"若不是有这传家宝，本少爷可不会浪费时间参加这场比试。"

吏部尚书是当今圣上身边的大红人，若非雪魄瑶价值连城，想必玲珑阁这场以招亲为名，实为拉拢朝廷势力的暗举，陈尚书才不屑于让长孙去参加，管他玲珑阁是否家财万贯。

"实不相瞒，李某自知能力不如诸位公子，早已决定弃权。"李公子随即附和道。

大家都要弃权吗？剩下他与那个风二少，胜率更大了，不行不行，万一他当选玲珑阁的乘龙快婿怎么办？

"其实，顾某我……"顾子谦见状，正欲开口请辞，谁知道竟半路被人截胡，让他差点儿没气昏厥过去。

"且慢。"落座在厅堂角落里的风二少忽然开口打断众人的话，他难得收敛了慵懒的神色，轻抿几口清茶，其貌风姿卓卓，气质沉稳且矜贵，浑身散发着让人读不懂的气息。只见他嘴角噙笑，幽幽道，"不知诸位可知雪魄瑶真正的价值？"

见众人摇头，他继续道："雪魄瑶不仅珍稀宝贵，它还是代表穆族皇室身份的重要凭证。得到雪魄瑶，即是拥有穆族皇室的身份，这对晏城想要开拓贸易疆土的众世家而言，简直就是可望不可求的宝物！"

穆族，这个富有西域传奇色彩的族群原是金砂大漠上的一支游牧民族，随迁徙发现了最大的一片绿洲，并扎根繁衍，逐渐形成大漠上最庞大的部落，后建立帝国。其得天独厚的矿物资源，滋养出富甲天下的穆族皇室。而雪魄瑶正是穆国帝君赐予众贵族的身份凭证，可想而知，拥有穆族皇室的身份，即可兼得西域与中原贸易的主宰大权，之后钱财名利便是唾手可得了。

"听闻玲珑阁之主有意打开金砂绿洲的贸易市场，可他膝下唯有一女，他如今又值暮年，想必是想择婿继承他这宏图大业。但开拓这跨域贸易又岂是凭你我世家之力能办到的？诸位，风二我有个提议，若是我们之间有一人幸得婿位，不妨联合四大世家一起开垦西域这块贸易市场，凭我琅邪楼的庞大陆海商队、陈尚书所掌握的官道要塞、李家的庞大物资人力以及臻玉坊对鉴宝的敏锐目光，定能挖掘出潜在的巨大商机。”

果然此话一出，陈李二人立马双眼放光。

喂，你们也未免太容易动摇了吧？方才的高傲与不屑一顾呢？这该死的小煞星，顾子谦扶额，他现在连打退堂鼓的机会都没有了。

“各位公子，方才我家小姐送来手谕，若是哪位公子能协玲珑阁夺回雪魄瑶，她便择其为婿，并赠予雪魄瑶及薛氏百行家业。”薛管事阅完家丁送来的信件，宣告招亲比试最终回的内容。

“噔噔噔”，一阵混乱的脚步声散去，顾子谦看着人去楼空的厅堂不禁嘴角一抖。

要不要这么见钱眼开啊？

【四】

迷香梦绕少年愁

当其他公子都忙碌着寻官府协助查案的同时，唯有一道慵懒的身影径自醉卧荷花亭，继续享受悠闲的时光。

鄙视！真鄙视！琅邪楼子弟的生活作风简直令人唏嘘！顾子谦一面暗自腹诽，一面莞尔地迎上对方笑嘻嘻的嘴脸。

“顾兄，对此案可有斩获？”风二少由小莺搀扶着坐正身子，喝了口温茶。

顾子谦在石桌旁择一席坐下，不经意瞥了眼对坐的男人，心中又是一阵唏嘘，连丫鬟递来茶杯都不自知：“这是洛神沉香，顾公子请。”

“有劳。”接过茶杯，顾子谦继续瞪着对面的男人。这个风二少，眉目清秀得当真有些过分啊。若不是他习性风流，说他是姑娘家也不为过。

收回八卦的目光，顾子谦如实答道：“毫无头绪。”

“哦？那着实收获惨淡。”

嘁，难不成你这吊儿郎当的小煞星就有收获了？顾子谦不客气地腹诽道。

说来这玲珑阁也真够可笑，连京城名捕都无从告破的案件，凭他们几个富家公子就能搞定吗？其实是在婉转地告诉大家：不好意思啊，我们家小姐谁都看不上，都回家洗洗睡吧。假以时日，玲珑阁当家也会放弃这荒唐的比试吧。若是如此，那真是可喜可贺。

岂料，刚入口的清茶还来不及咽下，他就听到对面的小煞星沾沾自喜道：“本少爷倒是发现了一些线索。”

“噗”——空中划过一道清泉，顾子谦差点儿被呛到。有没搞错？竟然又被这浑蛋抢先一步！他拭干薄唇上的茶水，故作镇定地问：“不知风二少可否指点一二。”

只见风二少嘴角噙笑：“那就是迷魂香。”

果不其然，顾子谦随风二少赶往失窃宝库调查，确实在香炉里发现一些迷香残留物。库内仍余下些微残香，顾子谦轻轻皱眉，草药不是他擅长的领域，或许他该去请教一下大夫。思及此，他自袖内取出桑皮纸，打算收集些许残留物：“映山红，应该还有绢菊，不，虽然闻着有点儿像……”

“不只映山红，还有贵妃醉，这两种都是极佳的迷药配料。吸入过量的迷魂香，至少都要昏迷五六个时辰，当时看守雪魄瑶的护卫就是昏迷至翌日清晨才醒来的。”风二少一展玉骨扇，径自潇洒地摇了起来，墨色的眸觑向身旁的男人，“没想到顾兄对草药也挺有研究的。”

“不敢当。”顾子谦敷衍地笑笑。

“自从晏城下了禁令要捉拿沉烟，城内药肆几乎半年都没有入货类似映山红、贵妃醉的药材，即使有，量也相当少，而且都必须登记在案。可这半年来沉烟作案无数，这迷药又是从何得手？不知顾兄如何看待此事？”风二少似乎很期待顾子谦的回答，这无形中给了某人很大的压力。

欺人太甚啊太甚！本少爷若知道早就去开药铺了，又不是《本草纲目》看得多就懂药理！咦，开药铺……他们当中不就有个制药世家出身的李公子吗？

彼时，一道身影在后院仓促而过。定睛一看，竟是李公子。

【五】

相争难休，疑点重重

李公子行色匆匆，将布包转交给下人后，他大概没料想到身后竟尾随着顾子谦和风二少。

“你猜他接下来会做些什么？”

耳边是风二少清朗的嗓音，混有不知名的馨香，这令顾子谦心弦莫名一紧，还羞赧地打了个冷战。他瞪了身旁的男人一眼，伸手将其推开一臂之距，用眼神无声警告：那得跟上去才知道他葫芦里装的什么药了。

可就是这一推，竟不经意瞥见风二少肩胛骨上的白皙肌肤布满密密麻麻的红点。顾子谦不自觉伸出手去碰，惊得风二少立即退开，还拼死用手护住脖颈儿位置，大声嚷道：“你要做什么？”

啊，这家伙竟然也会脸红？害羞的样子还挺可爱的嘛。顾子谦用手指了指自己的脖子，说道：“你脖子这里有一片红斑。”

风二少有些心虚地移开视线，敷衍道：“天气热，长痱子了。”

看那此地无银三百两的表情，骗谁呢。

此时，正打算回房的李公子迈步而来。见两人伫立不语，李公子不禁疑惑道：“二位为何神色如此凝重？”

“啊，是这样的……”顾子谦将用纸包好的迷香残留物递到李公子面前，“顾某与风二少正打算向李公子讨教一番的，可否借一步谈谈。”

在检阅过纸包内的残留物后，李公子笑道：“好一个沉烟，用的都是些极不容易得手的药材啊。”

“哦？”风二少挑眉看向他，示意他继续说明。

“断魂草、银鸦叶、莽苍，这几乎是宫内才有的昂贵药材，一般是用于安神助眠，但用量过大，就会致人昏迷。除此外，还有映山红和贵妃醉等上佳迷魂香药材，这些如今晏城都不予采购，况且也过了盛产季节，不易采集得到。即使是我们全晏城最大的李家药铺，也没有这么齐全的迷香药材，少量的沉素和莽苍也是专门上供朝廷的。”

“那可否请李公子写下这些药材，也好协助官府一并彻查晏城的药铺，这么大剂量的迷魂香，沉烟定早在禁令下发之前就大量购入了。我想也许能从中查出些蛛丝马迹。”顾子谦说话时，试图在李公子脸上发现一些什么，可不知是对方隐藏得极好，还是全然不知，神色竟一贯自然。

“举手之劳。虽不敢笃定这是全部配方，但也八九不离十了。”说着，李公子就在纸上写下一系列相关药材名称。

就在这个节骨眼上，在一旁慵懒品茗的风二少竟冷不防地打翻了茶杯，茶渍很快就渗透了宣纸，并濡湿了李公子的袖口。

李公子眼疾手快地抽回手，就在他拭擦着手腕时，零星的几点红斑立马映入了顾子谦的双眸。

这红斑真眼熟。似乎察觉到对方的注视，李公子甩了甩袖子，将手背到身后。

风二少见状，歉意地笑笑，虽然笑容一点儿都不真诚：“抱歉，李兄。瞧我笨手笨脚的，弄湿了你的衣服。小莺，还不快点儿伺候李公子更衣。”

“不必了，可惜配方弄湿了，容在下重写一张。虽然我们大家都是竞争对手，但若能助大家捉拿沉烟，也为一件功德圆满之事。”李公子不在意地说。

说得真伟大，这可是关乎玲珑阁姑爷之位的比试，顾子谦就不信李公子能如此淡泊名利。

“呀，李公子真是帮大忙了。”风二少摇了摇玉骨扇，状似不经意地提起，“说来，陈公子似乎早已知道沉烟的下落了。今早还听他说，沉烟使用了什么……对了，‘沉素’这关键草药，区区一介武夫竟敢信口雌黄，像沉素这种普通药材，连我们外行人都知道，根本没有太大的药用价值，顶多就治治风寒。好在有李公子，要不然真要被他糊弄过去了。”

可顾子谦却在李公子脸上捕捉到一闪而过的窘态，随后李公子便匆匆告辞了。

当天夜里，陈公子的厢房竟被洗劫了一番。

【六】少年豁然开朗

顾子谦随众人赶到厢房时，发现房内一片狼藉，明显被人翻过。自昏迷中醒来的陈公子却对昨夜的事毫无记忆，但据他所言，装有配方的锦盒却凭空消失了。

众人散去时，顾子谦不经意看到陈公子捂着肚子，嘀咕了一句：“被摆了一道……”

线索到了这里仿佛又断了，顾子谦不由得蹙眉，脑中在分析这几天的所见所闻。李公子的行迹固然可疑，但作为制药世家之子，他岂不是显得嫌疑最大吗？思及此，他又发现神色慌张的李公子朝长廊走去，就在他与接头人碰面时，顾子谦当场将他们抓住。

没料想到顾子谦会出现，李公子立马双腿发软地跪了下去，连连求饶：“我真的不是沉烟，冤枉啊。”

“那这是什么？”顾子谦将他们交接的布包取了过来，当面展开，这下连他自己都面如死灰：“呃，马蹄大黄？”

一旁的家丁连忙帮主子说话："顾公子，我家少爷真的不是什么沉烟，他身子骨儿不好，又体旺易火，为了比试都紧张得便秘半个月了……"

"闭嘴啦，阿福！"制药世家之子瞬间面子挂不住，被人知道制药世家之子能医人却不能自医很丢脸耶，而且还是便秘！他不禁扑地大哭。

喂，买便秘药至于鬼鬼祟祟成这样？很容易招人误会好不好！这对白痴主仆！

所以在听到李公子说手腕上的红斑是热痱子时，他也见惯不怪了。顾子谦绝望地抹了一把脸，他感觉自己白白紧张出了一身汗："那你为什么在听到陈公子找出配方时如此紧张？"

"因为那张配方是我随便乱写的，可那家伙竟信以为真，如果他把我供出来，岂不是丢尽我药王世家的脸面吗！况且，为了赢得比试，我怎么可能把真正的配方告诉他！"所谓赛场没朋友，宁可死道友。

"哦？也就是说，你今天给我的配方也是假的喽？"顾子谦眯起锐利的眸子，吓得李公子连连跪倒。

"我错了，我立刻把真正的配方写给你！"李公子立马命家仆拿来文房四宝，开始奋笔疾书，写完还不忘从旁说明，"另外，迷魂香即便是吸入极少量也会产生昏迷作用，所以使用者必须在使用前服用解药断香丸，但此解药会致使使用者产生诸如红斑、红点的症状，快则一两天消散，慢则需要七日。"

"原来如此。"

看到真正的配方时，顾子谦满意地点了点头，上面写着全新的配方。不过倒可以确认一件事了，顾子谦的唇边不禁扬起一抹淡淡的笑。

【七】俘获真凶

七日后，沉烟案仍无任何进展，彼时却传来臻玉坊从坊间购入雪魄瑶的消息。玲珑阁顿时炸开了锅，顾子谦以提防沉烟再窃走宝物为由，遂回府安顿雪魄瑶，翌日再送还玲珑阁。

为什么一定要到明天才送回呢？

理由当然是，夜里是沉烟最佳的作案时间呀。

夜已深透，顾府悄然无声。

一道青烟自戳破的窗纸渗入，房内弥漫着独特奇香，浅尝五感麻痹，持续吸入便陷入迷幻最终失去知觉，仿如身陷梦境——床上的顾子谦眉头轻蹙，随即深深昏睡了过去。

一袭黑衣的身影推开了房门，门外看守的下人早已失去五感昏倒，否则那个人也不可能如此肆无忌惮地登堂入室。那个人来到床边，看到床上之人熟睡的容颜，禁不住"咯咯"直笑。

这位顾少爷是出了名的爱玉成痴，是决计不会把重要的宝贝藏在臻玉坊的，唯一可以肯定的便是，他一定会将珍宝藏在最贴身的地方。黑衣人将他推开，掀起床单，锦缎床铺下果然有一个暗格。他掀开一看，暗格内竟空无一物，除了一张字笺。

掀开一看，上面是赤裸裸的嘲讽——笨贼，你上当了。

黑衣人表情一滞，还未反应过来，手腕猛地一紧，整个人被摔在了床上，双手被钳制住，他抬头一看，一双璀璨如星的清眸正从上方静静地看着自己。

“你不是已经……”

本应中迷魂香而昏睡的顾子谦此刻正饶有兴味地看着黑衣人，他撕扯开对方的面纱，月光下是张如宝玉般无瑕的精致脸庞，一双秋水剪瞳荡漾着惊讶的波光，果真如他所料。

顾子谦沉哑的声音幽幽响起：“你想说我已经昏过去了吗？很可惜，那不过是为了瞒过你的障眼法。”说着，顾子谦扯开了自己的衣襟，露出了肩胛上的一片古铜色皮肤，上面有着明显的红斑，“你想不到我会事先服用过解药吧，风、二、少？”

风二少顿时烧红了脸，眼神移向了一边，不再与其对视：“你是从何时开始得知？”

“也就是刚才，我才敢确定是你。”顾子谦露出清浅一笑，这小煞星无地自容的模样竟有几分楚楚可怜，他越发想要逗弄他，想看到他更多无措的可笑模样，“但我确信，你并不是真正的沉烟。”

看到风二少惊愕的神情，顾子谦得意地笑了，也更确定自己推理的结论是正确的。

“其实，你并不知真正的迷魂香配方，所以你刚才对我使用的‘迷魂香’不过是李公子用来诓骗陈公子的假配方，证据就是迷香中含有沉素。若非看过配方，你又从何得知？不过那迷香用来熏熏蚊子还是不错的。让我猜猜你此次夜袭本少爷的目的是什么，是想试探我是不是真正的‘沉烟’吗？”一道揶揄的笑意自他唇角扬起。

“你果然好聪明，顾公子。”风二少几乎咬牙切齿道。

说的一点儿都没错，风二少打从一开始就将顾子谦锁定为“沉烟”，因为顾子谦从西域归来，西域盛产各类迷香药材，可以调配出更高明的迷魂香，也是沉烟唯一可以获取药材的来源，而他因此也有充分的不在场证明掩盖自己是沉烟的身份。

“不过恐怕要让你失望了，我是清白的，我甚至还怀疑你是沉烟。”顾子谦径自扯开他的衣襟，一片红斑暴露。

“说话就说话，别动手动脚的。”风二少的耳根几乎红透，恼怒地拍开顾子谦的手，收拢自己的衣襟。

你倒是，大男人脸红什么，又不是姑娘家。顾子谦耸耸肩，继续道：“你的红斑应该是误食了断香导致，若我没记错，当时在荷花亭喝的清茶中正是用了洛神断香。这断香效力因人而异，消散的时间并不一致。沉烟要长期作案，定要长期服用断香，所以这红斑就是我怀疑你的依据。随后你为了夺取陈公子的配方，在他茶水里下了迷药，想必也是为了试探他的身份。我原以为你的动机是想销毁证据，可如今看来你顶多算个笨贼，岂有能耐当晏城第一大盗。”

分毫不差的推理，风二少不甘心地咬唇：“雪魄瑶早已被沉烟窃走，如今冒出臻玉坊购入雪魄瑶的消息，他定会怀疑自己所窃的是赝品。我当你是贼喊抓贼耍鬼把戏，但或许会引来真的沉烟也说不定。我窃看暗格，也无非想知道你手中有雪魄瑶的消息是否空穴来风。”

“哦？没想到你想得挺全面的。”他赞赏地敲敲他的脑袋瓜儿，可这亲昵的举动却彻底扰乱了某人的芳心。

此时，院内突然传来脚步声，顾子谦对风二少竖指噤声，并用锦被将他盖住。很快，屋内又弥散着一股诡谲的香气，风二少顿觉手脚乏力，这是真的迷魂香，随即他渐渐陷入昏迷。

真正的“沉烟”大驾光临了。

【八】
真相大白

看到床上的两人，沉烟不禁嗤笑：“这个顾子谦真是懂得享受良辰美景。”他翻找着房内物品，最终在书橱暗格内翻出了檀木方盒。

这种有钱人爱藏宝的地方，他沉烟可是了如指掌。

果不其然，打开方盒一看，内里是一块凝脂白玉，晶莹剔透得如同冰雪，还透着荧光，玉石上有着令人舒心安适的清香，果然如传说中的雪魄瑶一样，看来他上次所窃的真是赝品。待他正欲退去，一阵狂风袭来，锦被如同一张大网，将他严实地包裹住，沉烟手脚俱缚，动弹不得。

随着一声尖哨响起，房里冲入数十名家丁将沉烟团团包围。沉烟有武功底子，他轻易就挣脱了锦被，横扫千军如卷席，将一众家丁放倒。眼看他就要逃之夭夭，沉烟“扑通”一声倒地不起。

这时候，顾子谦得意扬扬地来到面前，单膝跪地，俯视地上的男人：“看来‘肌肉发达头脑简单’，此言不虚啊。读书也是很重要的哦，陈公子。”

“你……”陈公子当即昏死了过去。

“来人，把他带去官府。”看来要迷晕这大块头可不简单，早知道就在夜凝玉上多抹一些迷药了。

待人都撤去以后，顾子谦回到床边，用脚踹了踹床上熟睡的某人。“喂，起来，回你的琅邪楼睡，恕本少爷今儿个没心情招待你。”

事件告一段落，他只想赶紧睡个安稳觉，可不想被那小煞星继续霸占大床。

“到底要我说几遍，起……来……”顾子谦不耐烦地掀开薄被，那个人依旧毫无防备地睡得酣甜，青丝披散，葱白玉臂上裸露着圆润的肩头，一条红丝兜绳暴露人前……

顾子谦脸上顿时闪过众多复杂的神色，由红变白，又由白变青，最后大掌掩住红透的俊颜，狼狈而逃。

额滴娘！这个小煞星竟然是个女人！

【九】
白玉无瑕

一切真相大白，沉烟一案由臻玉坊的少当家协助告破。

陈尚书长孙因嗜赌成疾，债台高筑的他私通宫内御医获得迷药配方，并以权谋私，逃过官府耳目累累作案，而被窃的雪魄瑶果然在尚书府搜获。

说来这个陈公子，即便是个武夫，也是有点儿手腕的，否则哪里能伏卧天子眼皮底下这么久？据闻迷魂香配方正是他偶然所得圣上赐予的外域朝贡品，本是凝神安眠的药方子，却给他弄巧成拙，调配出“作案凶器”。加之他武状元出身，作案更是如鱼得水，就连绿林高手都不是他的对手，故此他更贪得无厌，在晏城大肆洗劫权贵。若非他疑心病太重，也不会轻易上了顾子谦的当。

顾子谦虽没有见过真正的雪魄瑶，但他好歹阅尽无数奇珍异宝，伪造赝品岂是难事。而骗过李公子的“雪魄瑶”正是西域稀有的矿石冰晶花，经过打磨后外观晶莹透亮，几乎可达到以假乱真的程度，并且具有夜光的特性，是西域贵族钟爱的珍品。如若沉烟质疑所盗的雪魄瑶是赝品，定会因坊间传言而不请自来。

不过陈公子是沉烟这点，倒是很令顾子谦意外。

算了，为民除害，报效晏城，也不枉为一桩好事。但放松下来时，顾子谦顿感晴天霹雳，因为胜出就意味着他要成为玲珑阁的新姑爷了！他现在完全没有心思娶妻，也不知道那个宝小姐长得是圆是扁！该死，这个时候，脑子里竟想的是风二少！

都怪那个小白脸儿！不，是小丫头！

“姑爷，这边请。”小莺上前带路，据宝小姐口谕，即刻带新姑爷前往内堂会面。

顾子谦知道，如果现在跟过去，铁定没退路。待小莺不注意时，他立马灰溜溜地逃了。等在臻玉坊后门的是即将出发的商队，顾子谦已经迫不及待要踏上新旅程了。

牵起缰绳，匆匆一瞥这晏城，竟无端生起眷恋来。心中有些不知名的情愫萌生，到底是这次际遇太深刻，还是有人令他难相忘？他来不及理清这些情绪，便听闻商队今日加入了一位新成员。

“哦，是哪个新人？”应该是臻玉坊新来的玉鉴师吧，就当带新人跑商了。

队伍后头应声走出一道盈盈身影，樱色纱裙曳地，白色流苏无风自荡，一线薄光在芙颜上斑驳摇曳，逐渐将轮廓明晰起来，肌若凝脂气若幽兰，娇媚无骨入艳三分，那样的绝美，在世人眼中如美玉荧光，甚至轻易就在顾子谦心中激荡起千层巨浪。

“风二……”他震惊地指着对方。

“薛宝儿，烦请夫君牢记。”

宝小姐就是风二少？顾子谦被真相震得东倒西歪，还未反应过来，俏丽身影就已跨上他的马背，“驾”一声，驱逐着马匹驰骋。

然而顾子谦反握紧她手中的缰绳，掉转马头，朝晏城方向驰去。

“夫君，你不是要去东海国吗？”薛宝儿自知这个玉痴无心娶她，但自她初次在晏城与他相见，便一见倾心，遂引君入瓮，而通过考验，她果真越发欣赏起他来。

前方的男人浅浅地勾起唇角，无可奈何道：“你都喊我‘夫君’了，我岂可弃你而去？我们回去成礼吧。驾——”

身后的人儿将嫣红小脸埋在他的背脊间，忍不住嘟囔道：“傻瓜。”

五花马，千金裘，呼儿将出换美酒。

他顾子谦有此“无瑕宝玉”，夫复何求？轻

棠梨叶落
胭脂色
Written by | 李明尔
Painting by | 胃疼大帝

如果你会想起，那些日子里我们的过去。

等到哪一天在人群中相遇，一如既往的熟悉。

——《兰玲曲》

【壹】

棠瑜遇上沈离墨的时候，还是清水镇上一个小小的医女。每日帮着时越师傅晒晒草药，打打下手，不过好歹也跟着学了些皮毛。

清水镇偏安一隅，具是些寻常的百姓家。沈离墨站在病人里头就显得出挑得很，云锦织的袍子，领上细细密密地绣着云纹，一看就是官宦人家的公子。

这也就罢了，可依棠瑜的医术，都能一眼看出他筋骨好得很，一点儿都没有生病的样子，他却三天两头儿来医馆问诊。

棠瑜注意他，倒不是因为他华贵的装扮，她觉得这个人蹙眉表示难受的样子，比其他病人都好看了太多，常叫她一眼望过去，就忘了手里的活。

“恕在下无能，实在看不出公子的脉息有什么问题，公子还是早先的症状吗？”时越大夫问。

“是啊，总觉得乏得很，心神不宁的。”

“可公子的面相也全无虚热之状啊。”时越凝起眉细细思虑了一番，“莫不是公子府上，养了什么属性相冲的花草？”

“这也未可知，”沈离墨道，“不如大夫什么时候得空，到寒舍替在下鉴别鉴别。”

“这……”时越看了看等在后头的病人，有些犹豫。

沈离墨见了立刻拿出锭银子，“这是诊金。”

时越打着哈哈收下了银了，转过身对棠瑜招了招手，“你随这位公子去他府上看看，可有致病的花草。”

棠瑜正偷偷听着他们说话，被指了出来，一下红了脸，“我？”

“你不是最爱研习那些花花草草的吗？”

沈府的庭院极大，碧湖青天，垂柳拂丝，水榭亭台，瓦檐层叠。院中花草甚多，均有花匠打理，分开放置，并无什么症结。

“沈公子没有病，为何要求医呢？”

“你怎么知道我没有病呢？”沈离墨问。

“所谓相由心生，若真是不适，即使脉息上诊不出来，面相上也会有疲累不适之感，可沈公子看起来着实开心得很。这也就罢了，”棠瑜侧过身看着沈离墨，“可到了师傅面前，沈公子就故作难受。”

“你早就看出来了？”沈离墨轻轻一笑，“那为何不说？”

“公子愿意平白奉上诊金，我们医馆为何要将公子拒之千里呢？”

“那你现在为什么又要说出来呢？”

“因为我好奇，”棠瑜道，“你们官宦人家规矩多，我原本猜测你是想避过家中什么事端去，才故意装病。可今天到宅子一看，你就是这里唯一的主人，又哪里有央得动你的人。”

“其实呢，我去医馆，是为了看一个人。”

棠瑜抬起头，对上了沈离墨那双清俊的眼。

沈离墨去医馆去得更勤了，时越看出了他的心思，也就不再多问，他想诊脉就替诊，想配药就替他配。遇上棠瑜得空的时候，沈离墨就陪着她逛逛集市，再后来，沈离墨开始教棠瑜作画，为她奏曲，带她游山。

顺理成章地，他们成了清水镇众人艳羡的一对。

可在沈离墨从朝歌探亲回来，带着八大箱礼物去医馆找了次棠瑜之后，棠瑜或是推脱医馆忙碌，或是假称身体不适，竟不愿再见沈离墨。他原以为是棠瑜和时越在闹不开心，偷偷过去瞧了几次，却发现棠瑜对时越依旧是笑脸有加，只是一见到自己就躲闪不及。

沈离墨不知哪里出了错，一时没了法子。后来，也不知是哪个小厮在戏园子里听了《西厢》或是《墙头马上》，说那些个书生追求小姐，都是偷偷翻过墙头去，和小姐私订了终身的，他这样光明正大地带着礼物去医馆找棠瑜，实在是太过招摇了，姑娘家面子薄，怕是脸上挂不住。

沈离墨想想也是，便找了个月黑风高的夜，翻过了医馆的墙头，去见他的意中人。

他还没来得及敲门，就看见屋里头一片红光，朦胧得有些诡异。沈离墨放慢脚步，轻轻推了推虚掩的门，却见到一株明霞般的西府海棠缠绕在少女身上，他看到少女的手已经成了一朵红艳的花蕾，娇艳欲滴，沈离墨一下失去了动作。

这株西府海棠正在渐渐地和棠瑜融为一体。

【贰】

三年后。

王城朝歌的繁华并未笼罩至京郊的树林，林间影影幢幢，一片阴森。

“啊！”一声惊呼后，一袭玄袍的男子被藤蔓狠狠地掐住了脖子，再也吐不出一个字眼。操控着枝蔓的少女把他用力甩到树干上，确定他被砸晕了过去，才收回了手中的长藤。

躲在一边的小妖立刻跑了出来，千恩万谢地道：“多谢棠瑜大人救命之恩，若不是大人三番五次相救，我们都不知死了几回了。”

棠瑜悄悄抚着手心被藤蔓擦伤的皮肤，漫不经心地道：“知道朝歌是除妖师聚集之地，为何偏偏要来寻死呢？”

“朝歌人杰地灵，我们不就想沾点福气嘛。”小妖精赔笑道。

“我看你啊，是无福消受。”旁边的另一只小妖数落道。

棠瑜听了，勾了勾嘴角，似笑非笑，衣袖一挥，便从林间消失得无影无踪了。只剩下几只小妖精感叹着，“要是没有棠瑜大人，我们早就在钦天监的除妖师手中死得灰飞烟灭了呀，也难怪朝歌的众妖，都要尊称她一声‘大人’。”

“咳咳。”先前被打晕过去的男子由两位同僚搀扶着，一瘸一拐地进了钦天监的门，“监正大人。”

“什么人能把你伤成这样？”监正青冥立即上前查看他的伤势，“莫非又是那个妖女？”

男子点点头。

“可看清了她的元身？”

男子似是十分不甘心，先垂下了脑袋，才咕哝出一句：“没有。”

“没有现出元身就能把你伤成这样？”青冥说着，暗自思忖了起来。

自一个月前，有除妖师进入城东密林捉妖被伤后，钦天监的众人前往密林猎妖时，都会遇到一个女子的阻挠，若执意与她交手，只能落得个一身伤的结局。如今，连青冥最得意的弟子，也败在了她的手里，甚至还被她手下留情，饶了一命。

青冥拿起了墙上悬着的剑，“我去会会她。”

入了夜，林子里一丝光亮也没有，就连鸟兽也因察觉到了青冥的到来，收敛了声息。青冥却故意将自己的灵力不断扩散，向林子的主人宣告贵客的来临。

黑暗中，只有他手心的纹路隐约浮现着光亮。

青冥踏入了林子深处。他踩着落叶缓步前进，脚下发出细碎的声响。青冥感到自己似乎踩到了一条枝蔓，他正要低头，眼前炸开一道白光，那光里忽然飞舞出无数浅粉色的花瓣。

光亮逐步上浮，悬在了青冥的头顶。

这场景从远处看来一定美得很，如月色般柔和的光芒洒在林间，粉白的花瓣从天而降，落在玄袍男子的身上。

而青冥的剑快速地游动着，打离近身的花瓣。这些看似柔弱的花朵，均是如刀锋般尖锐的暗器，而且它们身上，都汇聚着浓重的妖气。

若是花瓣的主人再加一分力道，青冥就要招架不住了。他终于知晓他的弟子们为何都惨败如此。他们不仅没能见到她的真面目，甚至根本没有机会画出除妖的符咒。在她面前，他们成不了除妖师，只能是普普通通的人类，脆弱得不堪一击。

可她似乎是厌烦了，青冥感到一种丝绸般触感的衣料划过自己的脸，将那团白光收入袖中。眼前似乎隐约立着位长裙逶迤的少女，可青冥根本没有机会细看，一条藤蔓缠住了他的身子，将他狠狠地扔出了林子。

青冥回到钦天监已经是第二天的晌午，他先扔了那件破烂不堪的袍子，去街上重新买了件罩袍，才踏进了钦天监的大门。那群弟子立刻端茶倒水地迎了上来，除了一个跷着腿躺在软榻上的少年。

青冥瞥了他一眼，“你是不是没遇到过那个妖女？”

“是啊。”少年懒洋洋地回答。

“不想去见识见识吗，”青冥道，“你不是最讨厌那些花花草草了吗？”

【叁】

棠瑜是一株西府海棠，当年生了点儿小病，本想去医馆偷点草药吃的。结果被好心的时越撞见，看她无家可归，甚是可怜，竟然就收留了她。医馆有吃有喝还有草药，不必再风餐露宿，她也就顺势留了下来。再后来，她便遇上了沈离墨，一见钟情，两情相悦。

可正所谓人妖殊途，棠瑜怕与沈离墨过于亲近，会折了他的寿命，正犹豫着该如何打算，沈离墨忽然没了音讯。棠瑜跑到沈宅一看，不过几天的工夫，偌大的宅子竟然就被搬空了。棠瑜反复询问了诸多邻里，才得了句不太真切的“沈公子大约回朝歌去了”。

棠瑜想，定是自己拒之千里的态度伤了他的心，或是驳了他的面子，叫他一恼就离开了清水镇。她以为沈离墨消了气肯定还会再回来，可是年复一年，他却再无音讯。

也不知是哪一天，一直等着他的棠瑜忽然就死了心。都说人世间的欢爱凉薄，她却总不相信，如今受了教训，便回山里用心修炼起来。既然成不了人，不如彻彻底底做一只法力高强的妖。

她颇有天资，又十分用心，没几年便小有所成。再后来，棠瑜辗转到了朝歌，却怎么也没想到，再见到沈离墨，是在一场打斗中。

他一袭黑衣，罩着见玄色的长袍儿，兜帽上精细地绣着紫金的纹路。那是除妖师的装扮。沈离墨灵巧地舞着手中的玉笛，将斩杀的妖物炼化成囚禁其中的灵。

几年前，他还用这只玉笛为她吹过曲子，那时候他清朗美好得仿若不是这尘世中的人。可如今，他变得冷峻又漠然，那手中炼化过的玉笛已不知禁锢了多少她同类的性命。

棠瑜的手中隐约现出几片花瓣，她的指尖紧了紧，却终是没有打出去。

她不愿与他如此相见。

而离开了清水镇的沈离墨，一直以为棠瑜是被一株西府海棠吞噬。他原是王公贵族，当年要封侯时他还不乐意，巴巴儿地逃出了朝歌。好不容易回去了，却径自跑到了钦天监，摆起了侯爷的架子，让监正青冥教他除妖术。

青冥本以为他是起了玩心的贵公子，只是随手扔了几本书给他，没想到沈离墨没几日就把古籍背得滚瓜烂熟，还说他对别的妖异都没兴趣，就是最讨厌那些妖娆的花花草草。青冥这才教起了他作为除妖师的种种，却见沈离墨每次出手都过分狠绝，丝毫不会犹豫、不存善念，青冥怕他出事，教起口诀的时候就渐渐有了保留，可沈离墨每次出去，依旧是不把方圆十里的花妖都收了就誓不罢休的姿态。

棠瑜手下的许多小妖都吃过他的亏，可棠瑜到底是没法鼓起勇气出去救他们。沈离墨每杀一只妖，她的心里就像被剜去了一块似的，那么信任她的小妖精，她没法去救，她那么喜欢的沈离墨，她不敢去见。

可不管棠瑜怎么躲，都逃不过命。

沈离墨一踏进林子，她便感觉到了。可他并不像青冥，一心一意只找她一个，一路逼退了其他碍事的小妖。沈离墨一进林子，便画下咒符，顷刻间就斩杀了那些羸弱的小妖精。看似狠绝，其实只是幼稚。

可棠瑜还是不得不出现，打断了他继续画下符咒的动作。

“你就是那只伤了我兄弟的妖？” 沈离墨收起玉笛，冷冷地问。

在他的问句中，棠瑜缓缓地转过身去。她穿着一袭浅粉的纱裙，站在林间似是笼了一层朦胧的云烟。

沈离墨不出所料地愣住了。

棠瑜偷偷跟过他好几回，对他的面目早已不陌生，如今堂而皇之地站在他对面，才发现他真的是瘦了许多，不见了身上那贵族公子的温润。

可沈离墨并未表现出她以为的惊喜或是愕然。他的脸上只有恨。

“竟然是你？”沈离墨的剑迅疾地刺向棠瑜，“那我今天更要为钦天监讨回公道了。”

“公道？”棠瑜躲过他的剑，“你们杀我妖界这么多生灵，我却只是打伤他们，从未要过他们性命，你还要问我讨公道？”

“那是因为你要不了！”沈离墨的剑气又加了几分力道，“若是你要得了，还不是如七年前取了棠瑜的性命一般无情。”

棠瑜快步退到了一边，什么？他竟然以为是她杀了“棠瑜”吗？莫非他看到了自己的元身？

“你看到了？什么时候？”

“不然不就让你逍遥法外了吗？”沈离墨的剑在半空画出了繁复的符咒。

“可我没有。”

“你如今都用着她的脸，还敢狡辩吗？”沈离墨手中的速度又快了一些，“我做除妖师，就是为了有朝一日能替她报仇，好在老天有眼，又让我遇上你这株该死的妖异。”

棠瑜用花瓣打断他的符咒，喘着气问：“你还想着她？”

回答她的，只是沈离墨的剑。

他有多想念棠瑜，他就有多恨眼前这株西府海棠，他的剑就有多狠。

可我就是棠瑜啊。她不得不变回真身，才躲过沈离墨的剑，隐了地中，逃了开去。

“居然会逃？”沈离墨不可置信地收起了剑，“不是嚣张跋扈得很吗？”他摇了摇头，转身离开了林子。

棠瑜回到山洞，才恢复人形，便吐出一口血来。

沈离墨的剑法在那些人中尚属下成，却是狠绝无比。棠瑜此前打听时，听说他是长公主的独子，甚受太后欢喜，自小便封了侯，锦衣玉食地长大。后来嫌朝歌闹得很，才搬去清水镇。回来后不知中了什么邪，请旨去钦天监拜师，要做除妖师。

想必是碍于他的身份，青冥也没怎么教他。棠瑜伤了那么多除妖师，见着沈离墨又躲起来，便是存了心思想帮他在钦天监长个面子。这么多年，她终归是没能忘了他。

今日那句“我就是棠瑜”在她喉咙里打了一个圈，还是被咽了下去。说了他也不会信，他若真是信了，反而再无法安心地做一个除妖师了吧。当日没有以实相待的是她，如今又怎么能让沈离墨为她放弃这些年的所得。

棠瑜叹了口气，替自己疗起了伤。

虽是没能杀了棠瑜，也是逼她现出了西府海棠的真身，沈离墨算是立了一功。青冥那日虽是强撑着在钦天监挽回了面子，却听闻回去便病倒了。王便命沈离墨代了监正的位置，全力捕杀西府海棠。

既然知道了她的元身，他们便可对症下药了。

【肆】

“棠瑜大人，”受了伤的小妖跌跌撞撞地跑进了山洞，“您快逃吧，那群除妖师摆了阵法，想要收了您啊。”

“知道了。”棠瑜说着从桌上拿了几味草药，“把这些煮了，你身上的伤就好了。”

“棠瑜大人，这时候您怎么还想着我们呀。”

“行了，快走吧。”

待小妖精走远，棠瑜终是忍不住咳了起来，她尝到口中的血腥味，不由得叹了口气。

屡次帮小妖们脱身，已经折损了她许多法力。那日更是用了幻术，才打退了青冥，她根本没有能力使出那么多花瓣，那其中不过些许是暗器，剩下的只是乱了青冥的眼罢了。她本就已穷途末路，又遇上了无法招架的沈离墨。

可她当年躲过沈离墨一次，铸下了一生的错，这一次，她不会再躲了。

钦天监那特意为西府海棠所制的阵法轻而易举地困住了棠瑜，看沈离墨拿出那支熟悉的玉笛，棠瑜不禁自嘲地笑了起来。

就是没有这阵法，她也无力再与它们一战。她若是听那小妖的话跑了，或许就死在路上了也说不定，可那样便再也遇不到沈离墨了。棠瑜深深地望着他手腕舞动玉笛的动作，若能一直活在他的玉笛之中，也算是实现了当年的心愿，与他一生相伴了吧。

可沈离墨的玉笛只是横在她面前，并未催动灵力。棠瑜的右手忽然一疼，便听右侧的人喊了起来："离墨小心，花香有毒。"

他不说，棠瑜自己都没发现身上有着一股香气。这并不是妖毒，只是西府海棠独有的气息罢了。一般的海棠花都无香味，只有西府兼具香艳，那孩子怕是不知道。

可这又有什么用，不过是激怒沈离墨，让她死得更快一些罢了。

沈离墨却反而收起了玉笛，"这不是妖毒，"他渐渐靠近了棠瑜，"这个味道，是西府海棠的花香，还有……"他凝着眉看着这张和他梦中一模一样的脸，"药香。"

沈离墨站在棠瑜的面前，他就这么紧紧地盯着她，似乎要看穿她皮肤下的骨架，"你到底是谁？"

那时候他只是觉得棠瑜身上有种不同于药香的味道，直到学会分辨妖气后，他才能准确地知晓那是西府海棠的花香。

在他收起灵力后，就感到了和当年的棠瑜一模一样的气息。

【伍】

西府海棠跑了。沈离墨却没延续他那一贯的"不把妖精折腾得灰飞烟灭誓不罢休"的态度，他没有随着他的师傅去搜寻西府海棠的下落，而是立刻回到了清水镇。

沈离墨走进了医馆，一身玄袍的模样，比当年更为惹眼。时越看了看他，有些犹豫，"你是……"

"是我呀。"沈离墨对他笑了笑。牵动着嘴角的时候，他忽然有了一瞬的不适应。离开清水镇之后，他似乎就没有笑过了。

"是沈公子吧？"时越恍然大悟，"那老毛病好了吗？"

"没有啊，好像愈发严重了呢。"沈离墨应着。

医馆里依旧是浓重的草药气，却也只是单一的药味，沈离墨前后转了转，问道："后头这么大的院子，为什么不种点花呢？"

时越道："药房为了避花粉是从来不种花的。"

沈离墨离开了医馆，又来到沈宅，他没有钥匙，只能翻墙进去。这房子一直无人看管，积满了尘埃。沈离墨催动玉笛，让此地残留的灵气现形。

在玉笛变得通透的一瞬，屋子里扬起一股熟悉的味道，药香加西府海棠的气息。

沈离墨愣了一下，随即转身出门，疾步回到医馆，他要到棠瑜当年住过的屋子里再确认一次。如果是西府海棠吃了棠瑜之后身上有了她的药香也是寻常。可若是当年的棠瑜身上便有着西府海棠的气息，那她就不是被西府海棠所食。

而是……

时越说棠瑜当年和他一样不辞而别，他们也不知道她还回不回来，那屋子就一直空着，只偶尔进去打扫打扫。

沈离墨道了声谢，就急匆匆地跑进了后院。

他一推开门，就看见了她。

当时沈离墨手下留情，就有别的除妖师催动阵法想要收她，棠瑜自然不愿死在那些人手里，趁沈离墨与他们对峙时，从阵中逃了出来。

她凭着最后的力气回到清水镇。沈离墨不忍心杀她，也是天意不让她再留在他身边。棠瑜想，那就回到最初的地方死去吧。

可是天意弄人，明明不让他们在一起，却要三番五次地让他们相遇。

沈离墨的眉，皱得更紧了。

他怎么就没认出她呢，除却这张殊无变化的脸，她的眉眼神情都与当年别无二致，那般灵巧又带着些顽劣。

可此时的棠瑜，只能面色苍白地跪坐在榻子上。见沈离墨走过去，她甚至连躲避的力气都没有。

可他并没有要杀她的意思，只是缓缓地坐到了榻边。“你受伤了，为什么不去看大夫呢？”

棠瑜愕然地抬起头，沈离墨看着她，他凝起眉一遍一遍地跟她道歉：“对不起，我竟然没有认出你，棠瑜，原谅我好吗？”

棠瑜不知该做何动作。她是担心过他会知晓她的身份，却不得不承认，她等这一天真的等了很久了。

就是此刻死去，她也无憾了吧。

棠瑜叹了口气，决定坦白一切。“你之前遇到的，是我姐姐。”

她告诉沈离墨，他没有认错，他遇到的那株西府海棠是她的姐姐。她们的父亲是妖而母亲只是人类，所以只有姐姐继承了妖力。几年前，她的姐姐被除妖师所伤，棠瑜为她医治，姐姐却想让棠瑜找出身体里潜藏的妖力，为自己所用。

于是便有了沈离墨看到的那一幕。

那之后棠瑜身体虚弱，怕师傅看出什么端倪，她便离开了医馆。而姐姐则带着她的妖力，去了朝歌，成了统领一方的一株妖异。

“所以她那么厉害，是因为身上有着两个人的力量？”

“也许吧，”棠瑜说，“那时候我病得很厉害，不想让你知道我是半妖，就没有见你。可没想到机缘巧合，姐姐发现钦天监的除妖师就是你后，还是把我也带到了朝歌，想让你因为我而放弃围捕西府海棠。”

“所以，我伤的人还是你。”沈离墨蹙起了眉。

“也不能这么说。”棠瑜道，“姐姐拿走了我的妖力之后，也带走了我的一部分神识，也就是说，有一部分时候，我的意识是和她相通的，甚至可以说是共用一个身体。你伤了的那个人，只有一部分是我，更多的是她。而且，多亏了你的阵法，才把我的神识彻底从

她的身上打了出来。”所以，她才可以操纵姐姐的意识，让她不去伤害沈离墨。

沈离墨垂着眼，淡淡地问了句：“那我要是杀了你姐姐，她拿走的力量会不会回到你身上？你的伤是不是就会好了？”

“你不要杀她，她其实是个好人，她从来没有害过别人。”棠瑜急急地说。

“可她害过你啊。”

“那是因为当年如果没有我的妖力，她可能就活不下去了，而我即使失去了那些，也不会伤及性命。”到底是血浓于水，即便事到如今，棠瑜依旧要为她的姐姐说话。

【陆】

可不等沈离墨答应棠瑜的请求，放过她的姐姐，清水镇上便来了客人。这次来的，是恢复了伤势的青冥。

“离墨，你是朝歌最有权有势的侯爷，自你拜入我门下，我便没指望你能学会什么，可我真的没有想到，你会堕落到去救一只妖！”

沈离墨白了他一眼，突然就找回了做侯爷的气势。“既然知道身份有别，就不要想着拦我。”

青冥一下便怒了，“今日若是不杀了这妖孽，我又有何颜面再去见圣上！”

沈离墨紧紧握了握棠瑜的手，“我有办法应付他们，你先走。”然后他便松开了手，将她推了出去。

那之后的很多很多年，沈离墨都不停地在回忆这个场景，他想如果当时他再多说一句，或者回过头看看她眼神里的意味，一切或许都会不一样。

可是他那时偏偏没有，他只是一把推开了他的棠瑜，拔出剑指向了他的师傅。

青冥到底是不敢伤他的，手中多有保留，沈离墨更是反复周旋，拖延时间，在他感受到棠瑜的气息渐行渐远，确定她已经彻底逃离了之后，沈离墨放下了剑。

他这才有机会对青冥说，棠瑜是那株西府海棠的妹妹，虽有妖力却绝不会伤人，他答应青冥回朝歌去杀了那西府海棠，让他放棠瑜一条生路。

那西府海棠曾让他们费尽心机都难以接近，可此次沈离墨出手，竟轻而易举地一箭穿心。他在朝歌一时声名大噪，却在漆黑的夜里，离开了繁华的朝歌，策马赶去了清水镇。

沈离墨再回到医馆，却没见到棠瑜，他又去了沈府，也没有看到她。他把整个清水镇都找了一遍，没有人说见过她。沈离墨回到朝歌，找了她居住的林子，找了山洞，甚至问了林里那些小妖精，有没有见过一个和西府海棠长得一模一样的女子。可那之后再也没有人，也没有妖见过她了。

棠瑜就这样平白无故地从世上消失了。

因为此次剿灭西府海棠的功劳，沈离墨代替隐退的青冥，被认命为钦天监的监正，因着他王族的身份，钦天监终于摆脱了妖邪的名声，成了朝歌不容小觑的力量。

权力的版图正在悄然地转变着，而沈离墨每个月都会回到清水镇的医馆，干起了棠瑜当年干过的活，晒晒草药，打打下手，然后每天让时越替他把一次脉。

“你的身体真的好得很，什么病都没有。”时越把完脉，无奈地道。

“我知道，我就是想让您每天给我把把脉，我就安心了。”

“唉，”时越叹了口气，“你还在等她。”

沈离墨笑着点了点头，他想，她总会回来的。

当年他以为她死了，后来还没能认出她。这一次他绝不会再犯这样的错误了。

况且，那些林子里的小妖精说，棠瑜多半是找回了失去的妖力，寻了个地方开始修炼了。妖修炼起来，面目凶狠得紧，自然不会出来见人。

沈离墨望着医馆门外熙攘的人群，他相信在某一天，时越替他把完脉之后，会有一个少女再问他一次：“沈公子没有病，为何要求医呢？”

不管她变成什么样子，他都会一眼认出她，然后郑重其事地回答她：“因为我想见你啊。”

可是他再也等不到了。

棠瑜骗了他。

她根本就没有什么姐姐。

即便棠瑜曾经还那么大义凛然地劝着沈离墨放过她的姐姐，可她知道，沈离墨是不会原谅那株西府海棠的，她只不过是在演一出姐妹情深的戏码。

但棠瑜必须这么做，她知道无论自己变成什么样子，无论她是人是妖，沈离墨都会一样待她。既然如此，她还是想维护好自己在沈离墨心中最初的样子，和很多年前一样善良又无知的模样，然后伪装成另一个冷血又狠心的人，成为他刀下的亡魂。

她终归是活不久了，而所有人成为除妖师时都立下誓言，若有违背，天诛地灭。

纵然沈离墨发现她消失后会难受，但那只是一时的，那之后，他会得到所有他应该得到的东西，他会成为杀死了西府海棠的英雄，成为钦天监的监正，成为朝歌最为荣耀的除妖师。

所以，他必须去杀了她口中的姐姐，去杀了她自己。

他应该有自己的人生和梦想，而不仅仅是爱她。轻

一寸灵笺一寸灰
Written by 六州笑
Painting by niki

NO.1

笺笺醒来了，躺在雕花的寒冰床上，周遭寒气入骨，她竟不觉得冷。抬眼，她望见莫轩珲斜坐在榻边，狭长的眼眸半眯，满目的温柔。

笺笺微微张口想说话，喉咙却哑得发不出一个音节。

“来，喝水。”他扶她略微起身，薄胎瓷盏中的温水缓缓灌入喉中，有些滋润。

笺笺歇了会儿，眼神有些迷离困惑：“你……好像叫莫轩珲，对不对？”

“是啊，难为你记得。”身旁的他微微垂眸，忽又笑道。

笺笺觉得自己好像遗失了许多东西，脑中空空的：“我，是谁？”

莫轩珲浅笑：“你原本是梅间，但梅间已经‘死’了。我救你回来，以灵笺草为凭，唤你笺笺可好？”

清幽的月光从窗棂间倾洒下来，他低沉的嗓音好像跨越了许多生死纠葛，目光落在她娇俏的眉眼间。笺笺愣愣地看着他，心中竟是无端的信任，掀唇轻语：“好。”

莫轩珲带她居住的地方是锦绣峰下淋漓涧旁的小木阁，地势偏僻，常人难以涉足此地，却是适宜恢复静养。

笺笺倒提着一柄秋水长剑，微蹙着眉头远眺群山，心中却微微苦涩。

莫轩珲告诉她，从前她是江湖人称“盈盈一水间”的梅间女侠，使得一手绝妙的水间诀，奈何一年前莫名卷入郡王府的纷争中，遭人算计，剑锋贯穿心口，再也没了呼吸。但现已不重要了，梅间已经“死了”，莫轩珲跋涉万里，从北疆浩瀚雪漠中取到了传说中的灵笺草的种子，用他的鲜血浇灌培植，终长出三寸灵笺茎使她再度苏醒，她有了新的身份，名唤“笺笺”。

现在的她，可以用新的身份重享世间的静美，但，现在的她永远不会有冷暖痛觉，除了莫轩珲这个名字深烙脑海，其他的片段她什么也记不起了。

她提剑长啸，剑舞霓虹，衣袂飘飞，才数十日工夫，她便恢复了水间诀的大半功力，可她的心中很茫然，纵是她从前如何仗剑江湖如何游走算计又如何悲惨收场，那都已是她的上一世了，现在的她，仿佛初生的婴孩，对这个世界懵懂而无知，洁白得如同一张白纸。

“舞得不错！”身后有人拊掌而笑。笺笺的剑锋一挑，柔中带着罡风，一个完美的收势，长剑又被她反手收回，插于剑鞘之中。

莫轩珲走到她面前，自然地替她拢了拢耳边的鬓发，笑道：“这把秋水可还用得趁手？可惜你原来的那把盈光断了……”

她默然点点头表示满意。可她一个从无过往记忆的人，哪里又会知晓盈光剑还有什么故事，只嗫嚅一声道：“这柄秋水，是你的宝剑，我来用，是不是不太……”

“不妨事，比起能让你重新在世间再走一遭，赠你把剑又算什么大事？”他朗笑出声，“能活在世上逍遥自在便好！这里风大，易着凉，回去吧。”

笺笺顺从地垂眸一笑，转身携剑与他走了。

莫轩珲，一个手无缚鸡之力却气质傲然的书生才子，为何有如此宝剑利器，为何能取得几乎只是存在于传说当中的灵笺草，为何要救她，为何隐居于山中……她不知道，却也不愿多问。日日相待温柔缱绻，他既是她的恩人，她便用这余生倾力相报又如何。

NO.2

锦绣峰半山腰处修有小亭一座，檐下四周树梢高悬青素丝绦，上面有轩珲随心题写的诗词锦句，丝绦末端束有清脆铃铛，山风来时甘爽盈人，铃铛琅琅。莫轩珲常常坐于亭内，或捧书冥思或研习文章，笺笺舞剑于亭外，飘飘乎恍若肋下生双翼，风踏青云。

笺笺舞累了时经常停下来望着他，他眉心中间有一道竖下的深纹，独坐时敛色正襟，喜怒不形于色，仿佛承载了太多沧桑变幻，但笺笺想想自己与他相处时，他总云淡风轻地微笑，仿佛世间任何难事都不会在他眼中滞缓停留，嬉笑随和，洒脱不羁，当真如此。

笺笺提了气，对着远山峰峦大喊："轩珲哥哥——"而后咯咯笑得差点儿岔了气。

莫轩珲收了书卷站到她身后，只是宠溺地揉了揉她的散发，浅浅地笑。

平静的生活如若古井无波，但一旦有石子砸下，卷起的涟漪却訇然翻浪。

笺笺曾想，如果日子就这般平平淡淡过去，她舞剑，他读书，她伴他一世长安，该有多好——但世间不会有如果，她的一厢情愿，终在那日飞鸽到来之际，被撕得粉碎。

莫轩珲与山外沟通的唯一工具是信鸽。

那日，莫轩珲拆信看了，却不像往常般笑意盈盈，皱眉沉吟了许久，竟默默把信给丢进火里烧了，整日茶饭不思。笺笺看不下去，心知定是大事，想出言安慰，却又不知从何说起。正当她急得团团转时，莫轩珲忽开了口，音调低醇："笺笺，若让你出山去，寻得别人家庇护，你可答应？"

笺笺抬眼看他，以为他说笑，扁着嘴道："不去，我就待在锦绣峰，哪儿也不去。"

"别闹。"莫轩珲揉了揉眉心，"你若不走，我离开锦绣峰后，谁去照顾你？"

笺笺惊惶地瞪着眼："你要走？带上我一起行不行？"

"不。"回答斩钉截铁，竟陡然冷酷得不容丝毫转圜的余地。

笺笺想不明白，那个与自己日日相伴的温柔若水的莫轩珲，究竟是怎么了。

一架马车缓缓地载着她出了山道，莫轩珲在接应的人来之前看着她的眼眸："我知道你在想什么，想凭你的武功逃出来再尾随我……"他叹了口气，声音悠长，"算我求你，借此报我那救命之恩如何？你进这郡王府，取得那一样信物来，便可了。"

他放下帘子，踏着青泥小路，便缓悠悠荡回去了。笺笺定定望着他的背影，怀抱着那柄秋水长剑，寥落无言。

NO.3

笺笺的马车再次来到郡王府时是一个黄昏，霞光铺满天际——说是再次，是因为她曾以梅间的身份在这里住过，欢笑过，遭人算计过，血溅当场过。但莫轩珲离去前说，郡王与她有故人之情，在她"死"去时悲恸愧疚至极，现下只怕会更加尽心尽力照顾她。

踏上府内的青砖，恍惚的熟悉感，恍惚的刀光剑影，她抬眼之时却什么也抓不住，唯见一男子丰神俊朗，锦绣衣袍，静立于堂前檐下，眉色淡淡，看着她的目光却深沉而浓烈。

笺笺欲行跪拜大礼，那人却走到面前轻轻执起她的手，周遭的侍婢从者惶然跪了满地，皆向她拜倒——“见过王妃。”

什么情况？

脑中有什么东西炸开，笺笺觉得迷乱而惶恐。如今她在世上只能依赖莫轩珲了，可他竟然没把话说清楚！

若早知他说的“故人之情”竟是指这个莫名其妙的王妃，她宁愿当初无论如何也要跟着莫轩珲不分开了……

眼前男子落寞又释怀地笑：“梅间，你终于回来了。你知不知道，本王等了你好久。”

郡王爷厉凝彬，年轻承爵，颇有手段经营着偌大郡王府所辖的州县，却从未另娶，独独对一个凄然死去的江湖王妃，挂念至深。

笺笺有些窘迫地理了理耳边的鬓发，不想与旧事有过多纠缠：“王爷，小女子名唤笺笺，却并不认识什么梅王妃……”

厉凝彬对她的不承认只报以微微一笑，安排下人带她前往早已布置好的居所。他拂袖转身时只是轻声叹息——“来日方长。”

笺笺便在郡王府的客房里安顿下来了。

王爷吩咐，笺姑娘是郡王府的上宾，进出都得有人小心伺候着，按理她小日子过得该是颇为舒心，可是恰恰相反，笺笺过得相当不舒坦。

她不明白为什么莫轩珲要把她推入这么一个尴尬的境地，梅间已死，他既然希望她好好用新的身份生活，为何还要让她重回旧地？而莫轩珲明知郡王爷旧情未了，为何不告诉她，还把她稀里糊涂送来郡王府？

笺笺越想越乱，但坚信莫轩珲自有他的道理，反倒担心起来，也不知他在外面过得好不好，心神游移间便决定先把信物拿到手，好早日离开这郡王府去找他。

可是，那件信物是一件桃花木符印，始终摇摇晃晃地挂在厉凝彬的腰带上。

NO.4

九九重阳佳节，多有文士登高作赋，相聚宴饮，郡王府亦不例外。

厉凝彬在府内摆宴小聚，自然，满座众人好奇的目光都集中在了座位紧挨着王爷的笺笺身上。觥筹交错，厉凝彬丝毫没有王爷的架子，来酒不拒，微醺时只唇畔含笑，轻扬下颌指着笺笺对席间众人介绍道：“这是笺笺……”却不再多言一字。而此刻的笺笺，正想方设法给厉凝彬灌酒，忍住余光一次又一次瞟向悬在他腰间的桃花木符印。

酒席正酣，外厅忽有侍从来报，凝茹郡主到。

一年轻女子华美剑装束袖，从外风尘仆仆而来，满座宾客噤声。还未踏入厅堂便听见她高声轻笑：“本该是登高的好时节，哥哥却闷在府内，忒是无趣。我出外游历数天，却见着了一个不错的地方……”

厉凝彬侧目微笑，示意她继续往下说。凝茹郡主却似有似无地瞥了眼旁边的笺笺，蔑然笑道：“自然是——锦绣峰了。”

笺笺持酒壶劝酒的手微微一颤。

厉凝茹却并未在此逗留多久，离去时转身绕过笺笺身旁，一团揉皱的丝絛隐蔽却放肆地落入她袖间，笺笺暗自展平看了，心被猛地揪起——那是锦绣峰小亭边高悬的青素丝絛，上面写着行云流水的词句，正是莫轩珲的墨迹。

轩珲哥哥离开锦绣峰难道是有意避开谁，

或者，是避开某种手段？笺笺心思剔透，奈何事情太过繁乱，却什么也捉摸不透。

宴罢，笺笺辞了郡王爷便急急往后园柳暗花明处找寻。果然，廊桥处的女子面含冷笑眉目如刀，正是郡主凝茹。

“梅间！你既然选择了离开，却为何还要回来！”

唰地一柄长剑出鞘，厉凝茹竟是不管不顾一剑刺来，对着的便是笺笺心口的位置！

当啷——笺笺本能地抽出了轩珲赠她的佩剑格挡，水间诀的剑法已练到纯熟，盈盈一水的恢弘剑法，依稀可见当年仗剑江湖的风范。

“秋水剑？他竟把它送给你！”厉凝茹抽回剑，脸色青白，却忽又呵呵大笑，“梅间，我上锦绣峰查过了，灵笺草的确是灵药，但它会让你忘记从前，莫轩珲一定欺瞒了你许多往事吧？他一定又要让你干什么事对不对？你枉自聪明一场，到头来却这般糊涂！你可知那日哥哥娶你入郡王府，张灯结彩喜庆非凡，莫轩珲却偏偏执剑而来，一柄秋水长剑贯穿你的心肺！你昏死前已替莫轩珲劳心劳苦卖了一世的命，如今能再次醒来，还要再心甘情愿替他卖命吗？”

笺笺目瞪口呆。

她居然……是被轩珲一剑……难道这一年下来温情脉脉的相处，都是假的？不可能！如今在世上她只有轩珲了，她相信他。

笺笺倒提秋水剑，怒叱道：“郡主，你莫冤枉好人！”

秋水长剑被笺笺本能地挥出。她的从前活得如何糊涂她都不在乎，但她绝不许有人说莫轩珲半分不好！

这厢心思转圜，凝茹郡主却又语出惊人：“我知道你又回郡王府是为了什么，若说是为了照顾我哥哥的感情那可真是个天大的笑话——你是为了他身上的那件桃花木符印吧？”

凝茹顿了顿，又冷冷道：“我此番去锦绣峰的目的其实很明确，奈何莫轩珲这厮跑得太快，空留楼阁一座……不过，他可狠心把你丢下了啊。你说，他把你送到郡王府来替他办事取物，难道不是挖了个火坑给你跳吗？我要是把你捏在手上，终日折磨，莫轩珲他会不会有丝毫愧疚？”

她得意地笑，如吐着芯子的毒蛇。笺笺忽然渐觉握剑的手没了力气，眼皮不由自主地下沉，头脑昏昏，原来厉凝茹借着舞剑之机在周遭布下了迷药！

笺笺失去意识前，只听见厉凝茹尖声大笑：“好好睡一觉吧，我可等着看莫轩珲怎么心疼呢！”

NO.5

无尽的墨色。

笺笺醒来时感觉自己被困在一个黑色的囚笼里，周遭幽闭，伸手摸索，只能触及冰寒刺骨的玄铁栅栏，任她如何用秋水剑挥砍劈砸都没有用处。笺笺有些气馁，她不知道自己是被郡主困到了哪里，唯有一片漆黑，隐约的有水滴滴落声，仿佛是挠在心头的痒。

她始终没想明白凝茹郡主说的最后一句话，若说她真的不过是轩珲哥哥舍弃的棋子，那轩珲哥哥必是有大事要办，省了她这个累赘也好，又何须他挂心……

可是，从前若真是轩珲杀了她，如今救她又把她推入险地，究竟是谁负了谁？

猜度起轩珲哥哥，笺笺反倒有些嫌弃自

已来。现在，也不知他……过得好不好……

“喀喇”一声细微的响动，几簇柔和的乳白色幽光缓缓从一侧倾泻而下。黑暗的栅栏被打开了，笺笺一惊，淡色的光芒簇拥中，她那个心心念念的人儿换了一袭暗紫衣袍洒脱而来，眉眼如昨！

“轩珲哥哥……”

莫轩珲微笑着比了一个嘘声的手势，按着她的手点了秋水剑上的几道线痕，“嗡”声响过，一泓清澈的暖黄光芒沿着剑身散开，当真是秋水长天，照亮一方天地。

“秋水长剑是认你为主的，主人把自身几丝真气注入其中便可自发荧光，笺笺真傻，宝剑也不会用。”

莫轩珲如从前一般挨着笺笺席地坐下笑若清风，宠溺地替她理好了耳边碎发，只可惜，几次三番变故，笺笺却不再有从前的心境。他本该逃离此地远遁千里之外，却出现在最不该出现的地方，于情于理，都不符。

莫轩珲没有给她思考的时间，仰头向四周望了望，便笑着看向她的眼眸：“凝茹郡主没为难你吧？”

笺笺摇了摇头，只是腹内空空，肚子很不合时宜地咕了一声。

莫轩珲笑着敲了敲她的头，埋怨她难受何必还要忍着，然后从背后褡裢里掏出两个热气腾腾的馍馍出来：“趁热吃！这几日让你受委屈了……”

笺笺接过，掌心暖暖的，眼泪忽然一下子涌了出来。

“别哭别哭，”莫轩珲有点儿慌，伏在她身旁给她拭泪，“你这具身体禁不起大起大落的情绪波动，眼泪是轻易掉不得的……”

笺笺突然哑道：“你还知道我不过是个本来该死却没死成的人！当初既要杀我，却为何还要让我活在这世上！”

“笺笺你……”轩珲动作一顿，眉眼渐渐黯然。

“你承认了？”笺笺的目光逐渐变得绝望，“你还希望我怎么活？从前我活得究竟怎样我不知道，却被你安排了一个命定的结局；如今你又想安排我当下的生活，还骗得我心甘情愿？”

字字句句，泣血呜咽。

手中的馍馍颓然落地，滚落尘埃。

莫轩珲站起来背过身去，语气忽然冷了下来：“我不管你这些浑话是听谁说的，但我来是告诉你，其他事情我已安排好了，明日他们会放你出来，九日后便是一年一度的武林会盟，郡王爷与江湖人都交情匪浅，届时他会带你同去，你要在这之前拿到那件桃花木符印，在大会上把它亮出来，就这样。”他侧身顿了顿，“我走了。”

笺笺红了眼角盯着他，恨恨看着他衣袍翩然，周身淡淡的光芒燃起又远去，直到栅栏的合缝完好如初，直到掌中的秋水长剑光芒渐暗。

她凄凄地笑，他什么都不解释，该叫她怎么信他？怎么会这样，怎么会……

笺笺摸索着拾起地上的馍馍，拍了拍灰便狼吞虎咽地吃起来，入口冰凉梆硬，一如她渐渐冷却的心。

可惜，她看不见莫轩珲走出去后羸弱的样子。他迎风咯血，暗紫的衣袍下隐藏的，是早已干涸的血迹……

NO.6

笺笺想不通很多事。

莫轩珲是什么立场？凝茹郡主又是什么目的？轩珲大费周折进来，就是为了给她送俩馍馍再捎一句话？他完全有本事带她出去，却为何还要麻烦地让别人放她出来再继续待在郡王府？莫轩珲有这么大的本事，出入郡王府如入无人之境，当初却为何还要避出锦绣峰？

但等不及她想通这些事，明亮的光芒便照了进来。厉凝茹大约有什么事离开了郡王府很长时间，笺笺被府中其他懂术法的心腹放了出来，妥妥地吃好养好，送到了郡王爷面前。

斜阳正好，府内假山凉亭，湖澈波澄。亭内摆了几碟点心、两盏茶，厉凝彬眉色沉重，却依旧待她和颜浅笑。

笺笺再在心中补上了俩疑问：郡主这么放肆，郡王爷他立场是什么？郡王府在江湖上的立场又是什么？

厉凝彬端起茶盏撇了撇浮沫，果然开口：“九日之后是武林会盟，梅……笺笺，你可一定要跟本王同去啊。”

笺笺头皮发麻地等待着他的下文。

谁知厉凝彬却不说了，喝一口茶，再喝一口茶……就当笺笺在心里埋怨着武林会盟跟她有什么关系时，厉凝彬接下来的动作让她瞠目结舌——他解下了悬在腰间从不离身的桃花木符印，轻轻放在她的面前！

“你拿着吧。本王想了这么多天，终该还是给你——它原属于那个人，只为你才寄放于此，纷争纠葛，他下落不明，如今给你，才算是它真正的归宿。”

她千方百计想弄到手的东西这么容易就到手了？

笺笺一头雾水，试探问道：“那个人……是谁？”

“是郡王府的座上宾。指点江山，挥斥方遒，他不输于政坛上任何一个客卿；文采计谋，武学见地，他不输于江湖上的任何一人。”

厉凝彬眉宇昂扬，语气却微微转折下来：“但你可能觉得他是伤你最深的人，可他亦是予你最多的人。”

“莫轩珲……”笺笺拽紧了桃花木符印，腾地站起来。

厉凝彬淡淡地笑，眉目间已余倦色：“好好歇息吧，九日后同去，你要的解答，梅间的过往，都将会一一了结。”

NO.7

红烛轻纱，昏昏殿堂，周遭有宾客慌乱

的尖叫声，还有侍从奴婢骇然失血的面容。

“梅间！”有郡王爷厉凝彬的声音，有许多熟识的江湖好友的声音，焦急的，愤怒的，一声一声叠在一起，汇成的潮流撞击着她的耳膜，满脑的轰鸣。

“梅间……”

她睁起迷蒙的眼，微微张嘴，腥甜的血液就汩汩而出。

身上是嫁衣，鲜红的嫁衣，被轻松刺破；眼前是秋水剑，明晃晃的秋水剑，直接洞穿了胸口……她抬头，面前是莫轩珲冰寒决绝的面容，一袭素洁的道袍沾染了血污，他的手握紧了秋水剑柄，决然拔出，鲜血四溅！

“不！”

有人在大叫，有人在大哭，却偏偏有一声绝望的长笑，笑至肝肠寸断！

好痛……不对，笺笺已经被灵笺草救回来了，不会有痛觉了……

笺笺醒来了，看着帐顶，浑身都是冷汗。还好，她还躺在郡王府的客房里，刚才只是从前的一段残余记忆而已。过去了，没事了，过去了，笺笺拍着胸口，在心口的位置，不过空余一段绯红的疤痕。

她起身披衣，轻抚着怀中的桃花木符印，提剑从自己房内走了出去。

这几日她动用所有可能被利用的关系查找一年前的真相，奈何当初经历此事的下人们早已被遣散找不回来了，而那些江湖好友竟无一人在本地，大约非得等到武林会盟之时才能碰面相聚。不过，她仗着自己轻功了得，偷偷翻进了郡王府内的文书部，却见着了些许端倪……

莫轩珲，那时就是个神话一般的人物，谈笑言豪杰，挥斥天下惊。五年前他是翩翩少年郎，莲冠鹤氅，带着一执剑的豆蔻少女来此，不过数月，“神机鬼断”莫公子名动天下，而跟随他的少女梅间亦凭借出色的水间诀，“盈盈一水间”名号响彻江湖。郡王府邀他做上宾，江湖人敬他若神明，年轻有为的郡王爷还与他的随从少女梅间多有来往，相互间竟是非卿不娶非卿不嫁。于是郡王府下了媒聘合了八字，郡王爷欢欢喜喜娶梅间做正妃，奈何在喜堂上变故突生，莫轩珲不知何故，冷面一剑刺死了跟随多年的梅间，自此拂袖而去，淡出了江湖人的视野……

证据确凿，莫轩珲毁了她的从前，如今还要毁她的现世！

笺笺默然立于庭院之中，抬手，翻掌，忽然唰地抽出了佩剑。

一泓秋水长天，她执剑起舞，衣袂翻卷，穿刺劈斩，一下一下，都是夺命的剑招！

她的唇角却缓缓勾起，再多恩怨，今日也是该了结的时候了。

NO.8

厉凝彬携笺笺来到锦绣峰淋漓涧，却是她始终都不曾预料的。

一行人轻车简从，沿着蜿蜒的山路向上行。待到随众人上得半山腰，笺笺却见她以前舞剑时的开阔场地上已分列了众多武林同好，偏偏都似众星拱月般围拢在中央小亭边。

周围人见到她都很讶然，不时有人叫出“梅间女侠”“梅王妃”等字眼。笺笺却轻抚着掌中秋水剑，目光冷冽得骇人。

小亭处素幔飘飞，铃铛琅琅。亭内唯有

一人，紫袍莲冠，俊逸出尘，斜倚栏杆浅笑独酌望向这边，却是莫轩珲。

他抬起手来，场中的喧嚣便顿时沉静了下去，他目光灼灼地穿越众人眺向厉凝彬身旁的笺笺，微微颔首："笺笺，把你带来的东西放入亭内的机关中吧——诸位，我莫轩珲以宗主之名邀诸位前来，不过是请众位做个见证。梅间跟随我多年，我确实有愧于她……"

笺笺抬眼，愕然地望着他，袖中攥着桃花木符印的手猛然捏紧，也不知是讶于他武林宗主的身份，还是讶于他对待梅间的态度。

"所以，不论如何，梅间应有的身份，我终该还给她。此番给诸位认定后，她依旧是郡王爷明媒正娶的王妃……一年前我不该干预她与王爷的幸福，如今归还，希望还来得及。"

忽然啪的一声，桃花木符印被笺笺一把掼到莫轩珲的面前！笺笺双眼通红，一泓秋水唰地闪亮天地，水间剑诀平展，直取莫轩珲的面门。

武林众人忙抽出了自己的兵器，却又在一瞬间犹豫不决，皆道："梅女侠，不可啊！"

电光火石间，浓烈的杀意却堪堪顿在了莫轩珲的眉前。

莫轩珲却只是笑，从容自若地俯身拾起桃花木符印，稳稳地递到她面前："梅王妃，还请移步。"

爱恨分明的女子衣袂飘然，咬碎银牙一字一顿："莫……轩……珲！我的去处，还轮不到你安排！"

秋水长剑却是颤抖地垂下，终是不忍下手。

莫轩珲托着桃花木符印，依然固执地平放到她面前，微笑。他的手指修长，却依稀苍白入骨。

两相对峙，时间仿佛静止在了这一秒。

忽然，笺笺惊恐地睁大了眼睛，她看见莫轩珲的手臂颓然垂下，殷红的血液顺着他微微扬起的唇角滑落，她曾经能赖以依靠的臂膀颓然倾塌……

他定定地看着她，双眸中盛满了千言万语。

他微微张口，所有辛酸悲痛，却终是融化成眉间那一抹淡淡的哀愁与温柔。

他用唯有她才看得懂的口型缓缓说话，笑起来无瑕如斯——"笺笺，我若不在，你依旧要好好地幸福着。"

她从未想到过，莫轩珲的身体已经脆弱到如此不堪承受的地步。

他像霜叶一般倒落在笺笺怀里，紫袍上有大面积的血迹晕开，触目惊心。他走向了他早已料到的注定结局，他在死前，断断续续地笑着说完了最后一句话——"可惜，还是不能撑到看见我们笺笺重新穿上嫁衣的那一刻了……"

语气依旧是宠溺的，充斥了所有的不舍与眷念。

此情此景，在笺笺日后闯荡北疆的无数年里，一遍又一遍在脑海中循环回放。可此时此刻，在周遭无数武林中人焦急的嘈杂声里，她抱着浑身是血的莫轩珲跪坐在地，只是茫然地睁大空洞的眼，声嘶力竭……

所有的爱恨，在他永远闭上双眼的那一刻，再也无法用任何语言来表达。

笺笺跪坐在人群中，无助地哭成了泪人儿，哽咽得说不出一句话来。

NO.9

莫轩珲死了，埋骨于锦绣峰淋漓涧旁。

笺笺遵他生前遗嘱，与武林中人在亭中找到了一个以前从未发现过的凹槽机关，把桃花木符印嵌入其中，亭下的密室訇然开启，里面一灯、一案、一封墨迹早已干涸的信，还有一女子，失魂落魄，歇斯底里地笑，竟是凝茹郡主，她被过度刺激后，已经陷入了疯狂。

而那封信，上书着关于梅间到笺笺的所有过往，赫然是莫轩珲的遗笔……

尘封的旧事轰然揭开。

原来，爱的开端竟是如此之早。

那年大雪冰封，少年书生独步江湖快意恩仇，却在寒酸陋巷中执起无家可归的女孩的手，精心照料，呵护备至。女孩坚毅地说，感于恩遇，做牛做马，愿誓死追随一生。书生却笑，把随身的鸳鸯佩剑分了一柄给她，秋水，盈光，只愿她是伴他的一把利剑，并肩风雨，笑傲天下。

从此女孩日日练剑，只为能伴他左右。五年前他们南下之后，少年书生凭着神鬼莫测的实力成为众望所归的武林宗主，而女孩硬凭出色的水间诀在江湖中打出了一片名声。为了便于武林发展，他有意隐瞒身份与郡王府走近，却不料被凝茹郡主相中，以此为条件，要学他的武功剑法。他一介书生被奉为上宾，留在郡王府教郡主三年。三年，足以让梅间在江湖站稳了脚跟名动天下，三年，也足以让郡王府中一个手拢权利的女子为爱痴癫！

凝茹郡主嫉恨被他所爱的梅间，不择手段地弄来了带有精神控制的慢性奇毒下入梅间的食物中。梅间并未对莫轩珲的学生设防，终在毒发状态下稀里糊涂地爱上了郡王爷厉凝彬。而当他们成亲之日，中毒者便会心梗突发，全身凌迟般剧痛七日后才能暴毙。

可是，凝茹郡主却没有料到，哥哥厉凝彬竟然真的爱上了梅间。他得知梅间中咒后震怒，他不愿梅间因此而受折磨至死，居然派人快马加鞭地把实情告诉了千里之外的莫轩珲。

莫轩珲原以为梅间是真的爱上了郡王爷。厉凝彬是有能力给她幸福的人，而他却还要在无定的江湖中漂泊半生，他心灰意冷决意远走，却偏偏在他们成亲之日才得知了真相……他不顾千里奔赴而来，秋水剑尖抹上解药，精准无比地当胸刺入，心痛地动用唯一的解救之法，化解了梅间心头的瘀毒，盈光剑却因主而断。

他携沉睡的她远遁江湖，隐匿在锦绣峰淋漓涧，跋涉万里取来灵笺草的种子，三百日几乎耗尽精血与真气，不惜让自身遭受重创武力全失，哪怕连秋水剑都再也举不起，也要救她回来。

他原想，从此再也不管这江湖，再也不理会那外界的风云变幻。这天下如此浩大，却抵不过他心头上的那个执剑浅笑的笺笺。

可他错了，厉凝茹不会放过他，而他自己日渐衰微的身体，也无法许给笺笺一个安定太平的未来。

所以，当他接到凝茹郡主要来搜索锦绣峰的消息时，他还是选择把笺笺推回了郡王爷身边。最起码，厉凝彬是真心对笺笺的，只要解决完郡主的事，从此世上，再也无人能威胁到笺笺作为王妃的幸福。

哪知，凝茹郡主居然还没有死心，她借

着笺笺失忆，再三诱使笺笺怀恨于莫轩珲，甚至妄图用控制住笺笺来威胁他。莫轩珲奔袭而来，本就武力尽失，还好凭着些许巧劲儿斗过了厉凝茹，把她困住带回了锦绣山，可他却也重伤未愈又强行动用真气，气血翻涌，命不久矣。那夜与笺笺的会面匆匆，纵是有太多的话语，却在那双含恨的眼眸中哽住，再不得吐露半分。

至于桃花木符印，原本是他做武林宗主时的一件信物，自得知王爷对笺笺的真心后便交予他暂为保管。如今一切都已明了，宗主信物在武林中一出，江湖上便不再会有人找笺笺的麻烦半分，而笺笺，则可以在世上安安稳稳地活尽一生……

灵笺三寸，一寸相思一寸灰。

当初那个救她回来的少年，跋山涉水远赴雪漠，回到锦绣峰后不辞辛劳陪伴了她整整三百日。灵笺草百日生长一寸，一百日滴血生根，一百日真气催芽，一百日终成三寸灵笺，助她心口重愈，恢复生机……为了救她，他散尽平生的武功修为，险些血尽而亡！

三百天日夜守候，真不知他每每望着寒冰床上沉睡的自己，是疼痛到麻木，还是绝望到疯狂？

这么多年春去秋来，他护她江湖上的半世从容，看她笑语盈盈地执起盈光剑，可曾一次又一次在心底、在秋水剑锋的共鸣声里描摹着她的眼眸？

本想着终得厮守，孰料换回来的，竟是他的决然离世，她一人的独活！

尘风起，笺笺看着厉凝茹仰面对她痴傻地笑，直至嗓音沙哑得再也出不了声。

厉凝彬立在笺笺身后，轻轻扶住了她的肩："笺笺，你还有我。"

笺笺哽咽着，终是摇头拒绝，哭出声来："不！这一世的笺笺，只有轩珲啊……"

后记

锦绣峰一事过后，武林中人皆对此事讳莫如深。只有当时在场的人默默知道有一位风华绝代的宗主丧命于此，一位"死而复生"的女侠远走他乡。在之后的许多年，尘埃掩埋过往，再也无人想起，那段曾经轰轰烈烈的爱恋。

听说，从此往后，郡王爷不曾再立正妃。

听说，北方辽阔的疆域里，有一位飒爽的女侠，执剑若秋水盈盈，除暴安民，孤独一生。轻

花开两生
Written by 张芸欣
Painting by 魔北冥

九曲河畔，花间明月，碧落黄泉，至死方休。

——《洛诗集》

花间亲手将灵云剑刺入我胸口的那日，数万只火凤展翅翱翔，周身通红的羽毛，将暗夜的天烧成了一片血海。

剑穿过左边心房，明明是剧痛难当，可是我却似乎感觉不到疼。

都说蛟龙有两颗心、两条命，一生可活两次。

可是我的心，早在几百年前便被人带走，从此随他而生，随他而死，碧落黄泉，至死方休。

一

我在三百年前到海山来拜师学艺，遇到的第一个坑货就是花间。

西王母首次招考弟子，这则消息轰动了三界九乐地，遍布到我居住的荒海私域。那时我已经跟着族中长老学习了几百年的法术，想去拜师学艺纯粹是因为闲着无聊。

蛟龙一族在五百年前与神界的大战中声名狼藉，天帝封了其修仙的资格将其贬到洛天之遥的荒海私域闭门思过，所以当我提出要去仙界学习仙法，父皇当场就犯病了。

犯病归犯病，我依然孜孜不倦地在他的病床前一把鼻涕一把泪地哭求。母后怕我再这样下去父皇就要翘辫子，于是偷偷让我去了。

出门前母后封印了我的真身让我幻化成一条海蛇，再三叮嘱我玩得差不多就可以回来了，仙法什么的不是重点！

这点我和母后的想法出奇地一致，对于我来说，吃喝玩乐才是人生主题。

当时我看准了方位准备朝海山落脚的时候，不知道从哪里飞来的一团熊熊烈火直逼我的面前。

“快让开！快让开！”好听的男音从近处传来。

我几乎本能地使用了云雨术，顷刻将眼前的火熄灭了。

“哪个不要命的喷了本上仙一身水！”一道怒气冲冲的声音穿破耳际。

要吵架？我最在行了，只是当我撸开袖子准备开吵的时候，一抬眼就看到了他。

肤若白雪，眸若灿星，配上一头淌着水滴的青丝，就连高傲的欠揍模样都略带妩媚动人。

“看什么看！没见过美男啊！”对面的男子大言不惭，但是身上散发的仙气让我知道他定是这九天之上的仙人。

“小妖刚刚一时情急，望上仙莫怪。”我笑着还礼。

“莫怪？说得真轻松！你知不知道这身衣服我师妹为我缝制了七七四十九日才成？今天是我第一次穿到画眉上仙府上做客，你现在让我怎么去！”他几乎抓狂。

“那上仙想怎么办？”我好整以暇地看着他。

“怎么办？你把我衣服弄湿了，你说怎么办？”他傲娇蛮横的样子落在我的眼里感觉有趣极了。

“不如我随你回府，以后任你差遣如何？”我靠近他。

“你什么意思？”

“小妖想拜上仙为师，望上仙不弃。”我“扑通”一声跪下，行了个拜师大礼。

“什么？”他的声音提高了一个音阶。

“师父在上，请受弟子一拜。”

“等等……”刚刚还一脸傲娇的男子，此刻不知所措地看着我。

“走吧，师父。”我轻而易举地将他拎起，踩着祥云朝他居住的花间明月飞去。

当九曲之水滚滚而下，发出珠玉般动听的声音，他才反应过来，悲鸣地冲着山谷长啸了一声：“我这是被强制收徒了吗？”

二

花间是这洛天之上掌管九曲河畔所有花草的上仙。

他的府邸矗立在九曲河畔的一片花海中央，名为“花间明月”。

花间明月种了各种各样的花，景天山上的木槿娇艳欲滴，银昼海的朝颜璀璨夺目，日月湖的溟爻馥郁芳香……所有洛天之内的珍稀花草在花间明月都能看到。

刚到这里，我便被眼前仿若碧波舞动的美景所迷，自顾在花海中欢快地奔跑了许久，一想到自己以后要住在这个繁花遍野的地方修仙还能与美男把臂同游，顿时心旷神怡。

那时候，我并没有意识到我掉入了一个坑里。

第二天花间便开始使唤我帮他采集甘露，这甘露需按照每一种花的特性分别收集，木槿花喜甜，要给它灌景天山的山泉；朝雨花喜咸，要给它灌银昼海的海水；娇兰花喜淡，要给它灌日月湖的湖水。

我累得要死要活，花间倒好，每天只顾着在外偷盗各种仙家的宝贝。

今天是曙日星君的灵芝草，明日是火灵上神的青阳丹，总之九天之上的仙家宝贝都被他轮流偷了个遍。

我不知道这是他什么时候染上的癖好，但是他却乐此不疲。

在我入住花间明月的第一个月，我目睹了他由于偷盗而被各路仙家打得俊颜翻飞，姿容惨淡。

每次被打之后都假装没事人似的拍拍我的肩膀说：“小海蛇，你师父被打是不是也一样英俊？”

……

其实对于他这种死要面子活受罪的性格我也是蛮佩服的。

起初我很不屑他这种偷鸡摸狗的行为，但是作为他的徒弟，被他坑，似乎是在所难免的。

那日我浇完花，有只花妖连滚带爬地跳到我面前说：“小海蛇，你师父砍断了灵猫家族的紫竹，现在当家娘娘要将他挫骨扬灰。”

当时我完全是冲着挫骨扬灰这么有趣的场面才去了一趟紫华洞。

刚到紫华洞我便看到花间手里攥着一枝紫竹，当家娘娘手握数支紫竹箭对着花间：“花间上仙，你仗着天帝对你偏爱，成天偷盗别人仙府的宝贝想重塑你那两生花脉，五百年来，所有能起死回生的宝贝都被你盗了个遍，现在竟把主意打到我万年紫竹的头上，想活命的就把紫竹给我交出来！”

“猫娘娘，动怒可就不美丽了，我只是想借你紫竹一用，何必如此认真？”花间死到临头还能端起笑脸。

“呵，你这骗小姑娘的招数，对本宫可不管用。”当家娘娘一把拉开弓弦手势，“再不交出来，别怪我不客气！”

我自幼跟随海螺丞相学习洛天所有仙家

法器，自是知道这紫竹剑若是数发齐射，妖灵顷刻化为白骨，即使是法力深厚的上神也会去掉一身修为，何况花间只是法力极低的上仙。

本来以为这猫娘娘是开个玩笑，这次看这架势好像是来真的。

可是花间就是不松手，仿佛那个紫竹比他的命还重要。

当紫竹箭数箭齐发的时候，也不知道我是不是脑抽了，居然生生从身上拽下一片鳞片丢过去护在花间的面前。

紫竹箭因为有了鳞片的阻挡，并没有落在花间的身上，他颤抖着睁开眼，看到我拿鳞片救了他，眼中泛起一阵讶然。

“哪里来的妖孽，简直可恶！”当家娘娘恼羞成怒振臂一挥，数千只灵猫嘶吼着朝我们扑来。

“是灵猫，小海蛇，快躲到师父的袖子中来，一会儿你被吃掉了就糟糕了。”花间着急地冲我喊。

区区灵猫我岂会放在眼里，只是我看着花间害怕我被猫吃掉的样子，心里却又泛起了一阵道不明的暖。

原来我这个师父除了长得好看之外也不是一无是处，至少还懂得关心徒弟。

千只灵猫朝我扑来，我掐了个诀，空中一阵乌云密布，顷刻间暴雨倾盆，灵猫在水里便施展不了法力，顿时剩下呜咽的叫声。

我拎着花间的小身子骨儿逃离了紫竹林，他浑身都是被捆绑的伤，但是他却浑然不觉疼，一只手紧紧地抱着我，另一只手紧紧攥着他偷来的万年紫竹。

“小海蛇，你法术这么高，以后就帮为师一起偷宝贝吧！”花间愉快地提议。

“我为什么要和你一起偷宝贝？”

“经过今天，我发现，我们师徒配合简直天衣无缝！”他冲我眨眼。

“完全没有这种感觉……”我翻翻白眼。

“你这样说不怕为师伤心吗？”他看着我假装露出可怜兮兮的神情。

我不去看他，自顾掀开生拽鳞片后留下的伤口准备上点儿药。

花间不知何时来到我的身边，拿出一只小小的花包，将它敷在我的伤口上。

“万年紫竹医治伤口最有用，别留下疤痕才好。”他轻轻地帮我吹气。

不怕美男耍无赖，就怕美男对你好。我顿时失去了拒绝的勇气！

“师父，你为什么要盗取那么多仙家宝贝？”我忍不住问道。

花间收起平日里玩世不恭的表情，推开窗棂，波光粼粼的九曲河水矗立在远处，月光倾洒至他的身上，将他的身影显得更加寂寥。

他喟叹了一声：“我只是想种出两生花。”

三

那时我并不知道两生花对他的意义，只知道他可以连命都舍弃去做的事情，一定对他来说很重要。

作为贪恋他美色的徒弟，怎么可以不帮美男师父达成所愿呢！

所以很快，我就成了花间的帮凶。

我们天天都一起研究哪个仙家出了新的起死回生的宝贝，只要一确定目标，我们就一同前往。他的法术极低，只会隐身术和逃脱术，每次他在前面偷，我在后面掩护。

在洛天之上，所有仙家都对我们骂声不断，所到之处都没人给我们好脸色，但是依然无法阻挡我们偷东西的脚步。

我们两个经常伤痕累累地回家，他在花房把宝贝拿出来研制仙药，我在厨房做饭。

九曲河旁有一块空地，那是留给两生花的土壤。

吃饭的时候，他会在上面放一张梨木长桌，几道小菜精致排开，我们坐在银河之遥看九曲水流，细细听他回忆这五百年来发生的事情。

“你知道没有内丹无法修得仙法的上仙有多惨吗？这几百年来我拼了命地偷东西，没有朋友，几乎出门就被人追着打，哪像什么上仙，倒像丧家之犬。”他叹一声，“天帝慈悲，从不责罚我，我知道他念我可怜。我常常就在想，一株没有心的两生花，日日要靠九曲河水灌溉才能延续性命，这对他来说究竟是幸还是不幸呢？”

那时候我才知道，他这么不要命地偷盗宝贝，是为了种出两生花，长出他的一颗心。

他和我回忆往昔的时候，我从旁默默地给他布菜倒酒，他喝得有些醉意，偏过头来看我，眸中微亮：“小海蛇，你为什么来到这洛天之上？为什么会选择我做你的师父？”

“贪图你美色呗。”我讨好地说。

“少跟为师说这些搪塞的话。”他并不信，“你来了这么久，都没听你说过你的故事。”花间躺在银河上，沉沉地闭上眼。

看着他俊美的容颜，我把玩手里的一枚璎珞，久久才道：“我没有故事，但是我听过一个故事。”

“说来听听。”

“在七百年前有一只刚刚幻化成幼女的小妖，在一场大战中被刺中心脏，敌方的战神本应将她杀掉，但面对幼小，他起了怜悯之心，违反禁令偷偷将他的内丹赠她，再将她藏入岩石后，失去内丹的战神脸色愈发苍白，却还是安抚地拍拍小女孩的头说：‘乖乖的。不要怕。’小女孩透过岩石的缝隙，看着他离去，看着他倒在战场上，看着他的尸身被带走。那是她化成人形之后第一次懂得了哭，捂着嘴不让自己发出一点点声音的哭泣，似乎除了哭就无从表达她的悲伤与绝望。”

“后来呢？”花间的声音有些迷迷糊糊。

“后来，小女孩遇到了他，他成了一个凡人，开了一间茶肆，每天供来往歇脚的人休憩……”

“小女孩变成貌美姑娘嫁给他，从此他们过上了逍遥快乐的生活……”花间接下了后面的一句。

“是啊，他们从此相依相伴，逍遥快活。”我注视着他温柔的眼角，缓缓道。

“所有报恩的故事都是如此，并无特别。”

“师父，你相信报恩一说吗？”我陡然问道。

“报恩都是妖怪们喜欢做的事情。”花间伸了个懒腰，“我啊，对这种事可没有太大的念想，如果真有报恩，也不要给我来什么貌美女子以身相许，只要能帮我种出两生花，重塑我的花丹，我就谢天谢地了。”他停顿片刻，话锋一转，“对了，听说洛海国国主得了一株医死人的喜花，明日你随为师去凡间一趟。”

“是，师父。”我毕恭毕敬地回答，起身去收拾碗碟。

花间渐渐睡着了，我注视着他的面孔，光华流转的一张俊颜，仿佛过去多少年都不曾改变。

我和他居住在这儿已有百年，我对他所有的话都言听计从，九曲附近的小妖总是问我为何对一个平庸无用的上仙言听计从。

其实他们不知道，不管花间在他们心里如何平庸无能，他永远都是我心中的大英雄。

四

次日我们便启程去往洛海国。

洛海国是洛天大陆的十国中最声名狼藉的国家，国主暴虐凶残，常年捕杀鲛人珍兽贩卖牟利。

天帝为了惩罚洛海国，让他们大旱五年，可是无知的司天监却给国主进言说只要让少女手持喜花并献给山神，山神开恩定能洒下甘霖。

我们到达山林的时候，一位妙龄少女手持灿红喜花站在林中颤抖。

少女娇嫩清丽的脸上淌着泪水，全身都在发抖，显得分外令人怜惜。

“可怜了这么一个娇滴滴的小美人。”花间走上前，看到那名拿着喜花的女子。眸中闪过怜香惜玉的神情。

“师父，别忘了我们是来拿花的！”我提醒他。

谁知道那名女子跪地不起：“公子，求您救救小女子，小女子还不想死啊。”脸上的眼泪却是止不住地流下来。

花间面露难色：“小海蛇，要不然我把她带回去给你做师妹吧？”

“师父，你确定要她做我师妹不是师娘？”我警惕地看他一眼。

“啧，小海蛇，看你那吃醋的小样儿。”花间冲我笑着。

……

“你们要带走我的人，且要问我同不同意？”一道浑厚的声音在林中散开，一个满身枝条的魁梧大汉走了出来，凶神恶煞的模样想必就是山妖。

少女吓得花容失色，立刻娇弱地躲在花间身后。

这情况换在平时在天上，我们早就开始跑路了，现在可是有美人在侧，花间只得佯装镇定。

只见他挥着羽扇，指着山妖：“山妖，你冒充神灵毒害良家女子，可知犯了大罪？”

山妖先是愣了一下，估计被他的气势唬住了，但很快便放肆地笑道：“我当是谁呢？原来是九天之上喜好偷盗的花间上仙啊。”

花间没想到他偷盗的事情连下界妖灵都知道了，顿时面子上有点儿挂不住。

“你竟敢小看本上仙！今日不给你点儿厉害瞧瞧，你不知道本上仙的本事！”花间一边说一边往后退，等退到我身侧的时候冲我挥了挥手，“小海蛇，替为师上，不要下重手，只要打到他不记得自己叫什么就行。”

这就是近百年来我与花间的相处模式……实在是……

我开始施法，山妖化身大树与我打斗，我本以为区区山妖不足为惧，但我忘了这是在山妖的地盘，树木盘根错节，四处都像伸张的手掌，几个回合下来我已经站在下风。

最后山妖将我一把捆在大树上步步逼

近：“你这海蛇我倒是挺喜欢，不如给我做夫人？”

“呸，你个丑八怪，想娶我徒弟，少做梦了。啊……”山妖的藤蔓打在花间的身上，打断了他的话。

山妖拿“手”触碰我的脸：“你若愿意跟我，我就放了上仙和这少女，让他们俩双宿双栖去，你若不愿意跟我，就别怪我狠心了。”

“小海蛇，不要答应他。”花间像发了疯一样地对我吼。

大难当头，做师父的也只能吼几句，让人看着真是可怜。

“连同喜花一起给他。我就答应你。”片刻之后我对山妖说道。

“这有何难？”山妖露出满意的笑容。

花间身上的藤条松开了，我对他说：“师父，快走吧。”

“我走了你怎么办？”花间看着我。

那一瞬间，我垂眼俯望花间的眉眼，光影照在他的脸上，一张俊颜充满了焦虑与不安。

原来他真在乎我啊。不管那份在乎有多少，但是至少流露出来的不舍和牵挂，也不枉我在他身边跟了他百年。

“快走吧，再找个新徒弟。”我冲他说。

“你说的这是什么话？什么叫找个新徒弟，你给为师下来，看为师不打死你……”花间后面的声音我听不到了，因为他很快就被山妖狠狠地甩了出去。

我叹了口气，想到我与他在一起不过百年光景，分别竟是这般窘境，心里顿感悲凉。

山妖正欲将我抱起，山中突然滚起浓烟阵阵。

“哪个不要命的敢烧我山！”山妖气得一跺脚。

我看了看远处的山林，火光漫天，伴随着阵阵浓烟。

清风吹拂，一抹白衣靠近，我定睛一看，竟是花间御剑而来。一百年我从来没见他用过剑，还以为剑都生锈了。

他狠狠地将灵云剑刺入山妖的身体里，山妖大概没想到花间半途折返，还带着上古神剑，倒地前都惊讶得说不出话。

花间收了灵云剑蹲在我面前道：“小海蛇，别怕，师父在这儿！”

多么熟悉的一句话，仿佛在几百年前，也有个人如他这般低眉垂目地看着我道：“乖乖的，不要怕。”

我一把抱住花间的脖颈儿，把头扎在他的肩上，哽咽地说：“有师父在，清浅从来没有害怕过。”

“傻瓜。”他笑着拍拍我的脑袋。

花间的怀抱真温暖，我用力将耳朵贴在他的心房，却听不到跳动的声音。

我忘了，他早就失去了内丹，没有了心。

五

我没想到一同随我们回到花间明月的，还有那名本来要献给山妖的妙龄少女。

那名女子叫夏婉，人美声娇，蹙眉含黛，长得极其楚楚动人。

她说她父母双亡，现下无家可归，愿意跟随花间为奴为婢。

这种赖着不走的不要脸伎俩，我太熟悉不过了！

夏婉来了之后我瞬间就被比下去了，洗衣做饭样样在行，打扫收拾，无不是井井有条。

要命的是她温柔可人，甩我这个只会打架的糙姑娘十几座海山。

她总是缠着花间给她说些仙界趣闻，无论他说得多无聊，她都笑得灿若桃花地说："花间哥哥说得太好了。"

她喊他"哥哥"，那样莺声燕语，软柔酥甜，让人鸡皮疙瘩起一身。

我远远地看他们聊天儿，山水之中的一对璧人，般配得每天都在刺痛我的眼。

虽说仙凡有别，但有个人能陪伴自己短短几十年也是乐事，何况花间身为上仙，要想让人长生不老也并非难事。

一想到自己那么轻易就被替代了，我的心里实在百感交集。

我躲在九曲河畔的空地上啃一只束果，酸得我牙生疼，心里像是有什么东西堵着难受，却又说不出来。

花间将好不容易得来的喜花混在水中灌溉在那片空空的土壤里，良久之后那片土地依然没有长出任何花草。

"还是不行啊，看来这里再也长不出两生花了。"花间失落地看着这片空地说道。

"两生花？"夏婉问道。

"九曲河畔的两生花，它们花开两季，美丽璀璨，拥有这世上最动人的颜色，可是我种了七百多年了，却始终没有种出来。"

"花间哥哥不就是两生花吗？"

"我是唯一留下的一株两生花，可是却是没有心、没有记忆的两生花。"

"没有心、没有记忆？"

"我甚至想不起来我是怎么弄丢我的心的，你说是不是很好笑？"

他淡淡地笑着，又像在自嘲："这样长生不老地活着，有时候想想倒不如死了。"

"花间哥哥，你别胡说，以后我帮你一起种两生花，肯定会种出来的，你的心也会回来的。"

"罢了。"花间把手枕在脑后，双脚泡在九曲河里，潺潺水流流过他的脚踝，荡起璀璨金光，均匀地铺洒在他的脸上，将他俊美无瑕的脸照出一片旖旎。

我坐在花屋上空遥遥向下望去，是那张熟悉的脸庞，不论经过多少年的分离，我还是能在人海中一眼将他认出来。

"花间哥哥，那你有没有后悔把你的心给了别人？"

一片花海的景致中，花间的嘴唇动了动，我却听不到他发出的声音。

六

我数月寻访了无数藏书阁，终于在凌霄殿的藏书阁里找到一个让两生花起死回生的秘术。

要想让两生花重生必须有一灵兽将自己的心头血日日浇灌在种子上，直到灵兽的那颗心衰竭为止。

这个方法太过残忍，至今无人尝试。

可是他们并不知道，蛟龙有两颗心、两条命，我用一颗去换他所求，也算报了他的恩。

我下定决心，等种出两生花，我便离开花间明月，不再干扰花间的生活。

我在花间的花房找出两生花的种子，将其撒在空地里，每天夜里趁着他们睡下便取一碗心头血来浇灌。

第一刀刺下去的时候剧烈的疼痛让我险

些喊出声来，我咬着唇，不停地和自己说，乖乖的，不要怕。熬一熬就过去了。

如水的月色下，我能听见自己的心一点儿一点儿破碎的声音。

有时候太疼了，我只好对着旁边的木槿花说话。

我说了第一次见到花间的场景，他身穿银甲，手持长剑，高高束起的墨发在风中飞扬，小小孩童的我觉得他就是我心中的大英雄，当他把心给我的时候，我看着他俊白的面孔佯装无事的模样，懵懂的我并不知道他失去了什么。只是记住了那张白玉无瑕的温柔脸庞。

没有人知道我与花间在八百年前就早已见过，他救了我，忘了我，可是我却在第一次看到他的时候便认出了他，随他回花间明月，帮他达成他所愿所想。

哪怕是与别的女子在一起。

夏婉也每日都来这一片土地浇灌，她拿着花间带回来的各种宝物尝试，其实那些都是徒劳。

浇灌心头血到二十日的时候，那一片光秃秃的土地上开始长出了花茎，夏婉是第一个发现的，激动地跑去告诉花间。

花间喜极而泣，一把将夏婉抱住："婉婉，我们做到了，我们做到了！"

他喊她婉婉，不过相识数月，他对她已经如此亲近。

他抱着她在花丛中旋转，高兴得像要飞起来，我忍着心口的疼痛一脸苍白地看着他们，已经不知道那种疼痛的感觉是不是从心底发出。

"小海蛇你看，两生花长出来了，真是太好了！"他终于想到我，走到我的面前。

他永远只会喊我小海蛇，他只知道我是一只海蛇精，他连我的名字都没有喊过。

我无力地笑笑："师父，恭喜。"

"你最近脸色不太好，要多休息。"

"我没事，只是受了些风寒。"

转过身，我走到九曲河畔，看到水中倒映出自己苍白的面孔，我多想对他说，我真的没事，我只是有点儿疼而已，那种疼并不是刀扎入心的疼，是被自己喜欢的人漠视的疼，可是师父，你什么都不知道。

两生花越长越好，我的身体越来越虚弱，母后在我身上布的封印快要封不住我的真身了，有时候我能看到自己蛟龙的鳞片露出来，青绿色中透着金色的光芒。我很怕被花间发现，只能假借游玩的名义躲到深山去。

我躺在无人的山林里，疼痛遍布四肢百骸，我想放空大脑，可是脑子总会忍不住想花间和夏婉，他们此刻在做什么呢？他们在为两生花长出来感到高兴，他会想起我吗？在以后的岁月，他还会想起一个陪他偷遍所有宝贝的徒弟吗？

他不会回答我，而我也永远不会知道。

当我取出最后一滴血浇灌在两生花上的时候，我的一颗心完全停止跳动，那种心空了一块的感觉让我虚弱无比。

可是当我拖着疲惫的身体回到花间明月，我听到夏婉和花间说，是她用血浇灌了两生花七七四十九日。

她一脸苍白地说："为了花间哥哥，哪怕要婉婉这条命婉婉也愿意。"

我震惊地听着夏婉说的话，简直无法相信，我用了一颗心历经无数苦难才让两生花开，夏婉竟然说是她的功劳？

她怎么有脸说是她的功劳？

花间感动地抚摸着她的头说："婉婉，

你怎么这么傻？”

我感到全身发冷，却没有戳穿这个谎言。

准备离去的前一夜，我站在那片开得灼灼其华的两生花里，红白相间的花瓣上缀着一点金色叶片，我低下头去闻了闻它的香味，淡而幽，却是沁人心脾的，我身上的鳞片一点点地冒了出来，那是蛟龙的鳞片，在月光下闪着青色的光。

“花间哥哥，我说了她不是海蛇，你看她的鳞片。”夏婉的声音从我身后响起。

我转过头，看到花间和夏婉站在一起。

花间不可置信地看着我巨大的鳞片，颤抖地说：“你是……蛟龙……”

我知道瞒不住了，只好无力地点点头。

“你一直……都在骗我？你到我这花间明月到底……有什么目的？”

“是，我骗了你，可是我却从未想过什么目的。”我悲伤地看着他。

“你的目的肯定是两生花，我看书上说两生花可助蛟龙法力大增，你们蛟龙死性不改还想为祸神界！”夏婉厉声说道。

“你也是这么想的吗？师父。”我看着花间。

“我……”他迟疑了片刻，却久久没有回答。

我看着他闪烁的眼神，那一刻心中有股疼痛翻涌而至，无关身体，而是心中的万般悲苦，我舍了一颗心，却被他误会至此。

到底，是我太没用了。

“蛟龙没有天帝旨意竟敢私自上天，还企图偷盗两生花，简直罪无可赦……花间哥哥快点儿杀了她。”夏婉这个平日里低眉顺目的女子，竟变得如此可怕。

“我企图偷盗两生花？哈哈哈……”

“事实就在眼前，你还想狡辩！”

“事实？你诬陷我的是事实吗？这两生花分明是我以心头血喂养而成，你却占了功劳，你一凡间女子，为何如此歹毒！”

“你乱说，明明就是我用血种出的两生花，花间哥哥，你别信她。”夏婉伏在花间的身上嘤嘤哭泣。

“这么歹毒的女子，留在师父身边，将来也是祸害。”我变出真身向天空嘶吼一声，一时间风云变色，黑夜的天空骤然变白。

“花间哥哥，她变得好可怕，婉婉好害怕。”夏婉缩在花间的怀里，那个样子真让我作呕。

我不顾一切地朝夏婉的方向扑去，却感觉心口一疼。

低头的时候，我看到花间手握灵云剑一剑刺穿我的心脏，白昼的光芒下我看到了花间脸上的表情，落在月光下的寒意，没有一丝温情。

我捂着我的胸口，无法置信。

花间拿着宝剑指着我：“无论如何，你都不该动了杀心。”

我不该，我最不该的就是喜欢上你。我还是没能将这句话说出来。

“你走吧。这一剑算是给你的惩罚。我知蛟龙有两条命，以后回到你的荒海私域，再也不要踏入花间明月了。”他的目光冰冷，看我的眼神充满了冷漠和疏离。

“真狠的心啊。”我低低地笑着，凝望着对面那张清俊脸庞，万般苦涩迎风而至。

我转过身，踉踉跄跄地沿着九曲河往下走。

九曲河畔的两生花开得正艳，逶迤消长，一直从天上慢慢盛开而下。

血染红了我白色的裙裾，如同天空的一片殷红，带着刺目的疼痛。

我在九曲河的源头躺下，望着艳丽天色，摸着我心上的那道伤，低低地笑了，他以为我还有命活着，可是却是他给了我致命的一剑。

只是到了最后我都不愿意告诉他，我不想他背负愧疚度过余生。

情之一字，原是最叫人伤心。

八百年前的舍命相救，我终是不再亏欠你了。

七

花间看到叶清浅尸身的时候，她已经死了。

她躺在一片两生花中，僵硬而冰凉。

从他一剑刺入叶清浅身体的时候他就后悔了，他以为她还有一命，他放她走，让她回到自己族中修养，他们从此无瓜葛，她也不会受到天帝的责罚。

为什么她就这样死了？

重塑花丹之后，他发现娇弱可人的夏婉根本不是凡人，她身体里寄居着是树妖临死前的元神，她被树妖控制了心智，陷害了叶清浅。他一掌将树妖打得魂飞魄散，追出来的时候，一切都已经太迟了。

他在看到叶清浅尸身的那一刻，像是停止了呼吸，眼泪控制不住地落了下来。

他突然意识到，从此以后，再也没有那样一个人，聆听他的心事，陪他胡作非为，默默注视他的身影，并且无怨无悔地跟着他。

花间抱着叶清浅的尸身，终于明白失去了她。

花间明月从此开满了两生花，红白相间的两生花成片成片地盛放在九曲河畔，花间总喜欢坐在那些花海中间，听叶清浅对着花留下来的心事。

她说："师父，和你在一起是小海蛇最幸福的事情了。"

她说："师父，你是清浅心中永远的大英雄。"

她问："救一个不认识的人，你后悔过吗？"

她问："你相信报恩的故事吗？"

她问："我们会永远在一起吗？"

而她死前留下的最后一句话却是："蛟龙一生有两命，我一命为了生，一命为了爱，如花间月色里的两生花，花开两期，有苦有甜，也算不枉此生了。"

花间轻轻地抚摸那些花，温柔地像对待爱人一样，他慢慢将头靠近花蕊，静静地说了一声："我也是。"轻

洋葱小仙落凡间
（五）
Written by | 柳扶疏
Painting by | hervy

上期回顾：李金兰——未来的皇后，随一队精兵及时赶到了建州，救下了杨淙淙和小跟班沈仪心——当今的皇上。离宫的这些日子，沈仪心见了太多的欺人恶霸，也见了太多活在水深火热中的百姓，他决定即刻启程，决不能再逃避责任了。沈仪心撒娇耍赖地要杨淙淙陪他一起回京，还给他安排了一个新的身份——小太监……

十九

自从知道了李金兰厨艺极其高超以后，杨淙淙就对她佩服得五体投地，甚至想拜她为师，但一直不好意思开口。没想到没过几天，李金兰竟然主动找上门来了。

开门之前，杨淙淙有点儿心虚，莫不是她知道自己吃了她为沈仪心做的夜宵，讨账来了？然而开门之后，她却呆住了。

李金兰做了很多好吃的给她带来，什么香炸排骨、白玉鲫鱼汤、翡翠甜羹……摆了满满一桌子。杨淙淙有种受宠若惊的感觉，今天是什么好日子，竟然有这样的口福？

李金兰看着杨淙淙，不无伤感地说：“杨公子，没想到你的命这么苦。”

杨淙淙一愣，她的命怎么苦了？

李金兰继续说道：“先前见到你，我就觉得你容貌俊秀，不像一般的男子那样……”

杨淙淙心里顿时“咯噔”一下，难道李金兰知道她是女扮男装了？但到了这个时候，她也只能硬着头皮“嘿嘿”笑着，死撑。

她的笑让李金兰觉得更伤感了，李金兰感慨地说：“你真是太坚强了，如果是我遇到了你那样的事，可能根本就无法接受……你放心，你进宫的事，我一定会帮你打点妥帖的。”

原来是这样，杨淙淙明白了，李金兰并没有看穿她的身份，她说的是沈仪心让她扮成小太监进宫的事。想想也是，若是一个男子扮成太监，这的确有点儿让人难以接受。

原来李金兰这么善良，杨淙淙心里对她的喜欢又上了一个台阶。专一、执着、善良，还那么会做饭，杨淙淙对她的好感度简直要爆棚了，这样的女子，哪个男人娶了她绝对是天大的福气啊！沈仪心这个身在福中不知福的家伙，哼哼……

不知不觉中，她已经站到李金兰一边去了。

“杨公子，你还有什么要我帮忙的吗？有的话尽管开口，我一定尽力帮你。”李金兰说。

这句话说到杨淙淙的心里去了，她一直都想拜李金兰为师学习厨艺，现在正好有这个机会，于是她说：“有是有一件，不过可能太麻烦你了……”

“不麻烦不麻烦，你尽管说。”

“我想拜你为师，向你学习厨艺，可以吗？”

“你想拜我为师！”李金兰惊呼了一声。

杨淙淙不知道她怎么忽然这样，也有点儿紧张了：“怎……怎么，不……不可以吗……”

“太好了！”李金兰跳了起来，“我一直都想教别人厨艺呢，可惜没人敢跟我学。于是我只好教府里的丫头们，可是她们见了我都是战战兢兢的，根本无法专心，我正愁着呢。”

杨淙淙想，也对，丫头们每天做事都很忙很累了，又不得不跟着主人学东西，能不战战兢兢的吗？这样的情况下，自然学不会了。只有像她这样纯天然的美食爱好者，充满对食物发自内心的热爱，才会全身心地投入其中去学习。

一个想拜师，一个想教学，俩人一拍即合，现说现做。杨淙淙立即跟着李金兰下了厨房，开始了正式的学艺之途。

没想到，出师不利。

李金兰教她怎么把食物切得薄而均匀，她用来做示范的食材，是一棵洋葱……

杨淙淙看着她给那棵小小的洋葱剥去外面的羽衣，用刀从中间干脆利落地一切两半，然后伴随着连续而有序的剁案板的声音，那棵洋葱很快就被切成了无数细条。

杨淙淙的心都要碎了……这可是她的同类，亲亲的兄弟姐妹啊！

李金兰把刀递给她，又拿出了一棵洋葱，说：“我刚才说的要点你都记住了吗？现在该你试一下了。”

杨淙淙看着那棵小洋葱，仿佛能听到它在“呜呜”地哭泣，求她不要切掉它……

“好了，快点儿吧！”李金兰在催促。

不是吧，一定要同类相残吗？虽然洋葱的确是食物，但是这种残杀同类的行为也不能她来做吧？要知道洋葱可是她唯一绝对不吃的食物啊！

杨淙淙把那棵洋葱放在了案板上，默默地念了两句“本是同根生，相煎何太急”，然后颤抖着举起刀来……

手起刀落！

“啊！”杨淙淙惊呼了一声，刀没有切在洋葱上，而是将她的手划出了一道长长的口子，顿时有血珠涌了出来。

李金兰也被吓到了，连忙找来止血的药粉和纱布为她包扎上，问：“你没事吧？”

杨淙淙勉强挤出一个笑容，说：“我没事，就是有点儿晕刀。”

“晕刀？”李金兰有点儿诧异，她只听过晕血的、晕针的，原来还有晕刀的？

“是啊，今天是我第一次拿刀，没想到就这样了，真是对不起师父的教诲啊……”

“没事没事，身体重要。”李金兰痛惜地说，“学做菜少不了要用刀，你既然晕刀，以后还是不要学了吧，免得把身体搞坏。”

杨淙淙着急地说：“其实也不是每次都晕刀的，有时候是不晕的，还是可以学的。”

“身体重要，就这样决定了，再怎么也不能拿身体健康开玩笑。”李金兰说着，嘱咐她好好休息，就离开了。离开的时候，她叹息了一声：“唉，又痛失了一个爱徒啊……”

看着她离去的背影，杨淙淙更痛心。

其实她根本就没有什么晕刀一说，只是刚才实在不忍对那棵小洋葱下手，于是故意装出要晕倒的样子，却不小心切到了自己的手。好不容易得来的机会就这么丢掉了，杨淙淙看着那棵暂时被保全了的小洋葱，叹了口气。

二十

大队人马依然在行进中，离京城也愈加近了，而眼下却出现了一道难题：如果走大路去京城的话，路途比较长；如果不走大路，穿过一片茫茫戈壁，路途会近一些，但是安全性就没那么高了。蒋堃建议走大路，但沈仪心急着回去处理朝政，一时一刻也不想耽误，于是一行人马就往戈壁进发了。

杨淙淙第一次来到戈壁，一开始觉得新鲜，但久了也就没什么意思了。放眼望去四处是茫茫荒漠，看不到尽头，地上尽是沙子和石块，植物稀少，即使有也是枯黄的干草，让人觉得十分荒凉。

进入戈壁之前，水和食物都已经准备充足了，再加上有几百精兵护卫，所以路上一直都挺顺利，没出现什么情况。就在所有人都觉得没什么事情的时候，却出现了意外。

事情是这样的，这天李金兰闲得无聊，于是主动要求给大家伙儿做饭。但这不是一个小工程，他们这大队人马人实在太多，本来是有专门做饭的厨师，用不着她帮忙的。而李金兰却说，她前天刚跟当地人学了一招酒酿圆子，十分美味，所以一定要让大家尝一尝。这位宰相千金虽然平素性格豁达很好说话，但她对做饭那可是由衷地热爱，如果谁阻挡她做饭的话，那她的脾气可是很大的，所以沈仪心也只好任由她去了。

那天下午，大家寻了个避风的地方安营扎寨以后，李金兰就很开心地去忙着做酒酿圆子了。

自从决定回京后，沈仪心就忙了许多，时常有公文从京城快马加鞭地送来，他就连夜批阅，天亮了再派人送回去。杨淙淙挺心疼他的，但是知道他位高责重，也明白他心里的急迫，于是也只能尽量不去打扰他，给他更多的时间去做事。

相比之下，江月明简直就是闲人中的闲人。

他是作为沈仪心邀请的客人，所以也没什么事可做，每天除了吃饭睡觉之外就是这里走走、那里看看，他懂的也挺多，看到很多稀奇古怪的东西都知道是什么，同样身为一个闲人的杨淙淙也就跟着他到处跑了。

就在李金兰兴高采烈地做酒酿圆子的这个下午，江月明又发现了一个好东西，立刻叫杨淙淙过去看，杨淙淙立刻就跟着他走了。

两个人走了不久，江月明一指前面，说：“就是那里。”

杨淙淙走过去一看，原来是一块岩石，岩石中有一朵小花从缝隙里顽强地钻了出来，花茎纤细却笔直，上面没有叶子，覆盖着细细柔柔的白色绒毛。茎的顶端开了一簇簇粉色的小花，也是毛茸茸的，看上去非常可爱。

江月明说：“这是独根草，春天的时候先开花，花谢了再长出叶子。不过它开花是很难得一见的，能见到是你的福气哦！”

第一次见到这种植物，杨淙淙也很兴奋：“那我要不要对它许个愿啊？”

江月明愣了一下：“这个……随你便吧。”

于是杨淙淙闭上眼睛，双手合十，虔诚地在这一株独根草的面前许起愿来。

看着她闭目垂首的侧脸，脸庞在温暖夕阳中映出好看的轮廓，江月明的唇边浮起淡淡笑意。这个丫头……她许的是什么愿呢？她究竟还记不记得他们的初见呢？第一次见到她，可是比在建州相见要早太多了呢。

初见的那一次，他感受到她掌心的温度，那仿佛是这世间唯一的温暖。

就在这时，江月明忽然感到胸口一痛，仿佛窒息一般的痛楚袭来。好像有什么重物压在胸口上一样，他顿时觉得全身无力，连呼吸都变得困难。

糟了，之前受的伤又开始发作了。

"小……小洋葱……"虽然她就在他的身边，可是把她的名字喊出口，也费了极大的力气。

"你怎么了？"杨淙淙察觉到江月明脸色有点儿不对劲儿，也紧张了起来。

"我有点儿事要去做，你不用管我了，自己回营地去吧，否则天黑了很容易迷路的。"江月明忍着胸口的疼痛，尽量让自己表现得轻松一点儿。

"你要去哪里？我跟你去！"

"不用了，你快回去吧。"江月明说着，倏地化作一道红光不见了。

二十一

落日的余晖落在杨淙淙身上，她在石头上坐了一会儿，看着那株独根草呆呆愣神儿，过了片刻站起身来，决定去找江月明。

刚才江月明的样子，显然是有很紧迫的事情的，他脸色苍白得可怕，连说话都仿佛无比费力。虽然表面上他好像没什么事一样，但他越这样，她就越担心。

跟江月明认识并不久，但是朝夕相处，杨淙淙的心里已经把他当成朋友了。虽然他有时候挺臭美，挺自恋，还时不时地损她几句，但平心而论，他对她还是很好的。杨淙淙也想明白了，为什么最初她对江月明没什么好感，简而言之就是"嫉妒"，谁让他长了一张比女人还好看的脸呢？

但现在，她是绝对不会看着朋友遇到困难而置之不理的。虽然并不知道他究竟去了哪里，但看他的样子应该走不了太远，于是她就在附近开始寻找。

太阳渐渐落山了，四周的景物渐渐朦胧起来，杨淙淙走啊走啊，直到天完全黑了，还是没有看见他。

起初和江月明来看花只是一时兴起，根本没有带火把或者任何可以照明的东西。天上虽然有月亮，但是被云遮住了，没什么光亮，还是看不清路。想到自己仅存的那一丁点儿仙力，杨淙淙决定试一试。

她从地上捡了一截干枯的树枝拿在手中，然后集中精神，凝聚心力。没过多久，沙土的地面上就出现了一粒粒小光点儿，它们渐渐浮了起来，仿佛受到了某种召唤，这些萤火虫一样的小光点儿向杨淙淙手中树枝的一端聚拢着，渐渐凝聚成了一个灯笼大小的光球，如夜明珠般散发着柔和的光芒。

看到成功召唤出了幻萤，杨淙淙很高兴，提着这个小小的"灯笼"就继续上路了。

前几天刚进入戈壁的时候，杨淙淙听别人说起，在这戈壁中有一处清泉，叫作"星月泉"，它是由地下涌出的水形成的，周围草木丰茂，可以称之为这茫茫戈壁中的一处仙境。江月明会不会去那里了呢？杨淙淙想了想，决定去星月泉看一看。

星月泉在哪里她并不清楚，于是只能请幻萤带路。小小的灯笼光芒虽然微弱，却给身处黑暗中的她带来了勇气和光亮，一路指引着她往前。

也巧了，星月泉就在附近不远的地方，杨淙淙走了一会儿，看到前面的草木渐渐茂盛了起来，不再是光秃秃的了。走近一看，这里的确是有泉水的，一边是一湾月牙状的清泉，另一边是一处小一点儿的泉水，看上去就像颗星星，星月泉的名字由此而来。

在她手里的萤光照映下，星月泉发出点点波光，动人极了。仿佛知道已经到了目的地，幻萤一下散了开来，有的飘散在了风中，有的落在了泉水里，轻轻浮荡着，好像发光的浮萍一样，那是一种宛若仙境般宁静安然的美丽。

可是，江月明没有在这里。

杨淙淙心里担心他，却不知道他究竟去了哪里，只好叹了口气，在泉边坐了下来。

周围的绿洲衬托着这一湾众星拱月般的泉水，泉水清澈凉爽，好像冰玉一般，仿佛能把人心里的尘埃都洗去似的。这时候遮着月亮的云也散去了，淡淡月华洒落大地，也落在安静的泉水上，平静美好。

就在这时，泉水深处传来了响声，仿佛是浪花翻溅的声音。

咦，难道水里有鱼？

想到这里，杨淙淙心里大喜。她记得以前锦澜仙君说过吃鱼可以补脑，最近沈仪心政务繁忙，脑袋肯定不够用，如果能给他弄条鱼回去补补脑，岂不是大好？

说干就干是杨淙淙的一贯作风，她立刻动起手来。

她在周围找了半天，找到了一根干枯的树枝来做渔竿，再从自己的裙角抽了一根长长的丝线绑在渔竿一头，然后把头上的银钗拔下来掰成钩状做鱼钩。这些都弄好了，但鱼饵是个难办的问题，不过这也难不倒杨淙淙。她记得鱼爱吃虫子，于是就在泉水边湿润的土地上挖了起来。

没挖多久，她就看到一只小虫子，不由得心里一喜，也没多想就扑上去用手把它抓住了。不料刚抓住它，她就感到手上一阵刺痛，那虫子居然蜇了她一下！

杨淙淙心里一气，把虫子扔到地上，狠狠地踩了它几脚，又在地上碾了几下，这才解恨。抬起脚的时候，那只虫子已经被踩扁了，原来是一只蝎子。

上次切洋葱的时候她伤到了左手，今天又伤到了右手，真是倒霉极了。但杨淙淙一心想着钓鱼给沈仪心熬汤，于是忍着痛把那只蝎子穿在了鱼钩上，放进了水中。

蝎子也属于虫子，鱼儿应该也吃的吧？杨淙淙这样想着，坐在泉边静静等待。

等了很久，都没有鱼儿上钩，甚至一点儿动静都没有。杨淙淙手上刚才被蜇的地方已经肿得老高，又麻又痛又痒，难受极了。由于毒液的作用，她的心情开始焦躁起来，十分烦躁不安。

就在这时，泉水深处又有了一阵响动，而且越来越近，向杨淙淙这边靠过来。

听声音，一定是条大鱼！

杨淙淙心里一激动，暂时忘记了手上的疼痛，握紧了渔竿。

渔竿动了一下、两下，还在不停地动着。下面的大鱼在拉扯着渔竿，和杨淙淙展开了一场气力的较量。杨淙淙本来力气就不大，如今两只手都受了伤，虽然拼尽全力但还是拗不过那条大鱼，渔竿一点点没入了水中，可她无论如何都不肯松手，使出吃奶的劲儿扯着渔竿，脸都憋红了。

忽然，那条大鱼一用力，整个渔竿从杨淙淙的手里脱了出去，掉进了水里。

忙活了这么久，却毫无收获，自己还受了伤，杨淙淙心里气恼极了，一脚把岸边的一颗小石子踢进了泉水里。

就在这时，水中忽然“哗啦”一声响，一团火红跃了出来！

不，是半团火红。

那是一个年轻的男子，从水里一跃而出后又落回了水中。他下半身在水里，透过清澈的泉水可以看到他穿的是红色的裤子，上半身却是光着的。由于在水中的缘故，他的浑身都是湿的，乌黑的头发用火红的发带束了起来，有一种别样的美。

二十二

杨淙淙看着眼前的这个人，不由得惊呆了。

她惊呆不是因为他忽然出现在水里，也不是因为他的样貌有多么好看，而是因为，这个人竟然正是江月明！

“你你你……偷看我洗澡！”江月明看到杨淙淙，仿佛见了瘟神似的连连后退，双手抱胸，好像一个受了委屈的小媳妇。

拜托，谁知道你在这里洗澡啊？再说洗澡哪有钻在水里半天不把头露出水面的，不怕闷死吗？杨淙淙正想开口反驳，头却忽然一阵晕眩，想来是蝎毒在血液里蔓延开了。

“小洋葱，你怎么了？”江月明也看出了她有些不太对劲儿，于是连忙来到了岸上，上衣也不知道什么时候穿好了。

“你被蝎子蜇了？”

杨淙淙无力地点点头。

江月明不知道从哪里拿出来一把薄如蝉翼的小刀，另一只手一拢，一团火焰就出现在他的掌心里，他把那把小刀在火上烤了片刻，然后对杨淙淙说：“把手给我。”

“你想干吗？”杨淙淙忍着晕眩说道。这个家伙，该不会乘人之危，算她以前欺负过他的账吧？

不过，好像是他欺负她多一点儿啊……

就在她胡思乱想的时候，江月明已经毫不理会她的反对抓住了她的手，拿着那把小刀就向刚刚被蝎子蜇的那个伤口划去。杨淙淙已经准备好哀号了，但是当小刀划破皮肤的时候，她居然连一点儿痛意都感觉不到。

“你的手已经因为蝎毒而麻木了，当然感觉不到痛了。”江月明用小刀在她的伤口上划了一个十字形的口子，然后用力地挤着，伤口中有血流了出来，血液已经变成了暗红色。

“把毒血挤出来就会好很多了，等一会儿回到营地再找随行的郎中上点儿药吧。”江月明放开了她的手，说，“你也真是的，都被蝎子蜇成这样子了，居然还有心情看我洗澡。”

“我没有看你洗澡！”杨淙淙感觉好了一些，底气也足了，“我在钓鱼！”

“……”江月明看了看漂在水面上的那支简易渔竿，说，“那鱼也不吃蝎子啊……”

“你怎么知道鱼不吃？你又不是鱼。”

江月明看了看一脸正义的杨淙淙，无奈地说：“我就是鱼。”

他分明告诉过她，他的本体是一条鱼，那时候她还猜他是乌龟呢，被他敲了一下脑壳。难道这丫头果真是记吃不记打，这么快就忘记了？

“哦，对哦……”杨淙淙也想起来了，自知理亏，于是迅速转移话题，“那你是一条什么鱼？”

“火鲤。”

原来如此，怪不得他的衣服都是火红的，原来是本性使然啊，又怪不得他刚刚可以那么轻易地就在掌心燃起火焰来呢。

江月明无奈地看着她，说：“你还真有闲情逸致，受伤了都不忘钓鱼。”

杨淙淙听了这话有点儿生气，也不想跟他解释，只是心里不由得感到很委屈。如果不是为了去寻找忽然消失的江月明，她怎么可能来到这里，又怎么可能被蝎子蜇呢？这个没心没肺的家伙居然责怪她在钓鱼。

“好啦好啦，算我错了，我不说了行不行？”发现杨淙淙有点儿不开心，江月明立刻打圆场，“我们快回营地去吧，都这么晚了。”

杨淙淙点点头，也不说话，默默地往一个方向走去。

“走反了啦。”看着这个心不在焉的傻丫头，江月明哭笑不得，照她这样走下去，怕是走到天亮也回不去。他暗自运了运灵力，发现它虽然还是有些弱，但已经恢复了一些，送他和她回到营地是没有问题了。

“站好了，我带你回去。”

话音未落，杨淙淙还没反应过来，就感到了一种清凉的气息扑面而来。原来是星月泉里的水在江月明的召唤下凝聚起来，将他们卷在其中，仿佛风一般地离地而起。

杨淙淙第一次在这种水阵中，不由得十分新奇。那些水仿佛极听江月明的话，周围虽然全是水，但一滴也没有溅到她的身上。透过玲珑剔透的水阵去看月亮，月亮仿佛被冻住了一样，有一种清凉又朦胧的感觉。

二十三

水阵载着两个人往营地的方向而去，杨淙淙的心情这时好了许多，于是问江月明：“你刚才怎么忽然就离开了，还去星月泉里洗澡？”

“哎呀，问这种问题，真是害羞死人了。”江月明这样说着，却一点儿都没有害羞的意思，反而有一种恨不得说出来的感觉，“你别忘啦，我是鱼嘛，鱼自然是离不开水的。虽然我已成精，但还是要受到这种天生因素的影响，只不过泡水的频率低了很多而已。从在建州遇到你开始，这一路上我还没有泡过水呢，刚才看花的时候忽然感到身体缺水，因此顾不上跟你解释就赶紧到这附近的星月泉来了。”

“原来是这样啊。”杨淙淙总算明白了，也放下心来。之前江月明脸色惨白一句话都不说就消失了，着实让她担心。现在知道他没事，也终于松了一口气，连刚刚跟他斗嘴的那一点儿小气恼都没了。

“那你以后再这样的时候可要跟我说一声啊，害我白白担心一场。”

“哎哟，小洋葱居然知道担心我？”江月明挑眉，“不想钓我回去做鱼汤啦？”

“不……”杨淙淙正想说“不想了”，忽然反应过来，立刻争辩道，“我才没想钓你做鱼汤呢！”

事实也的确如此啊，她只是想钓条鱼回去做鱼汤，又没想钓他做鱼汤，这分明是本质的区别嘛。

“好啦好啦，这次看在你那么担心我的分儿上就饶过你了。”江月明说，“不过你下次可就不能再吃鱼了。”

杨淙淙瞪大了眼睛：“为什么？”

“小洋葱，我知道这是一个很残酷的事实，但为了你的生命安全，我还是得忍痛告诉你。”江月明痛心地说，“其实我身上隐形的鳞甲是有毒的，上次你受的伤虽然好了，但如果吃鱼的话，毒性还是会发作，那么就会……”

杨淙淙颤颤地问：“就会怎么样？”

“脸就会肿起来！”

听到这句话，杨淙淙立刻捂住脸，仿佛看到了自己因为贪嘴吃鱼而整个脸都肿起来的样子。不是吧，居然这么惨……不过是当初想拧他的耳朵而已，居然导致自己这辈子都不能吃鱼了？

“真……真的一点儿都不能吃吗？”

江月明耸了耸肩：“不信的话你去试试啦，反正脸肿的人又不是我。”

杨淙淙在心里默默流泪。吃鱼可是她的一大嗜好啊，以前她偷偷跑到凡间玩的时候就经常和白算算去钓鱼呢，难道是当年吃鱼太多，如今遭了报应？

看到她一脸苦相，江月明在心里偷笑。其实什么中毒啊脸肿啊，都是他故意说出来吓唬她的，他身上的鳞甲只是会割伤袭击他的人而已，根本没有毒。他之所以这样说，是因为不想让她吃鱼，因为水族相当于他的族人，正像她从来都不吃她的同类洋葱一样。

说也奇怪，江月明以前也认识许多人，但从来没对他们吃鱼有什么意见，可对杨淙淙就不同了。不知道为什么，他很在意她的一举一动，所以他不愿意让她吃鱼。如果说出真实的原因其实是这样的，杨淙淙那个丫头说不定吃鱼吃得更欢来气他，还不如这样吓吓她来得有用。

杨淙淙完全沉浸在对自己再也不能吃鱼的命运的悲伤里，彻底忽略了旁边江月明的存在。江月明饶有兴味地看着她，看得不亦乐乎。

一向活蹦乱跳的小洋葱很少是这种样子的，其实她这样也挺好看的。他看着她，这样想着。

这时候，他的胸口忽然又痛了一下，但他强忍着一点儿动静也没有，以至于杨淙淙根本没发现这个小插曲。

其实，刚才他告诉杨淙淙，说他需要泡水是真的，但原因并不仅仅如此……轻

（未完待续）

下期预告：在下一期里，我们将要迎来《洋葱小仙落凡间》的连载谢幕篇啦！杨淙淙和江月明返回营地后又会发生怎样的突发状况？杨淙淙那少得可怜的法力又是否能派上用场？一众人等终于回到了京城，初入皇宫的杨淙淙看来又要闹出一系列啼笑皆非的故事喽！

喜讯：《洋葱小仙落凡间》单行本已上市，出版图书名为《俏娇小仙闹皇宫》！喜欢杨淙淙的爱卿们千万不要错过呀……快冲向书店和网店吧！

驯龙十八式
Written by | 小熊不骨
Painting by | 胃疼大帝

【一】

驯龙十八式

博格一直觉得，像他这般机智勇敢、天赋异禀的少年，倘若不去当龙骑士成为盖世英雄，拯救万民于危难之中，简直就是这片大陆的一大损失。

而想要成为龙骑士，首先你得有条龙。

所以当他那公爵老爸问他成年礼物想要什么时，他拍着胸脯斩钉截铁地说：“我是要成为龙骑士的男人！老爸，你送我一颗龙蛋吧！”

一想到有朝一日能骑着巨龙在大陆横行霸道……哦不，是惩恶除奸，博格还有点儿小激动呢。

布鲁克公爵有些纠结，他其实只希望博格以后能娶个门当户对的贵族姑娘，安安分分地继承家业，不再捣蛋给他添乱。让他去当龙骑士？No！那一定是场大灾难！

秉持着我不入地狱谁入地狱的原则，公爵老爸还是决定把这个灾难留在自个儿家里，他拒绝满足博格的生日愿望。

博格成人礼的隔天，公爵府乱了套。

布鲁克家的小少爷携巨款私逃了！

而此刻，离家出走的博格走进了号称要承包整个大陆经济交易的地精连锁店，财大气粗地扔过去一袋子金币：“喏，给本少爷来一打龙蛋！”

事有凑巧，一身劲装看上去英姿勃发的红发少女也走了进来，她大摇大摆地冲到柜台前，直接撞开了一旁的博格。

博格皱了皱眉，没说话。

红发少女凶神恶煞般冲上去揪住那个不足她腰高的地精小伙计，暴躁地说道：“奸商！说好签订龙之契约就可以召唤巨龙，巨龙呢？”

那可怜的小伙计颤颤悠悠地道：“这……我们只管售出不管售后的呀！巨龙心情不好不肯响应你的召唤，这种事情也是没办法的嘛。”

所有人都知道，地精种族是最油嘴滑舌、擅长做生意的奸商，只要你出得起钱，其他地方买不到的东西，地精一定想尽办法帮你弄到。

但是你要求一个奸商面对送上门的肥羊很讲诚信地不狠狠宰一把？这也未免太异想天开了吧。

此刻被骗了的“小肥羊”少女索菲亚恶狠狠地一拳砸碎了红木柜台，地精小伙计见状，双眼闪过一道光，心里打着小算盘：“毁坏私人财产是要赔的！”

“我没钱！”

博格的眼睛也亮了亮：怪力少女？有意思！

博格凑过去，笑嘻嘻地开口：“你没钱？我有钱呀！”他顿了顿，又道，“嘿，英勇的少女，想不想跟本少爷混？”

来地精这买龙蛋只是下下之选，如果面前有脑子不好使力气却大的跟班，他干吗不自己去龙谷挑选龙蛋呢？

索菲亚收起拳头，看向博格。

英勇的少女？

嗯，这少年有眼光！

【二】

驯龙十八式

万恶的地精死不认账，索菲亚决定同意博格的邀请，亲自去龙谷找那条跟她签订了龙之契约的巨龙算账。

索菲亚对博格说的原话是：敢不响应她的召唤，断送她成为龙骑士的前途，她一定要扒了那条不知好歹的巨龙的皮！

索菲亚本不想同这个看上去没多少力气，像个娇气的贵族大少爷一样的少年组队。

但是奈何……人家有钱呀！

龙谷坐落在这片大陆的最西边，要经过诺亚小镇找到龙谷入口，打败守住入口的巨蟒才能踏入龙谷。

想成为龙骑士而进入龙谷找巨龙挑战的人数不胜数，龙谷的巨龙不胜其烦，所以才从与巨龙有些血缘关系的巨蟒中挑出了一个，当龙谷的守卫。

据说，这条巨蟒守护龙谷入口已有百年之久。

而前往诺亚小镇的路费可不是一笔小数目。

将所有家当都用来跟地精购买龙之契约的索菲亚自然没有多余的钱，但是没关系，博格有呀。

博格看穿了索菲亚的窘迫，勾着唇笑得不怀好意。他当然知道眼前这位怪力少女有些看不起他，哦，当然，他也还记得在地精商店索菲亚就撞过他一次。

布鲁克家的小少爷，可是记仇得很呢。

博格摸着下巴笑眯眯道：“这样吧，我雇佣你当我的佣兵，一切开销由我来出。”

脑子缺根筋的索菲亚二话不说就答应了。

但是她忘了雇主和被雇佣者的关系并没有她想象的那么简单，一旦确立了这种关系，也就注定了索菲亚往后在博格面前都抬不起头来。

前往诺亚小镇需要翻过一座高山，普通的马车自然没办法通行。博格伸了伸懒腰，斜睨了一眼索菲亚。

索菲亚突然感觉背后一凉，有种深深的不祥预感。

果不其然，博格大少爷开口了：“你背我去。”

“凭什么！”

“我有钱。”

“……”

“我是雇主，而你是我的佣兵，难道你不该为你亲爱的雇主解决一切烦恼吗？”

“……”

向来在口舌上占不了优势的索菲亚咬了咬牙，终究还是伸出双手握住博格的腰，用了三分力气往上一举，看样子似乎是想把博格扛在肩头。

脚离开地面的博格脸一沉，食指和大拇指相扣，直接弹上了索菲亚光滑的脑门：“索菲亚，你想做什么？”

索菲亚吃痛，叫唤了一声，这才心不甘情不愿地收起自己那点儿小聪明，老老实实背起了博格。

博格一点儿负罪感都没有，心安理得地趴在索菲亚的肩上——他比索菲亚高一头，以致双脚仍旧拖在地面上。

他收紧了搂着索菲亚肩膀的双手，第一次觉得索菲亚的红头发也还蛮好看。他笑道：“索菲亚，你为什么要当龙骑士呢？”

第一次和男性如此亲密接触，她也有些不自然，干巴巴道：“那你又为什么要买龙蛋？”

博格理直气壮道：“当然是因为只有巨龙才配得起本少爷尊贵的身份！”

“……”

诺亚小镇并不大，索菲亚和博格没花费多少工夫就从别人口中得知了龙谷入口的方位。

在面对守护龙谷的巨蟒菲内克斯时，博格挑了挑眉："这玩意儿真丑。"

菲内克斯张着血盆大口，听到这句话时僵硬了一下，蛇目一瞪就要冲博格扑过去。

索菲亚沉默了一下，才把博格往前推了推，示意道："你先进去，我殿后！"

博格不置可否，身形一闪就到了菲内克斯身后，踏进了龙谷。只不过他心里隐隐觉得有些不对劲，都说菲内克斯是条凶残无比的巨蟒，不知有多少想要踏入龙谷的人都丧命在它的蛇口之下。

怎么这次就这么容易？

而在入口外那片郁郁葱葱的森林里，先前还凶神恶煞的菲内克斯自蛇目中挤出一滴眼泪，扑向索菲亚，巨大的身躯在她周边蹭了蹭，用一种十分委屈的口吻道："索菲亚，他竟然说我丑！"

索菲亚安抚地摸了摸菲内克斯的头："菲内克斯明明这么可爱嘛。"

菲内克斯不依不饶："你怎么带这么讨厌的人来龙谷，还不让我一口吃掉他，说什么只要我吓吓他就好，可是你看他压根儿就不怕我嘛。"

在大多数人类面前，只要一露血盆大口就能把人吓得屁滚尿流，这一次惨遭滑铁卢的菲内克斯大人表示很委屈。

索菲亚眸光闪烁，半晌才开口转移话题："别担心，回头我让特斯拉替你好好教训他。"

【三】

驯龙十八式

特斯拉是条巨龙。

也是索菲亚口中那条与她签订了契约却不听她召唤的巨龙。

索菲亚过了一会儿才踏进龙谷与博格会合，还没等博格问她巨蟒的下场如何，索菲亚就率先开口："先找特斯拉再找你的龙蛋！"

"宽宏大量""善解人意"的雇主博格大人表示，适当满足一下可怜的佣兵小姑娘的愿望也不是不可以。

但恶趣味作祟，他故意沉默了一下，迟迟没有答应索菲亚。

索菲亚眯了眯眼，突然弯下腰伸手抱起一块比她还要高的巨石。

博格见状眼皮挑了挑，下意识地后退一步："你要做什么？"

索菲亚翻了个白眼，举起巨石往博格身后一扔，而他身后，那条鬼鬼祟祟想要靠近博格的地行龙，猝不及防就被索菲亚扔过来的那块巨石砸中了脑袋，而吃痛地叫唤了一声。

地行龙仍不死心，似乎还想靠近博格，但那眼神又不像是要吃了博格，倒像是想要亲近他。

地行龙犹豫了一下，在对上索菲亚眼神那一刻，灰溜溜地挖了个地洞逃走了。

博格并没有看到这一幕，他拧着眉头问索菲亚："你……"

索菲亚张嘴打断他的话："好久没运动了，扔颗小石头活动活动身体而已。"

博格看了眼身后那颗高达两米的"小石头"，沉默了，半晌才招了招手，示意索菲亚靠近自己："像你这样本来就长得不怎么好看的姑娘……"

索菲亚示意博格有话快说："嗯？"

"要是还这么暴力，那就真的嫁不出去了。啧啧，要不我就勉为其难……"

"……"索菲亚抿着唇，在博格还没说

完话时，突然伸手推了博格一把。

龙谷生存着性情暴躁的巨龙，导致地面到处坑坑洼洼，一片荒凉，像是在诉说这片土地的主人有多么凶残任性。

而博格身后刚好就是一片地势陡峭的悬崖，索菲亚这一推，直接导致博格一脚踏了个空，直直地摔了下去。

博格不可思议地瞪大了双眼。

就在这时，一声龙啸响彻天际，从那片悬崖下腾空飞起一条浑身金黄的巨龙，博格刚巧掉落在它身上，保住了一条小命。

菲内克斯曾说过，龙谷的巨龙虽然都长得差不多，但是你如果想找特斯拉，那太简单了！喏，那条独一无二的金黄色巨龙就是特斯拉！

其实特斯拉本身并不是金黄色，而是最普通的灰色，后来它花了一枚金币从人类手中买了大量染料，将自己染成了这个颜色。

巨龙没啥爱好，一爱美人二爱黄金。

特斯拉对黄金的热爱更甚，以至于它将自己染成了金币的颜色。

而现在，“黄金之神”最诚挚的信徒特斯拉，眼睛眨也不眨地盯着博格腰间装满金币的钱袋：“愚蠢的人类，我救了你一命，你是不是得感谢我！”

博格从方才的惊慌中回过神，从特斯拉的背上爬了下来，有意无意地打量了一眼索菲亚，索菲亚别过头默不作声。

他这才从钱袋里掏出一枚金币，朝空中一抛。

特斯拉双眼放光，腾空飞跃张嘴精确无比地叼住了那枚金币，这一系列动作像极了奔跑着去咬主人抛开的球的犬类生物。

索菲亚撇了撇嘴，清了清嗓子朗声开口：“凶残又任性的特斯拉！”

听到自家主人故意咬重音的“凶残”和“任性”两个词语，特斯拉愣了愣，这才小心翼翼地将金币收好，拿出巨龙真正的姿态，露出一口泛着冷光的尖牙，喘着重重的龙息，巨大的身形几乎快遮盖住了整片天空。

响亮的龙啸之声遍布整个龙谷。

“愚蠢的人类，胆敢踏入龙谷，就得付出代价。”

嘿嘿，它可没忘了，主人之前曾提醒过它，她会在来到龙谷之后把这个少年推下悬崖，而它所要做的就是接住那个少年，向他展现一下自己雄壮的身姿，顺便吓唬他一下。

一般的人，只要跌下悬崖还被一条巨龙接住，铁定会吓破胆啦。

【四】
驯龙十八式

传说，巨龙是这片大陆最为凶残、性情最反复无常的生物。

那么，如何驯服你的恶龙？

三十六计，走为上策。

索菲亚拉着博格一路狂奔，在日落之前躲进了一个窄小到巨龙绝对进不来的山谷。

山谷里，索菲亚认真地盯着博格：“巨龙就是这么凶残的生物，你确定还要养巨龙当龙骑士吗？”

像他这样的贵族少爷，就应该老老实实地待在城堡里，心安理得地享受一众下人的伺候，一世衣食无忧。

而一向在索菲亚面前玩世不恭的博格此刻也收起一脸笑，眸子里满是真诚：“确定。”

“为什么呢？”

博格拿出先前在诺亚小镇的那套说辞："大概，只有巨龙才能配得上我尊贵的身份吧。"

"……"

索菲亚握紧了拳头又松开，深吸一口气告诉自己要淡定，若是一拳头打出去，眼前这个贵族少爷可就没命了。

好不容易克制住了将眼前的博格暴打一顿的冲动，索菲亚这才开口道："特斯拉家里有一枚龙蛋，你若是能驯服特斯拉，那龙蛋就归你了。"

说完，也不等博格反应，就侧身一倒闭上双眼，这一动作像是在对博格说——姑奶奶要睡觉了，不要再招惹我。

博格低头笑了笑，给那堆柴火堆加了根木头，火焰一下子就又蹿了起来。初秋的山谷还带着点儿凉意，那火堆则给这山洞增添了些暖意。

博格想了想，朝索菲亚坐近了些，将自己身上的袍子解下来盖在索菲亚身上，空气中传来他的喃喃自语。

"为什么要成为龙骑士呀？"

"……"

"嗯，到底是为什么呢？"

"……"

见索菲亚终于睡着，博格看着她的侧脸，耸了耸肩在她身侧找了块地方也躺了下来。

山洞外，见山洞里再也没了动静，特斯拉歪着头，嘴里还叼着那枚金币，展开双翅腾空而起。

人类呀，真是一种麻烦的生物，也不知道主人为什么要故意让它扮作不听话的凶残恶龙来吓唬那个人类少年。

明明它是整座龙谷最温柔善良、最听话的巨龙！

哦，还是金币好！

清晨，太阳升起。

索菲亚一睁开眼就发现自己脸上有些不对劲，她从背包里翻出一块镜子，竟发现自己的脸被画成了大花猫。

"……"

索菲亚气沉丹田，大喝一声："博格·布鲁克！你能告诉我这是怎么一回事吗？"

博格被这声吵醒，惺忪着睡眼道："哦，昨晚一时兴起就作了个画，能享受到我这种大艺术家的亲笔绘画，不用太感谢哟。"

索菲亚磨着牙："今天开始特训！"

浑蛋，接招吧！

驯龙第一招——首先你得有足够的力量。于是博格开始了没日没夜的推巨石生涯。

驯龙第二招——你得速度比巨龙还要快。于是博格身后绑着一枚金币奔跑在空旷的龙谷，招惹来了穷追不舍的特斯拉。

……

一晃大半个月，博格也从索菲亚初见的那个弱不禁风的贵族少爷，变成了如今被晒得变成古铜色甚至有些肌肉的强壮少年。

他抹着汗水，笑得露出一口白牙："喏，这世上大概也只有你这个佣兵敢这样对雇主的，也就是我脾气好……"

索菲亚单手拍碎身侧的石头，指着百米开外的特斯拉："特斯拉来了。"

任劳任怨的博格又在自己腰间绑上一枚金币，绝尘而去。

雇主大人，今天也请努力地奔跑哟！

索菲亚心情很好地看着博格奔跑的背影，眯着眼舒舒服服地晒着秋天的太阳。突然，远处传来特斯拉的一声咆哮。

索菲亚下意识地睁开眼，却发现一望无际的石地上没了那人的身影。

博格呢?

而那边的特斯拉扯着嗓子冲索菲亚喊道："呜呜呜，主人，我的金币掉坑里了，可恶的地行龙！"

【五】
驯龙十八式

博格被挖洞小能手地行龙抓走了。

地行龙虽然不会飞，也没有巨龙皮糙肉厚力量大，但是它会打洞，一旦钻进洞里，就算是巨龙也奈何不了它。

索菲亚阴沉着一张脸坐在博格消失的那个洞口边上。

特斯拉在一旁小心翼翼地看着它那脾气并不好的主人，琢磨了半天才开口说道："主人，反正地行龙也不喜欢吃人，估计折腾一下那个博格就放人啦，说不定博格被这么一折腾就吓得不敢再来龙谷，不是正好如了你的愿吗?"

"闭嘴！"

"呜呜呜。"

主人真可怕！

特斯拉夹着尾巴一展翅膀，趁着索菲亚还没发现赶紧遛了。

索菲亚坐在原地许久，虽然她心里明白特斯拉说得没错，可是她一想起博格被地行龙欺负得鼻青脸肿的模样，心里就像有一只猫爪子在可着劲儿挠。

她想起了博格坏笑着嫌弃她暴力的模样，想起了博格虽然玩世不恭但是很认真地完成她故意加大训练量的任务。

索菲亚觉得自己得了病。

明明博格是那么讨人厌的一个贵族少爷……

她咬了咬牙，也不知道生谁的气，将身边的石头一股脑儿地全抛了出去。半晌，她盯着漆黑的地洞，终于还是跳了下去。

她决定了，等把博格救回来她就把他送回布鲁克公爵那里！

她还要很霸气侧漏地把那袋子金币扔在布鲁克公爵面前，告诉他——这份佣金，她不要了！

火急火燎的索菲亚通过曲曲绕绕的地下通道找到博格时，看到的就是博格被地行龙压在身下的那一幕，从她的角度看过去，那地行龙张着大嘴，似乎要将博格吞入腹中。

不是说地行龙不吃人的吗?

谣言害死人哪！

索菲亚只觉得心都快沉到谷底，下意识地大喊一声："放开那个少年！"

地行龙回头朝索菲亚仔细打量了下，似乎是终于想起了索菲亚就是那日在龙谷拿巨石砸它脑袋的红发姑娘，当下怒火顿起，咆哮一声就朝索菲亚扑过去。

地面上有特斯拉在，它打不赢那条巨龙。

可这地洞里是它的地盘！俗话说强龙还压不过地头蛇呢。

窄小的地洞里，索菲亚纵然力大无穷也施展不开，只能眼睁睁地望着那条地行龙张牙舞爪地扑过来，她手里却什么武器都没有。

这破地方，连个碎石块都找不到！

千钧一发之际，博格却跑了过来，一

把推开索菲亚，抱住地行龙的一只龙角安抚道：“卡西索，可不能打她呀！她本来就不好看，打坏了脸可咋办哪！”

卡西索闻言停下动作，伸出舌头亲昵地舔了舔博格的脸，脖子上还挂着一枚刻有布鲁克家徽的金币，闪烁着光芒。

【六】

驯龙十八式

索菲亚觉得自己可能掉入了一个陷阱。

先是布鲁克公爵苦着一张脸请来她，说要委托给她一项任务，让她想法子让他那不成器的儿子放弃成为龙骑士的念头，哪怕是把他带进龙谷用巨蟒或是巨龙来吓唬他也行。

于是她便接下这份委托，假装龙之契约出了问题找上地精商店，顺理成章地同博格来了场偶遇，带着他来到了龙谷。

可无论是菲内克斯还是特斯拉，竟然都没有吓倒博格，他依旧兴致勃勃地想要成为龙骑士。纵使她以特训为名，用强度极大的任务量都没有压倒博格。

索菲亚想，也许这个贵族少爷并不像其他弱不禁风的贵族一样讨厌。

或许，他是真的想成为一名龙骑士。

可是……他竟然认识那条叫作卡西索的地行龙！那条地行龙脖子上挂着的那枚金币便是最好的证明。

害得她为他担惊受怕慌了神。

这绝对是一场有预谋的行动。

被推倒在地的索菲亚脑子里一瞬间闪过许许多多的念头，最终她还是抹了把脸爬起来，钻出了地洞，吹了声口哨儿。

特斯拉应声而来。

索菲亚爬上巨龙的背，红发在风中飘扬，一声龙啸，一人一龙在龙谷上空盘旋。

索菲亚想，她需要静一静。

此刻博格也慌了神，他跟在索菲亚身后爬出了地洞，一面安抚着躁动不安的卡西索，一面冲着空中的索菲亚喊：“索菲亚，你别多想啊，卡西索是我小时候在家里后院发现的，当时它受了伤，我就帮它包扎了下将它放了生，我也没想过会在这里遇见它！”

博格千算万算，没想到半路跑出来一个卡西索。

要是真因为这样索菲亚就不理他了，他可找谁哭去！

索菲亚并不理会博格。

博格咬了咬牙，决定使出绝招，拿出自己仅剩的半袋子金币朝空中的特斯拉招了招：“特拉斯下来，这些金币都是你的了！”

特斯拉仰头长啸一声。

索菲亚冷哼：“你以为特斯拉真的那么没骨气吗？”

下一秒，特斯拉盘旋一圈后俯冲，叼走了博格手中的金币，还不忘晃动着身躯将索菲亚晃了下来。

索菲亚：“……”

博格：“干得好！”

特斯拉：“哦，主人，我飞太久累了嘛，中场休息，休息一下嘛！”

索菲亚随手抓起一块碎石，冲博格龇牙咧嘴道：“解释吧，我总觉得事情并没有那么简单呢！”

面对凶残的暴力妹子，博格后退一步躲到卡西索身后：“这个……”

“首先，你为什么要成为龙骑士？”

“因为我尊贵……”

“说实话！”一声怪响，索菲亚手中的碎石块成了粉末。

“……因为你是龙骑士啊。”

“……啊？”

“驯服巨龙不难，驯服巨龙的主人龙骑士才是最难的呀。”

索菲亚想过千千万万的可能性，唯独没想过这一切都是因为博格对自己心怀不轨。

索菲亚的母亲一族有巨龙的血脉，导致她生来力大无穷且与巨龙亲近，小小年纪便成为了龙骑士而闻名大陆。

博格向往像索菲亚那样，能够自由自在地骑在巨龙之上翱翔天空。

奈何他从小体弱，别说是驯服巨龙成为龙骑士，哪怕是踢个球、跑个步，他家那对活宝父母也会紧张个半死。

索菲亚便成了博格童年的一个向往。

等到长大了，这份向往便变了质。

索菲亚并不知道，博格想要的成年礼礼物并不是龙蛋，而是——让布鲁克公爵陪他演一出戏。

他离家出走，布鲁克公爵委托索菲亚任务，于是他便可以顺理成章地同索菲亚历经这一切。

他好想知道，那个翱翔于天际的姑娘，到底过的是怎样一种生活，也好想知道，那个对战亡灵都毫不逊色的暴力龙骑士，在面对他的时候会不会有些不同。

这些本来都进行得好好的，不承想半路冒出来的卡西索却揭破了这一切。

博格看着眼前傻掉的红发姑娘，叹了口气：“因为，因为我喜欢你呀，我想和你比肩而立一起翱翔天空。”

只有龙骑士，才有资格站在龙骑士身侧吧。

【七】

驯龙十八式

最近发生了一件大事——鼎鼎有名的暴力女龙骑士索菲亚·米勒的巨龙，被布鲁克公爵家的小少爷拐跑了。

据某位目击者说，他亲眼看见那条名叫特斯拉的巨龙相当霸气地从诺亚小镇上空飞过，而它那向来只有索菲亚才能坐的龙背上竟然坐着一个黑袍少年。

索菲亚听了这条消息，阴沉着脸当场拍碎了一张红木桌子，二话不说跃身而起，直往诺亚小镇狂奔而去。

那条该死的巨龙，等她找到它看不扒了它的皮！

而此刻那条据说无比狂暴只有伟大的索菲亚大人才能驯服的巨龙——特斯拉正乖巧地收着利爪，眼巴巴地望着眼前的少年：“哎，我说博格，这里真的有金矿吗？”

驯服龙骑士难度太大，他还是先驯服龙骑士那条喜爱黄金的巨龙吧。

博格转了转眼珠子，勾唇一笑：“当然有啦，特斯拉你搭把手，帮我把这块巨石搬开。”

一切为了金币，拼了！

特斯拉闻言一伸爪子，啪的一声将那块两米高的大石头拍了个粉碎。

巨石后面，一颗红宝石正熠熠生辉。

博格小心翼翼地取出那块宝石，摸着下巴想——等他集齐金木水火土五系宝石，索菲亚会不会答应他的求婚呢？怪

只影向君来
Written by | 倾城留雁
Painting by | 君-零天下

【壹】

梅影之下初见卿

燕离王宫，隆冬时节。

鹅毛大雪从清晨下到黄昏，铺天盖地的白。几枝细瘦的梅肃立在王宫最僻静的角落，花红似火。

一个十三四岁的女孩跪在梅枝下，面色如雪。细瘦的腕上鲜血淋漓，在雪地里绽开妖娆的痕迹。

没有理会那刺痛的感觉，她匆匆忙忙从怀中掏出两个干巴巴的馒头，狼吞虎咽地啃了个精光，连手上的残渣都舔了个干净。

末了，她意犹未尽地抬起头，看着白雪覆盖下的艳红梅瓣，咕噜咽了一口口水。

看起来真像酥糖啊……

脑子里刚刚转过这个念头，手已经自动地探了过去，找了一朵最红最艳的梅花，扯下来细细地嚼着。

苦涩的汁液从齿缝间渗出，女孩的脸立刻皱成了一团。犹豫了一下，还是就着雪水咽了下去。

饥肠辘辘的感觉被这苦涩的味道稍稍麻木，她探手又扯了几朵准备放进嘴里，却被不远处传来的喧嚣声惊得颤了一下。

手忙脚乱地胡乱抓了些梅花塞进怀里，她缩着身子走到月门边朝外望去，这才发现并非是看守她的人，而是几个穿着华丽锦袍的男子在踢打一个倒在地上的少年。

“让你给二哥牵马，那是看得起你。不知好歹的东西，竟然敢拒绝！”一个蓄着胡须的男人朝着少年腹部狠狠踢了一脚，朝着站在旁边的紫袍男子谄媚而笑。

剩下几个人连声附和，拳脚如暴雨般落在少年身上。少年一声不吭，抱着头蜷缩成一团，忽地一阵猛咳，呕出了几口殷红的血。

“哼，下次知趣点。”紫袍男子蹙眉扫了一眼半死不活的少年，转身带人离开。

少年一动不动地躺在雪地上，仿佛死了一般。

女孩迟疑片刻，壮着胆子走到他的旁边蹲下轻轻推了几下。

少年依旧动也不动。

女孩咬了咬唇，伸出手指探向腕上已然结痂的伤口。

手腕蓦地被一只手狠狠抓住，猝不及防间传来的疼痛让她忍不住低呼出声。

低头怔怔望去，正对上一双寒如冰雪的眸子。

“你干什么？”

少年不知什么时候睁开了眼睛，抓着她的手极为有力，与方才奄奄一息的样子判若两人。

“……他们说我的血能起死回生，我……想救你。”被少年冰寒的眼神吓住，女孩声如蚊蚋地解释。

救他？

这冰冷的王宫里竟然还有人在意他的生死？

少年的眸光微微和缓，望着她苍白的小脸和腕上的伤痕，忽地想起了宫中的一个传闻。

“你是……那个药引？”

在燕离国以北三百里之外，曾经存在过一个神秘的种族。族人们身体中流淌着一丝饕餮血脉，嗜食长寿，容颜不老。

偶然之间发现了这个秘密，各国君王立刻趋之若鹜，重兵围剿之下，这个原本就人丁稀少的种族很快便消失了踪影。

燕离国君自然不会错过这样的好事，举重兵参与了对饕餮族人的搜捕，总算是没有白忙一场，在已经成为废墟的村子里找到了一条漏网之鱼，带回王宫囚禁起来，供御医与术士取血制药，为君王寻觅长生不老之方。

“嗯。”女孩点了点头，神色越发黯然。

少年起了几分怜惜，正欲再问几句，远处飞也似的跑来了几个侍卫，不由分说将女孩拎了起来。

猝不及防间，那细弱的手腕被拽离了他的掌心。上面带着的银镯被他撸了下来，犹带着主人淡淡的体温。

“小猴崽子，一下没看紧竟然跑了！”一个干瘦的老太监气喘吁吁赶了上来，抡圆了胳膊狠狠抽在女孩的脸上。

“你干什么？放开她！”

这一巴掌打得太过突然，少年想拦已经晚了。眼见她的脸颊瞬间肿胀起来，素来不管闲事的他终是忍不住叱问出声。

“哦，原来是七王子啊。老臣眼拙，还请恕罪。”老太监敷衍地拱了拱枯枝般的手，语气里全无敬意，“这是太子的意思，奴才只是奉命行事。”

说完之后不等少年回应，便自顾转身带人离去。

女孩挂在那粗壮的臂上，摇摆得如同风中枯叶。

少年双手在袖里紧紧攥起，咬紧牙关强自压抑下想要上去夺人的冲动。

时候未到，这样做只能是引火烧身！

不忍再去看女孩那双无助的眼睛，少年猛然回过头去。紧紧握着那小小的银镯，听着那脚步声渐行渐远……

【贰】

似曾相识君归来

“卿儿，朕今日加封你为尘王。此去封地之后，当勤勉自省，切勿失了王子的体统和本分。”

昭华殿上，文武分列两边。一个眉目清雅俊秀的男子单膝跪在丹陛石下，双手高举，接过燕离王赐予的诏书。

燕离王端坐龙椅，视线不着痕迹地停留在他的身上。

颜卿，他的第七个儿子，其母妃佟氏意欲投毒弑君，事情败露之后悬梁自尽。

龙颜大怒之下，差点儿连颜卿一并斩杀。幸好几个老臣拼死上谏，这才保了他一条命在，只是从此再无王子尊荣，成了其他兄弟任意取乐侮辱的对象，就连那些侍卫太监，亦不把他放在眼里。

对于这一切，燕离王非但不曾阻止，反而刻意纵容，任由颜卿在这个冷血后宫之中，野草般寂寥却又顽强地生长着。

转眼间六年过去，当初的稚嫩少年已然成为挺拔俊俏的男子。看着他那酷似佟妃的眉眼，燕离王微眯的眼底暗潮汹涌。

早春的深夜，漆黑而宁静。

燕离都城北门悄然洞开，一辆带着王室徽印的马车驶了出来。

没有声势浩大的仪仗，没有前呼后拥的亲随，颜卿静静地坐在马车里，离着那生活了十七年的王宫越来越远。

终于……等到了这一天。

不远处隐隐有金铁交鸣的声音传来，伴随着几声短促而凄厉的惨叫，回荡在黑暗的旷野之中，仿佛阴兵过境般瘆然。

不多时，一道青色光芒冲天而起，转瞬间又消失无踪。

“主子，伏兵尽诛。”

赶车的马夫沉声禀报，宽大粗布衣衫遮住了他健硕的身形，三四把匕首的柄在衣襟下若隐若现，纵然彻夜赶路，却不见半点疲态。

“嗯。”

颜卿淡淡应了一声，静如潭水的黑眸里不见半点波动。俯身扳住脚下的暗板，用力向上提起。

“咔嚓”一声脆响，厚厚的木板竟应声而断。露出的缝隙之间，一个十四五岁的女孩正酣然而睡，皮肤莹白似雪，腕上伤痕交错，稚气的五官掩不住清丽的模样，正是他多年前偶遇的饕餮族后裔。

依样又扳断了其余几块隔板，颜卿伸手将她小心翼翼地抱了出来，取出帕子将她鼻端存留的药物擦去，他漠然的脸上终于露出了几分笑意。

为了带这个小东西离开，颜卿可没少费工夫。明知不该徒生事端，却始终无法割舍对这个只有一面之缘女孩的牵挂。煞费苦心千般算计，终于将她从密不透风的看守中成功带了出来。

等到天明时分牢房起火，所有人都会以为她已经葬身火海。神秘的饕餮一族，从此彻底化为传说。

又不知过了多久，东方渐渐透白。第一缕朝阳透过车窗缝隙，柔柔地照在颜卿怀中女孩的脸上。

细密微翘的长睫颤动了两下，随即蓦然扬了起来，露出一双满是惊恐的黑亮水眸，受惊小鹿般一言不发地挣扎起来。

“别怕，没事了。”颜卿正靠在车壁上假寐，觉察到女孩的异动之后，一边用力圈住她快要掉下去的身子，一边低了头轻柔地安抚道：“归鸿，你还记得我吗？”

听到这个数年不曾有人提起的名字，女孩瞬间安静了下来。定定地看着他俊美的脸庞，眼中惊恐的神情逐渐被疑惑取代。

从被当成药引的那一天起，就再也不曾有人如此唤她。此时听到他说出这个名字，亲切感油然而生。

细细看去，他清俊的眉眼越来越熟悉。在燕离王宫数载，那是唯一一个为了她抗争的人。虽然没有什么作用，却被她牢牢记在了心底。

“你是那个被打得半死的七王子？你怎么知道我叫归鸿？”

被打得半死的七王子……

没想到时隔多年她依然还记得他，颜卿莫名地多了几分欣喜，轻笑着点了点头，解下腰间的挂饰递到了她的手里。

一枚莹润翠绿的翡翠下，用丝绦系着一个小巧的银镯，内壁上刻着八个古朴的文字——添福避凶，佑儿归鸿。

“爹爹，娘亲……”看着颜卿将银镯套回她的腕上，归鸿泪如泉涌。

匹夫无罪，怀璧其罪。

与世无争的族人们，只是因为身怀异能便招来灭族之祸。当年那场浩劫，爹娘用性命做饵将她藏匿起来，可惜最终，她却还是身陷囹圄。

颜卿默然地凝视着她，直到她哭得累了，这才涩然地低声开口：“归鸿，你……愿意跟我走吗？”

虽然当年燕离国并未参与屠村，却将她当作药引囚禁了整整八年，那腕上纵横交错的痕迹触目惊心，针一样刺痛了他的眼睛。

"愿意！"归鸿毫不迟疑地回应，两只肿得像桃子般的眼睛满是信任。"被关了那么多年，你是唯一一个对我好的人，只要你不赶我走，我就一直跟着你！"

眼底深藏的冰霜因为她脱口而出的"愿意"二字而融化，那融融的暖意瞬间安定了他忐忑的心。

将那刻着他徽印的翡翠挂饰小心地套在她的颈间，他的声音低沉而坚定。

"以后，我会一直对你好。"

没有回应。

安心下来的归鸿，窝在一边再次昏昏睡去。只是这一次，她眉间的惊恐已然消失不见……

【叁】

树欲静而风不止

乱世纷争，诸国并立。

边塞城池寒凌，是燕离王朝最北方的一道防线。

在浩瀚的戈壁的另一边，是虎视眈眈的强国涪安。

颜卿一袭轻甲，登上巍峨高耸的城墙。几员副将陪在身后，举止散漫，神色轻蔑。

为了与太子争斗，二王子颜萧数年来倾力培养了众多势力，这边陲重地便是他最大的一处伏笔。从主将到兵丁，少说也有三四成是他的党羽。

这几员副将，便是其中一部分。只要颜卿稍有异动，便会有快马将消息送到千里之外的颜萧手中。

守城主将名为韩放，更是心思缜密，不动声色地派出了几批刺客之后，果然吓得颜卿主动请求搬到了将军府内居住，一言一行尽收眼底。

不知不觉间，又是三年过去。奉命监视颜卿的这些爪牙，渐渐松懈下来。

这个懦弱无能的尘王，摆脱了王宫的束缚，立刻忘了天高地厚。

每日里招摇过市，尽显纨绔本色。

对于众人眼中的轻蔑和嘲讽，他似乎毫无觉察，就这样浑浑噩噩，日复一日地重复着醉生梦死的生活。

"本王累了，回去吧。"

接天连地的昏黄冷清，让颜卿很快便失去了兴趣。懒洋洋地沿着台阶向下走，一个踉跄险些滚了下去。

"这台阶被风吹得都酥了，你们瞎了看不到？赶紧换了新的来！"

众目睽睽之下险些出丑，颜卿的脸一下子涨红起来，恼羞成怒地骂了一句，钻进马车扬长而去。

"一个被酒色掏空了身子的废物，也敢对着老子叱咤。哼哼，马上就有你的好日子过了。"一个满脸络腮胡子的彪悍副将不屑地啐了一句，其余几人皆心领神会地笑了起来……

车夫是个胡子邋遢的粗壮汉子，闷声不吭地赶着马车前行。路过一处卖糖的铺子，不用吩咐便勒马停了下来。

店家急忙迎了出来，谄媚地笑着双手献上一个鼓囊囊的纸包。

"新鲜出炉的梅花酥，请王爷尝尝。"

车内人未作声，只是从窗子处伸出一只手来接了过去。车夫掏出几钱碎银扔了过去，驱马向前走了不远，又停在了一个冰糖葫芦的摊子前。

如是再三，等到离开长街的时候，宽大

的车厢里已经被各种小吃堆得满满当当。一个女孩坐在中间，小嘴填得鼓鼓囊囊。颈上一枚水头莹润的翡翠，将她羊脂般的肌肤衬托得越发细腻。

颜卿含笑坐在旁边，细心地吹凉一个汤包递给她，看着她自然而然地一口咬住，他的笑容越发温柔。

“颜卿锅锅，这个好好吃。”

归鸿嘴里塞得满满当当，犹自不忘与颜卿分享，抓起一个汤包塞到他的唇边，乌黑的眸子满是献宝般的希冀。

颜卿顺势张口咬住，刚出笼的汤包烫得他舌尖微痛，注意力却完全落在了她的手上。

那白皙如雪的指尖，已然烫出了几抹淡红。

“说过多少次要小心点，就是不听。”

颜卿板起脸轻斥，动作熟练地拉起她的手轻轻吹了几下。

微凉的风掠过指尖，痒得归鸿“咯咯”笑着挣脱他的手躲到了旁边。

掌心一空，颜卿的心也是一空。

望着她的容颜，他压抑在心底的不安野草般疯长。

三年时间，他早已褪尽青涩。俊美淡然的面孔，修长挺拔的身姿，举手投足间，高贵而炫目。而她的样貌，却凝滞在了最娇艳的碧玉年华，再也不曾改变。

饕餮一族长生不老的传闻，或许有些夸大其词，但是她的生命，毫无疑问将比他漫长得多。

会不会有一天，她厌倦了他的陪伴，如同天际的鸿鹄掠过，从此消失在他的视线？

“颜卿哥哥，你怎么了？”

觉察到颜卿的异样，归鸿丢下点心担忧地凑了回来，伸出手，抚上他紧皱的眉。

“我没事。”

这小小的举动奇迹般安抚了他有些烦躁的心情，颜卿伸手摸了摸她顺长的发。

“吃饱了吗？”

“嗯。”

因为血脉的原因，饕餮一族素来胃口奇大，就算昼夜不停地吃，也难以满足对食物的渴望。

与其说是为了果腹，倒不如说是为了填满心中某一处与生俱来的空虚。

这种空虚始终陪伴着她，直到再次遇到颜卿。

唯有在他的身边，她才会淡忘那深入骨髓的空虚，好似随风飘荡的孤雁，终于找到了栖身的家园。

抚平了他蹙着的眉，归鸿这才安下心来，猫儿一般乖巧地窝在一旁，不多时便沉沉睡去。

狂风起，卷动漫天黄沙，几声长长短短的枭啼遥遥响起，很快被沙幕撕扯得支离破碎。

拉过披风盖在归鸿身上，颜卿的手忽地微微颤抖起来。

“传令，依计行事。”

咬着牙挤出这几个字来，他的黑眸中已满是血丝。

车夫沉沉应了一声，扬手甩了数个清脆的鞭花，远处又是一声枭啼应了，随后再无声息……

【肆】

螳螂捕蝉雀在后

入夜，边城将军府。

十几个黑影裹挟在浓重的夜色中，悄无声息地来到一处寂静的院落。

“韩将军。”

老将韩放一袭劲装，坐在院中石凳上细细擦拭着手中长剑。等到他们单膝跪地行礼之后，这才缓缓起身冷声道：“京城异变，今夜终于要动手了。若是你们谁有了悔意，现在退出还来得及。”

“韩将军说哪里话？”

不等诸人回答，白日里那络腮胡子的副将已然耐不住性子嚷了出来：“我们追随主子多年，就是为了这一日！韩将军休要废话，赶紧带我们去宰了那个废物便是！”

没计较李虎粗俗的言语，韩放掉转视线看向其他几人，见他们虽未言语，杀气却已在周身弥漫，当下不再多问，虎目中寒芒暴涨。

“动手！”

夜色逐渐深浓，呼啸的狂风越加猖狂起来。

几片孤叶被扯离了枝头，慌慌张张地挣扎着，在一处灯火辉煌的院落上掠过。

十余个婀娜的舞姬戴着桃红的面纱，轻盈得好似风中拂柳。伴奏的乐师分列两边，急管繁弦不绝于耳。

颜卿斜倚在松软的锦垫上，目光迷离，酒气熏然，丝毫不觉死亡的阴影正步步逼来。

众人远远便听到了这靡靡之音，均是不屑地冷笑了起来。

“这个废物还真是会享受，天天泡在脂粉堆里。”

李虎手里提着一把沉甸甸的虎头刀，朝着地上啐了一口之后便当先冲了过去。

其余人等亦是不甘落后，纷纷抓紧兵刃追了上去。

“唉……”

韩放落在最后，默然轻叹了一声……

“砰！”

紧闭的大门被人一脚踹开，风啸顿时冲散了丝竹之声。

舞姬们先是一愣，等到看清来人们手里那锋利的寒芒时，纷纷尖叫起来，与乐师们推挤着逃出门去。

颜卿摇摇晃晃站起身，撑住柱子勉强稳住踉跄的身体叱道：“放……放肆！你……你们疯……了不成？竟敢跑到这……这里胡闹！当心本王……”

“没空和你废话！受死吧！”

其中一人唯恐被别人抢了先，暴喝一声举剑便扑了过去。魁梧的身躯铁塔般将颜卿牢牢罩住，兵刃入体之声随即传来。

紧赶慢赶，还是被别人抢了先机。李虎还没来得及懊恼，突然惊恐地瞪大了眼睛。

视线从颜卿似笑非笑的脸上缓缓下落，

那人怔怔看向自己心脏位置那根犹自颤动不已的银筷。

长剑锵然而落，伴随着主人沉闷倒地的声音，失去了生机的瞳孔，写满了恐惧和难以置信。

“一起上！”

不知是谁喊了一声，被惊得呆住的人如梦初醒，各执兵刃朝着负手而立的颜卿虎狼般涌上。

“噗！”

弓弦声响，一柄羽箭直直刺入冲在最前面的那人背上。

变故再生，诸人骇然转身看向身后。待看清射箭之人后，眼珠子险些蹦出眼眶。

“韩将军，你……你这是做什么?！”

“平叛。”

韩放沉着脸，将手中乌弓重重掷在地上。

随着这声闷响，门外立刻涌入百余名黑衣银剑的侍卫，悄无声息地将他们围在中央，冰冷的眼神仿佛看着死人一般。

有人明白过来，怒不可遏地叱骂道：“韩放，你这个两面三刀的小人！竟然背叛了主子！”

韩放置若罔闻，迈步走到颜卿面前恭敬跪下行了君臣大礼，从怀中取出一只锦盒双手呈上，这才朗声回道：“老夫的主子，从来都只有王爷一人！”

颜卿并未急着接过锦盒，而是躬身先将韩放扶了起来。

“辛苦韩将军了。”

“哈哈哈！”李虎突然狂笑起来，本就丑陋的相貌越发狰狞。“别以为只有你们聪明，我李虎同样在院外设下了五百精兵以防万一！识相的赶紧放了我，否则一会儿他们耐不住性子杀进来，后悔可就……”

话到此，戛然而止。

李虎悚然地盯着门外走入的乐师和舞姬，方才仓皇逃走的他们此刻眼中寒芒犹存，周身杀意未退，当先一人走到颜卿身前单膝跪地沉声道：“主子，府内府外所有暗桩明哨俱已拔除。其余亲随侍卫已按照计划，对城内所有叛军首领进行剿杀。”

“很好。”

颜卿点头，漆黑的眸中血光隐隐。脱俗俊美的容貌，落在诸人眼里却好似修罗一般。

轻启唇，用一个简单的字眼决定了他们的命运。

“杀。”

燕离王宫，遍地狼藉。

二王子颜萧抬脚迈过太子尸体，朝着王位之上的燕离王冷笑道：“父皇还是交出传国玉玺吧，否则……”

“玉玺已在卿儿手里，你还是死了这条心吧。”燕离王微微一笑，唇角溢出一抹红痕。

颜萧一怔，冲上前抓住燕离王咆哮：“什么？你不是很厌恶他吗？那个废物，哪一点比本王强?！”

“咳咳……”燕离王咳嗽了一阵，声音中的恨意凉得彻骨，“你母后当年仗着娘家势力，陷害了朕最爱的佟妃，你和太子各怀鬼胎，不念血缘诛杀兄弟。若不装得厌恶，卿儿又怎能避过灾祸长得羽翼丰满？朕这江山，原本便是为他准备的！因为他，是朕最心爱的儿……”

话音戛然而止，燕离王呛出一口鲜血停止了呼吸。死不瞑目的双眼，不舍地望着边城方向。

“该死的，竟然服毒自尽！”

颜萧目眦欲裂，甩手将燕离王摔了出去，五官因为愤怒而扭曲，他咬牙切齿狞笑不已：“别着急，本王很快就送他去陪你。”

【伍】

山重水复疑无路

边城，秋雨寒凉。

归鸿裹着一袭蓑衣，静静地站在颜卿身后。素来乖巧听话的她，第一次拒绝了他的安排，没有留在那安逸的院落，执着地踏上了这潮湿阴冷的城墙。

脚下，是厮杀的人马。

铠甲零落，战车残破，旌旗在血海中无力地飘摇。

这场战争，已经历时月余。

尽管颜卿不说，可是聪慧如她又怎么会看不出这形势险恶。

那一夜颜卿精心谋划，将边城军营里颜萧的党羽尽数拿下。原计划攻进都城擒王平乱，没想到颜萧竟然用半壁江山作为许诺，换得宿敌涪安国重兵驰援。

内忧外患，纵然颜卿用兵如神，却也只能勉强立于不败，随着时间推移，形势越发危急。

“王爷，已经派去了十余波精锐，始终无法接近粮草所在。”

韩放哑声禀报，花白的眉蹙成了死结。

前有狼后有虎，最稳妥的办法便是焚毁粮草，逼得涪安国退兵。可是里三层外三层将粮草围得密不透风，想要接近，无异登天。

“再试一次，若还是不行，就由本王去吧。”

颜卿低语，落在韩放耳中却不啻惊雷。

“王爷，绝不可如此……”

“我意已决。”斩钉截铁地打断韩放，颜卿转头望了一眼不远处伸手戏雨的归鸿，将一枚兵符交到韩放手里，声音越发低不可闻：“若是本王没有回来，就请韩将军率领亲随侍卫带着归鸿突围离开。如此，本王便再无牵挂。”

“王爷……”韩放死死攥着兵符，额头青筋暴突，沉默良久，终于重重点了点头，“王爷放心，老夫记住了。”

忽地攥紧掌心晶莹的雨滴，归鸿眸光一荡，瞬息风平浪静，化作一抹决绝。

入夜，雨愈发紧了起来。

“颜卿哥哥，尝尝鸿儿的手艺如何。”

归鸿巧笑倩兮地呈上一盏汤盅，小脸上满是期待。

“好喝，鸿儿真是长大了。”

汤有些油腻，还带着点焦煳味道，颜卿没有点破，细细地喝了个点滴不剩。

正欲再夸赞几句，蓦地头晕目眩起来。最后看到的，是归鸿眼中滑下的泪……

“韩将军，请开城门吧。”

将颜卿的令牌递给韩放，归鸿瘦小的身子被高壮的战马衬托得越发娇弱。

胸口处，只剩下一枚翡翠，那刻着她名字的银镯，被她留在了颜卿身上。

若是此去不回，就让它代替她继续陪在他的身边吧……

韩放哆嗦着接过令牌，嘴唇嚅动了半晌却什么都说不出来。抬手抓在额上掩住泪湿的眼，用尽全身力气终于挤出两个颤抖的字："开门！"

闷响声中，厚重的城门轰然开启。远处火光隐隐，正是涪安国的兵营所在。

目送着归鸿单人只马冲进夜幕，韩放单膝跪地高喊："恭送归鸿小姐！"

"恭送归鸿小姐！"

三军将士齐齐跪地，声震九霄……

【陆】

冲冠一怒为红颜

归鸿缩着身子，猫儿一般在黑暗中穿行。

几个时辰之前，她便到了涪安军营。亮明自己饕餮后人的身份之后，被守卫带到了主将帐中。

亲眼验证了她非同一般的愈合能力，主将欣喜若狂。

他早就听说燕离国俘虏的饕餮幼女死于火灾，没想到竟然会在这里遇到。

盘问许久，归鸿一口咬定自己被颜卿劫持到了边城，关在地牢隔三岔五取血炼药，今夜趁乱出逃，慌不择路中撞到了这里。

她楚楚可怜的样子，轻易便消减了主将的戒心。

凭这么个丫头，想来也翻不起什么风浪。等到凯旋之日带回去献给国君，又是大功一件。

主将越想越美，当下假意应承救她，召来两个侍卫，让他们带她先去休息。

归鸿乖乖跟着侍卫到了一处营帐，随后风卷残云，将他们取来的食物吃了个干净。犹自捂着肚子喊饿，又哭又闹折腾个不停。

侍卫无奈，只得留下一人看守，另一人再去伙房找些吃食。如是再三，把两个人折腾得苦不堪言。直到后半夜她倦极睡去。这才得以休息片刻。

白日征战，夜晚又折腾了几个时辰，两个侍卫也撑不住疲惫，守在帐门处打起了盹儿。

黑暗中，归鸿慢慢睁开了眼睛，侧耳细听片刻之后，小心地拉开帐门溜了出来，七弯八绕躲进了一处阴影中，闭上眼深深嗅了起来。

随着年岁日长，她的五感越来越敏锐。只是她始终自卑于自己这野兽一般的变化，没有告诉颜卿。

他先前说的那一席话，虽然声音压得极低，却还是被她听了个清楚。

此时，正是黎明前最黑暗的时刻。

倾盆而下的大雨遮盖了照明的火光，整个营地笼罩在一片墨色之中。

潮湿的水汽中隐隐传来生米和干肉的味道，让她轻而易举锁定了粮草的所在。

借着极强的夜视能力，有惊无险地躲过了数波巡查的守卫，趁着空档，一头钻进苫盖得严严实实的米堆中。

顾不上休息，她急急地扯开鞋底夹层，取出隔水包好的火石和火绒，胆战心惊的几声敲击过后，竟真的在粮袋上燃起了小小的火苗，随之而起的，还有浓浓的烟雾。

糟了！

归鸿大惊失色，来不及多想便扑在了上面。湿衣压熄了火苗，炙痛随即传来。

没有油料助燃，不等火势燃起，这烟雾恐怕便先被人察觉了。

外面骚乱传来，已经有人发现她离开了营帐。

找到她，只是时间问题。

"颜卿哥哥，鸿儿好没用。"

颓然靠坐在粮堆旁边，归鸿忽地粲然一

笑，抓起一把漏在地上的生米塞进了口中。

她吃一点儿，涪安国的粮草便少一点儿。纵然杯水车薪，却也好过白白死掉。

想到自己就此与颜卿诀别，归鸿泪落如雨。腹中的空虚在恐惧和悲伤中沸腾，饥饿感潮水般袭来。

她抓米的速度逐渐加快，一口接一口甚至来不及咀嚼。粗涩的生米落入腹中，就像泥牛入海般激不起半点风浪。

散落的碎米已经无法满足归鸿对食物的渴望，不知道哪来的力气，她轻而易举便撕烂了结实的麻袋，将里面的生米和干饼尽数填进嘴里。

耳边的嘈杂声渐渐消失，她已然忘了危险和戒备。脑中的幻象尽是颜卿在城墙上诀别般的叮嘱，还有他满身血污倒地的样子。

“不！”

心脏猛地抽作一团，她黑亮的明眸蓦然被血色占据。长发无风自动，周身上下散溢出一股令人胆寒的气息。

“你这奸细，哪里逃！”

苫布被猛地揭开，主将带着一群士兵蜂拥而至。当看清眼前景象时，顿时呆若木鸡。

将明未明的晨光中，归鸿状若疯癫般仰头长啸。她的上空，腾起一只庞大的怪兽虚影，羊身人面，虎齿人爪，正是传说中的饕餮样貌。张着血盆大口，风卷残云般吞噬着成堆的粮草。

“妖……妖怪！”

士兵们顾不得捉拿归鸿，转身鬼哭狼嚎地逃走。

有几个胆小的，更是当场吓昏了过去。

主将逃了足有百步，见那怪物并未追来，这才气喘吁吁地停了脚。

转头望去，顿时目眦欲裂。

十万石粮草，已然被它吞掉了大半，那虚影非但没有散去，反而越发凝实。

“弓箭手准备！”

想到自己会因为兵败而被涪安国君斩首，主将横下心来准备拼个鱼死网破。

只可惜兵将们已经吓破了胆，一时竟无人理睬。

主将怒极，抬脚踹翻了一个逃兵，抢下他的窝弓朝着饕餮和归鸿连射两箭。

箭矢穿过虚影，全然没有对它造成任何影响。

另外一支刺入归鸿肩头，血液渗出的同时，那虚影随之淡了许多。

主将大喜，趁势再次射出一箭。

一道黑影斜刺里冲出，疾若流星。挥剑挑飞箭矢的同时，伸臂将她拥在了怀里。

“鸿儿，醒醒！别怕，我来了……”

无视头上咆哮的怪兽，无视周边奔走的敌人，颜卿就这样紧紧拥着归鸿，一遍又一遍沙哑地唤着她的名字。

尖厉的啸声渐渐低了下来，归鸿眸中溢出两行血泪。颤颤抓着他的手，她的指尖冰凉得令人心惊。

“颜卿哥哥，快逃……”

话音未落，已然昏死过去。头顶的饕餮虚影晃动两下，随之烟消云散。

将归鸿交给身后追来的亲随侍卫，颜卿眼中的温柔被彻骨的冰寒取代。

“伤她者，死！”

惊雷炸响，遮住了短暂的金铁交鸣之声。

主将颓然倒地，脖颈儿上一道血线迅速蔓延。意识消散的最后一刻，看到的是虎狼般冲杀进来的燕离骑兵。

见主将三招未过便死于敌手，本就被饕

餮虚影吓破了胆的涪安兵将彻底乱了阵脚，草草抵抗了片刻便四散逃走。

胶着了数月的战况，以涪安大败而告终。

【尾声】

两情终有久长时

念鸿五年，冬。

颜卿退了朝，来不及更衣便匆匆行至一处静寂的院落。

当值的侍从们早已习惯了这一场景，恭敬请安之后悄然退了出去。

将沾着寒气的外袍脱下丢在一边，颜卿缓步走到床边坐下，伸手抚着那沉睡中人儿的脸，小心翼翼如同呵护最珍贵的瓷器。

血洗涪安，铲除颜萧，铁血治吏，降税安民……登基不过数月，他便稳住了风雨飘摇的国家根基，被百姓尊为圣主，被他国视为“杀神”。

那高贵俊美的容颜，不知引得多少佳人芳心暗许。只可惜这位年轻帝王寒潭似的黑眸中，只有那一人的身影。

“鸿儿，你什么时候才舍得醒来？睡了这么久，不闷吗？此刻梅花开得正好，和我们当年初见一样，你醒来看看，若是喜欢，我就命人栽满整个后宫……”

明知得不到回应，他还是一如既往地在她耳边喃喃低语。眸底的刻骨柔情，非但没有被岁月冲淡，反而愈发浓烈。

那一夜之后，归鸿昏迷过去便再也不曾醒来。

为了医治，他兴举国之力搜集一切线索，终于在一本古旧典籍中发现了蛛丝马迹。

“饕餮后裔，逢五百年集血脉精华于一人，临危现神兽如真，力竭而眠，数载方醒，此后与常人无异。”

见这一句，颜卿才略微安心了些。

之后归鸿的状况，果然如其所言，昏睡了整整五年，而她的容貌也随着时间推移成长，纵然闭着双眸，却掩盖不了那空灵的气质，曾经甜美可人的少女，如今已是倾国倾城。

黑发如瀑，在枕上氤氲，栖蝶般安静了五载的长睫，忽地颤动起来……

窗外，瑞雪纷飞……怪

故国朱颜
Written by | 苏缠绵
Painting by | 梳 子
应犹在

楔子

一向平静的世家大族扈府，在接到一封赐婚圣旨后彻底乱了套。

后院闺房内，扈小姐躺在床上，面色苍白，脖子上绳索的勒痕触目惊心。扈夫人哭得极伤心：“老爷，你难道真要逼死女儿吗？”

扈老爷扼腕叹息。他膝下本有二女，长女前几年因意外而辞世，如今唯余扈小姐这一个掌上明珠，又怎会愿意让她嫁给一个残废将军？

可是圣旨已下，他能有什么办法？

屋里哭声与叹息声交叠不止，却忽然间被一道清亮的声音打破。

“奴婢愿代小姐出嫁。”

先前救下小姐的丫鬟徐徐上前，在老爷夫人跟前跪下，字字铿锵有力。

扈老爷吃了一惊：“这可是欺君！”

“老爷，此处只有我们四人。”她顿了顿，“小姐因为体弱而长年养在深闺，从未见过外人。现下老爷又即将外放江南为官，趁此机会遣散奴仆家丁，定能神不知，鬼不觉。”

扈老爷不禁对这个丫鬟另眼相看。她两年前自愿入府为婢，平日里不过是个不起眼儿的丫头，可是今日看来，竟是个有大主意的人。

“你为何如此？为了荣华富贵？”

荣华富贵。

她凄然地一笑，她曾经拥有过世间无上的荣华，深深明白那些身外之物只不过是过眼云烟。

“小姐对奴婢有收留之恩，奴婢愿借此报答一二。”她只能如此回答。

她愿意替嫁的真正原因，就和当初入府为婢的原因一样，是为了赎罪。只是这样的理由，她却无法说与他人知晓。

那段不为人知的过去……但愿这一生，都不要再被提起。

壹

大齐朝开创至今不过五年，就已将前朝皇帝遗留的烂摊子收拾妥帖。

齐宣帝甫一登位便废除了甚为繁重的杂税与徭役，同时撕毁前朝与外族签订的所有城下之盟，一年内收复全部失地。

此等千秋功绩甚得民心，齐宣帝的统治因此迅速巩固。至于他是靠谋逆夺来江山这件事，所有人都心照不宣地选择了缄默。

不久前，齐宣帝将扈家嫡出二小姐指婚给了定国将军韩祎，还特意派宫中画师去为二小姐画了像。但不知何故，几日后皇帝居然又出了第二道圣旨，将原本的婚期无限期推迟。

明面上宣称是定国将军突发急恙，但京城悄悄流传着一则秘闻，说韩将军的“急恙”只不过是托词，这第二道圣旨根本就是他亲自向皇帝请来的。

他是何意？莫非看过画像后不满扈家千金，才装病拖延？

街头巷尾都在背地里议论，不知这场赐婚风波会如何收场。

而风波里的女主角，“扈兰钦”，此时正在侍卫的引领下去往韩祎居住的主院。

推开屋门，一股清新的墨香扑面而来。定睛看去，一道男子的侧影正坐在桌案前，手执毛笔，认真地书写着。她放轻脚步走过去，瞧见桌面铺散着许多张已经写过的宣纸，上边的一个个大字苍劲有力，笔锋挺傲。

“好字！”她不禁赞道。

韩祎略一挑眉，写完最后一画后放下了笔：“你也懂字？”

她微微笑道：“学过一点儿。”十分平和友好的交流，就好像之前那场突兀延迟的赐婚根本不存在那般。

细细想来，今日尚是她第一次见到这位指婚的……夫君。扈兰钦的眼光不由得落在轮椅上他的那双腿上。

定国将军韩祎，是在齐宣帝夺位之战中居功至伟的大将军。扈兰钦还曾听过一种说法，当初韩祎其实也有坐上帝位的资格，只可惜他在战争中伤了双腿。

也不知自己是露出了怎样的表情，只听韩祎突然淡淡道：“扈小姐，麻烦收起你那悲悯的眼神。”

她一惊，连忙别开脸，不经意却发现韩祎的目光总是不时停留在她的手腕上。他在看什么？她明明什么也没佩戴。

正欲开口，门外忽然传来禀报声：“将军，西院方才进了窃贼，已被府卫拿下。”

西院？她愣了愣，那不是她住的地方吗？糟了！

她提步便冲了出去，一直跑进西院，看见一些丫鬟来往穿梭，纷纷清点着东西。她急忙回到自己房间，伏身摸了摸床沿里侧的暗格。

盒子还在，她松了一口气。

“没想到一个大家闺秀还会开凿暗格。”突然响起的声音吓得她猛地把手背在身后。

韩祎不知何时跟了过来：“别藏了，我不会觊觎你的宝贝的。”他看了看简单的厢房，“你就住这儿？”

扈兰钦一愣，她也知道这番不请自来有违礼数，但由于扈府急切要迁往江南，而第二道圣旨在推迟婚期的同时，也要求二小姐必须留在京城。无奈之下，她能想到的容身之所唯有将军府。

他似乎完全没有意识到她的尴尬，略一沉吟：“从今天起，你就搬去怀兰苑吧。”

怀兰苑？她颇感意外，听下人们说过，怀兰苑是府中最为精美的院落。她本来还担心他会赶她走，为什么……

他似乎看出了她的疑虑：“西院人杂，你也不想有一天真的失窃吧？”

扈兰钦将盒子紧紧抱在怀中，点了点头。

贰

盒中的玉镯是她仅剩的一丁点儿可以用来怀念亲人的东西。这些年来她贴身收藏着，唯一一次佩戴是在宫中画师来扈府为她画像时。

七色玉镯，天下仅此一只，名唤七玥。

当年父王命人远赴关外开采七色玉石，而后遍寻能工巧匠，将玉石雕磨成一只华美无匹的玉镯。

十二岁生辰这天，整个皇宫彻夜掌灯。父王为她举办了盛大的宴会，并将七玥作为生辰礼物送与她。她本沉浸在幸福之中，却突有太监来报，一名外臣私闯皇宫，直奔主殿而来。

父王面色不霁，可惜已来不及阻挡。外臣手提利剑冲进内殿，跪下哀痛陈情：“陛下，西北土地决不可割让给外族！”

“放肆！”父王震怒，挥手让母后将她带走。

十二岁的她，对于国事完全没有概念，只记得离开大殿前的最后一眼，看见的是那个外臣将剑置于脖颈儿狠狠一划。

当她问母后究竟发生何事时，母后紧紧抱着她只道：“没事的，一切有你父王。”

于是她便安下心来，继续做那个无忧无虑的公主。

又过了两年风平浪静的日子，本以为这样的幸福能持续到永远。直到有一天，宫殿外传来铺天盖地的嘶吼声，无数身披战甲的士兵闯进来，将利剑抵在父王与母后的喉间。

她大惊失色，第一次感到了无以复加的惊恐。

“都是因为这个昏君，我的家人被胡匪虐杀殆尽，请将军允我手刃此人！”

“不——”她被两名士兵架开，眼睁睁看着父王、母后被利剑逼退。她不断挣扎哀求，头上的珠翠发饰掉落，一头长发凌乱地披散下来，狼狈不已。

可惜，她什么也无力阻止。

眼见冰冷的剑刃刺进父王、母后的身体，她最爱的亲人，缓缓倒在了地上，再无声息。

鲜血从父王、母后身下流出，顺着地面爬向她的方向，酝湿她的脚尖，她控制不住地开始抽搐。

“将军，她……如何处置？”

“杀了她！”

“对，不能让昏君留后！”

所有人都不打算放过她。

气力耗尽前最后一刻，她听见有人沉吟片刻后吩咐：“留她一命，送去孤独园吧。”

她终于体力不支昏迷过去。

叁

从梦魇中惊醒，扈兰钦大口喘息着。父王、母后已经逝去五年了，每逢梦中相聚，最终都会出现那片触目惊心的艳红。她按着胸口提醒自己，现下她已代替了扈家二小姐的身份，一定要保得扈府平安。

窗外小雨淅沥，她披上外衣，推开窗户，忽见院门之外有一道剪影停伫，似在遥望着怀兰苑的阁楼。

是韩将军……她执伞走出屋子，小跑过去将伞举在他头上：“你还有恙在身，怎能淋雨？”

韩祎脱口而出：“我何曾有恙？”大约是忆起推婚的原因，他神色中浮现出一丝懊恼。

扈兰钦释然一笑，顺势岔开话题：“怀兰苑这个名字，是和姐姐有关吧？”

她听丫鬟说，韩将军曾与一名大家闺秀互有往来。那小姐生得花容月貌，还有一副菩萨心肠，总为郊外一间孤独园布施。后来，小姐竟为了救一位平民而葬身火中。那之后，将军消沉了好一阵子，还将府中最美的院落命名为怀兰苑。

兰钦知道，丫鬟口中的名门闺秀，正是扈府大小姐扈兰嫣。

韩祎久久不言，眸子里的光明明灭灭，也不知在想些什么。她也不强求他回答，只是推着轮椅送他回主院。

“将军，再有一个月便是姐姐忌日，我想出府为她祭拜。”

又是许久，才闻韩祎轻轻嗯了一声。

本是耐心等待一个月之期，京城却陡生变故，疫病横起。

这病一传十十传百，一个月之后，时疫已经传遍京城每一个角落。齐宣帝体恤百姓，派出数名御医前往民间，以期早日解除时疫之患。

将军府中，扈兰钦悄无声息带着包袱出

了怀兰苑。考虑到京城现下的状况，她担心韩祎不会放她出门。

来到府门口，却见韩祎已在，身后还停着备好的马车。她舒了一口气，却听他淡淡道：“今日不许出门。”

她愣住了：“那这马车——”

“近日时疫横行，你是知道的。”他打断她。

她急了：“爹娘已去往江南，京中唯有我能去祭扫姐姐坟墓！”

韩祎盯着她的眼睛：“我知道，我替你去。”

替我……扈兰钦彻底呆住，他为何如此？是不愿姐姐在忌日寂寞？那又为何要为她着想？因为她是兰嫣的妹妹吗？

然而不等她问个明白，韩祎便挥手令护卫强制送她回院。

一整天，她的心都在七上八下的等待中煎熬。她不是不知道时疫的厉害，她本就是戴罪之身，就算染病辞世也不会有何不甘。他却不同。

直至傍晚，韩祎所乘的马车才迟迟回府。扈兰钦一颗悬着的心终于落地，匆忙来到主院见他。

谁知……

“将军累了，不愿见任何人。”她被侍卫拦了下来，虽然疑惑，但好在人已经回来了，便也暂且安下心来。

直到七日后，她检视了主院丫鬟倒掉的药渣，方才确定，韩祎一定是感染了时疫。

肆

扈兰钦第一次以将军府未来主母的身份，强制命令下人为她备了马车。

她要去的地方是丰陵药庐。在齐宣帝派出的御医中，医术最高的当属驻守在那里的太医院判罗大人。

马车行进在原本热闹现下却清冷的街道上，眼见京城萧索，她不禁更加忧心韩祎的状况。

到达药庐时已近傍晚。门口排着不少症状较轻的百姓，重症病人则被隔离在后院划分好的区域内。

京城人人皆知韩祎将军乃是齐宣帝爱将，因此她甫一表露身份，便立即有药童领着院判出来拜见。

罗大人也不含糊，拿过药箱便跟她回了将军府。房内昏暗，韩祎躺在床上昏睡，一张脸已消瘦得不成人形。

摸脉良久之后，罗大人又向一旁照顾的小厮询问将军的状况。

“将军知道自己染病，根本不让人贴身伺候，就连饭菜都只让我们放在门口……”

扈兰钦心口一痛，若早知他会生病，当初她一定不会任性要求出府，也一定会阻拦他离开。

手不觉轻抚上他的面颊，感觉掌下的微微颤动，一双原本阖着的眼睛突然睁开。

“是你？”韩祎猛然偏头，“快出去！”

扈兰钦不理会韩祎的态度，只是起身恭送罗大人出府。直到离开主院很远，她才正色道：“说吧，情况如何？”

罗大人叹息：“染上时疫之人，会随着时间流逝越发虚弱，倘若一直没有治愈的方子，病人怕是会被活活拖死。”

她顿时头脑发蒙，勉力靠丫鬟撑着才稍微站稳。

“您研究时疫已经有些日子了，一定有

办法对不对？”

罗大人沉吟半晌：“确有方子，然而其中有几味药材药性极烈，且有所冲撞，尚不知服下后会有何后果。”

她眼眸一闪，哪里舍得放弃这一丝机会：“不如让我来试药。”

罗大人不禁吃惊，连连拒绝：“万万不可，此方还未完善，何况你并未染病，弄不好反会让你丢了性命。”

扈兰钦也不再强求，只提出亲自送院判大人回去。

回到药庐后，她第一个跳下马车，却头也不回地往后院的隔离区域跑。脑中浮现出扈兰嫣临死时对她说过的话：“每个人都有自己的责任，我的责任是护你周全，幸而，我不辱使命。”

她想，她现在的责任便是令韩祎好起来，哪怕赔上自己的命。

伍

如果说，亲眼瞧见父王母后被杀死的那刻犹如万箭穿心，那么在孤独园的日子便如同受凌迟之刑。

没有人喜欢她。当她第一天被送来时，园长便告诉其他孤儿说，他们的家人都是被她的父母害死的。

十四岁的她被安排做最繁重的活，砍柴，挑水，以及忍受其他孩子的欺辱和报复。金枝玉叶的她哪里受得了？她也曾试图偷跑，然而总是被人抓回不说，还要面对园长变本加厉的虐待。

“昏君和妖妇生出来的贱人，为什么还不去死？”

身躯弱小的她不敢反抗，然而心里积满了浓烈的恨意，不只恨打骂她的园主，还恨杀死她父王、母后的人，恨天底下所有夺走她幸福的人。

这样的境况直到一年后才有了一丝改变。

那一天，一辆大气华美的马车停在了孤独园外，从车上下来一个天仙般美好的大姐姐。所有人都围着大姐姐，可她不敢过去。自从父王、母后去世后，世界上再也没有人喜欢她。

她躲在后院做杂活儿，突然一个孩子来找她，说园主唤她去前厅一趟。

莫不是她又做错了什么？她哆嗦着身体去了，一进门，只听见园主恨恨道：“扈小姐，就是她。”

她扑通一下瘫在地上，以为又将迎来一顿拳打脚踢。然而，等了半晌，只等到一双温柔的手将她扶起。

后来，她知道这个大姐姐叫扈兰嫣，是一位心地极好的大家闺秀。她每个月都来看她，托她的福，园主也不敢再打她，日子好过了许多。

“我不懂，兰嫣姐姐，父王对我极好，对母后也极好，为什么所有人都恨他们？”

扈兰嫣一双美目看着她：“你父王确是一位难得的好丈夫，好父亲，没有人否认这一点。”她幽幽叹道，“可他竟忘了，他首先是一位万民仰仗的帝王。”

扈兰嫣摸了摸她的头：“人活在这世上，都有需要履行的责任。作为一个帝王，对外他签订割地条约，对内他加重赋役，只为了给你母后修建行宫园林。这孤独园内的每一个孩子，都因你父王没有履行身为帝王的责任而失去双亲，所以……你不能怪他们。”

她抱着膝盖将头深深埋下，无声无息地哭了。这些事，为何从来没有人告诉她？倘若她早些明白，早些懂得，或许便可以劝劝父王和母后，或许也就不会落得如此下场。

大哭一场之后，她病倒了。半睡半醒时，她听到别的孩子小声说着一些“搬迁”“收拾东西”之类的话；没过几天，园里便空寂下来。

她明白自己是被丢下了。不过不要紧，只要支撑几天，兰嫣姐姐一定会来找她的。

然而，她没料到有人直到现在还不肯放过她。不知是谁用火把引燃了堆放在屋子里的干草，顷刻间浓烟滚滚。火势趁着大风越烧越旺，她不得不拖着沉重的身躯滚下床，往门的方向爬去。

周围越来越烫，她浑身像锢在火炉中炙烤，力气一丝丝被抽离，意识也开始模糊。也好，活着这般累，倒不如早些与父王母后团聚。她放弃了逃生，静静趴在地上。

“和玥！”忽然间，一声呼唤传进耳里，紧接着有人撞开门，一道清丽的人影冲进来扶起了她。

“起来！我扶你出去！”是兰嫣。

“我不行，没力气了，你别管我……”

啪！一个耳光抽过来，让她恢复了一点儿理智。

“说的什么傻话！”扈兰嫣架起她艰难地往外走，“不要轻易放弃自己，爱你的人会伤心的。”

爱我的人？她自嘲地笑了，天下之大，哪里还会有爱她的人？

没走几步，顶上的房梁承载不住，咔啦一声从空中掉落。

千钧一发之际，扈兰嫣使出全力将她推开，她只能眼睁睁看着兰嫣被房梁砸倒，血流一地。

“不——”她绝望地哀号。

“你快走。”扈兰嫣拼尽最后一口气，“我既受人之托来照看你，护你周全便是我的责任。”她嫣然一笑，“幸而，我不辱使命。”

扈兰嫣抓住她的手，带几分请求地看着她：“我有一个妹妹，从小身体羸弱，以后我不在，希望你能替我照顾她。”

她无法分辨兰嫣姐姐这么说究竟是真的有此遗愿，还是只为给她一个独自逃走的理由。后来的无数个日夜里，她一遍遍地后悔，倘若那时她没有过早放弃逃生，就不会连累兰嫣。

是她害死了兰嫣姐。

从此以后，世上再没有和玥。她改名换姓，千方百计进入扈府做了丫鬟，决心倾尽所有履行对兰嫣的承诺：代替她，守护她的妹妹。

陆

昏睡数日之后，扈兰钦终于醒来。

那日她不做任何防护跑到隔离区，很快便如愿以偿染上了时疫。病势太过凶猛，罗大人的新药还未用上，她却先陷入了昏睡。

醒后第一眼，她竟然看见了坐在床边轮椅上的韩祎！

“你怎会在这儿？”她紧张地想往里缩一缩，刚一动全身的筋络便酸软无比，一点儿力气都使不上。

“你胆子够大。”他一边说一边以手击掌，很快门外便有一名丫鬟端着药碗走进来。韩祎将药端在手里，用勺子舀起一点儿送到她嘴边：“喝吧，这药很有效果。”

她心里有一千个疑问，但面对眼前这张似温柔又似严厉的脸，她不由自主地乖乖张嘴，任由他喂下一整碗，然后才问道："这是新药吗？你怎么知道有效？"

他轻描淡写地回道："因为我试过。"

试过——扈兰钦愣了，难以置信地盯着他，不过观他面色，似乎确已恢复如常。

"你为何……"

韩袆倾着上身，凑在她耳边以命令的语气道："以后，任何危险的事情，由我来做。"然后他便推着轮椅离开了，换来一名丫鬟照料她。

扈兰钦被他的气息萦绕，心如鹿撞。

丫鬟后来告诉她，先前将军醒来后才知晓她有为他试药的意图，于是不顾一切追来了药庐，当时见到的便是已陷入昏睡的兰钦。将军强硬地要求由他来试药，并配合罗大人观察药效完善药方。不只如此，他还每日都会到她房中守上几个时辰。

"将军对夫人的深情，让我们旁人都为之动容呢。"不知从何时起，将军府里所有人对她的称呼都变了，扈兰钦已经成为下人们眼里名正言顺的将军夫人。

又过了些时日，扈兰钦和韩袆的身体彻底痊愈，京城时疫也因罗大人的功劳而渐渐消退。

韩袆便在这时提出要带她出府散心。她自是愿意，可又隐约觉得事有蹊跷。韩袆这个决定实在太匆忙，若真是游山玩水，哪需如此急切？

三更天，月上中天。扈兰钦和衣而卧，心里的不安越来越强烈。突然间，夜色中传来一阵脚步声，不多时便有人闯入她房中。

竟是韩袆的贴身侍卫。

"夫人，计划有变，今夜将军便带你离开。"

她在侍卫的护送下来到府院后门，韩袆已坐着轮椅在此等候。

"以后再跟你解释，我们走。"

她便也不再多问，不知从何时起，她已然全心信任了他。

打开府门的一刻，扈兰钦被突然出现的火光晃花了眼。她听见有人朗声笑道："韩将军，这是要去哪？"

心中暗惊，她定睛看去，层层叠叠的士兵包围了将军府，似乎已守株待兔多时。

扈兰钦的心不住下沉，倘若她没有猜错，恐怕——她的身份暴露了。

果然，她听见将领又道："把和玥公主交出来。"

其实，她早就料到有这么一天，大齐朝怎会接受一位前朝公主的存在呢？抓她回去或杀或囚，她皆不惧怕。她在意的是韩袆，她的身份暴露意味着她与韩袆今后只能站在对立的一面。

她本欲主动上前，却见韩袆比了个阻止的手势。

突然间嗖的一声，一支利箭破空而来，直冲扈兰钦飞去。韩袆虽就在她三尺之旁，然而他双腿不便，根本不可能来得及救她。

"兰钦！"只见韩袆双掌猛拍扶手，整个人借力飞身而起，一把抱住她往斜空一闪，堪堪避开了箭。

她惊呼一声，以为必定会与韩袆一起摔在地上。

然而，片刻之后，只觉得自己落地时靠在韩袆身上稳稳站住了。

竟然站住了——再看韩袆，此刻的他双腿直立，不动如松，哪里有一丝伤残的样子？

不只扈兰钦，在场所有人，包括围府的

士兵、将领，以及将军府的侍卫，都发出了阵阵惊叹之声。

“想不到，爱卿骗得朕好惨。”从兵阵后方传来一个浑厚的男声，紧接着士兵们自动分开，让出一条通路来。

暗处走出一位身穿明黄华服的男子，华服上绣着的五爪金龙在火光的映衬下熠熠生辉。

她看清了男子的脸，记忆顿时在头脑中炸开。怎会是他……

柒

“你的腿因救朕而残，多年来朕心怀愧疚。没想到——”明黄华服的男子正是当今天子齐宣帝，也是……当初留她一条命，送她去孤独园的人。

韩祎搂着她，手上力道紧了紧，似在传给她坚定的力量。

“皇上，臣只为远离朝堂，不为欺君。”

她心中起伏万千，她知道这片江山当初是由齐宣帝与韩祎联手从父王手中夺得，在最后一役中，韩祎为齐宣帝挡下暗箭以致腿残，因此齐宣帝才代替当时呼声最高的韩祎登上皇位。

难道说，他当初是为拒绝帝位才佯装残疾？

齐宣帝负手而立，爽朗地笑道：“韩爱卿为朕的江山立过汗马功劳，朕可以原谅你。不过——”他话锋一转，凌厉地看向扈兰钦的方向，“这一位，和玥公主冒充扈家千金，总算欺君了吧？你说，该当如何？”

韩祎昂首，淡淡一笑：“欺君之罪，自该株连九族，包括我。”

齐宣帝似乎没料到他会如此，声音透出大大不悦：“你们并未真正成亲。”

一扬手，便有一队士兵包围过来。

“且慢。”韩祎声音不大，却有着不容抗拒的威严，“御赐姻缘，怎可收回？”

扈兰钦不明白他究竟有何意图，只觉得一双手将她的长发挽起，最后从怀中取出一枚古朴优雅的碧玉簪，斜斜插进了她的发髻。

“皇上，这是我韩府世代相传的簪子，只交给韩府的女主人。”

在韩祎掷地有声的宣告中，她泪水迷蒙。

“对不起，我并不想这样强迫你。”他小声地抱歉道。

韩祎抱着她，目光坚定地望着齐宣帝：“她在，我在。她亡，我亡。”

齐宣帝沉默良久，突然低声笑了：“好一幕同生共死。韩爱卿多虑了，朕从未打算夺走你的挚爱。”

韩祎面色依旧不善，只是眉毛微动，似在思考齐宣帝的话中之意。

“看看刚才射向你夫人的箭。”

一名侍卫躬身拾起，仔细查看之下，发现箭居然只有箭柄，没有箭头！

“早在她出府寻求御医时朕便接到密告，倘若真要捉拿她，又怎会等到你们病愈才来？韩爱卿一向冷静，这次也是关心则乱啊。”齐宣帝大笑几声，而后翻身上马，带着士兵往皇宫的方向而去。

领兵的首领快步走至韩祎跟前半跪：“皇上不能容忍前朝血脉与臣子勾结，却可以成全将军心中所爱。今夜前来只为试探，将军今后大可高枕无忧。”

一场突如其来的惊变又这样悄无声息地结束了。

她显然还未能理清思绪。韩祎护送她回到怀兰苑，她甫一上床便紧紧闭上了眼睛，仿佛这样便能逃避一切。

作为扈兰钦，她可以安然待在他身边；可是作为和玥，她不可以忘记父王、母后的惨死。她不再怨恨，不恨齐宣帝，更不恨韩祎；可不恨，并不代表可以爱。

几日后，天还未亮透，一名女子挎着包袱，独自从后门离开了将军府。远处，男子目不转睛地望着她，目光里分明蕴藏着万分不舍，却并没有出声挽留。

“将军，您为何……”

“她只是需要一点儿时间。”韩祎轻语，似在回答小厮的话，又似在自言自语。

他想，他今后唯一能为她做的，便是耐心地等候。

尾

他当年曾是一名驻守边关的将领，有一天接到朝廷命令，要他带队去采掘关外一种七色玉石。

他知道，宫中有一位骄纵无比的公主，她的父王喜欢搜罗天下奇珍来讨女儿欢心。这玉石，只怕又是同样的用途。

他耗费了两年时间才找到玉石，又按照朝廷吩咐请来能工巧匠将玉石打磨成一枚玉镯，取名为七玥。

他亲自进京进献七玥，皇帝十分高兴，设宴款待了他。宴席中间，有一名豆蔻少女来寻她的父王，那便是和玥公主。她天真无邪，笑靥如花，还礼貌地朝他点了点头，一点儿都不似外界传说的那般骄纵。她只是一个被宠上天的女孩而已。

虽然她不可能因一面之缘便记住他，可他，烙在心间，念念不忘。

后来，国家时局越发动荡，他在大义的感召下不得已举起了大旗，直至最后攻入宫中，他为齐宣帝挡箭受了伤。其实他的伤势本不算严重，可一想到她的脸，他实在没有办法在此种情况下与她面对。他向齐宣帝提出一个交换条件：不争皇位，但请饶公主一命。

齐宣帝遵守承诺，将她送往孤独园。他不敢亲自探望，只好请好友扈兰嫣代为照看。怎料一场突如其来的大火烧毁了孤独园，兰嫣与和玥皆消失不见，应是葬身火海。

得知这个消息后，心碎，懊悔，自责，他陷在痛苦之中，性情越发冷僻。

三年过去，齐宣帝欲将扈兰嫣的妹妹指婚于他，他同意了。兰嫣之死令他心怀愧疚，能为她照顾妹妹也好。只是——他却万万没有想到，当宫中画师将扈家二小姐的画像交予他时，纸上的娇容竟意外地熟悉。更重要的是，画中的她右手轻抚额发，而那只手腕上，正戴着世上独一无二的七玥！

他与她，居然还能在风云变幻的世间重逢。一开始，他不明白她为何突然变成了扈兰钦，因此才请旨推迟婚礼；后来，经过许多事，他终于看清了自己的心，于是暗暗起誓，一旦他握住了她的手，这一生都不会再放开。

冬去春来，一转眼，她已经离开将军府整整一年。韩祎每日皆会来怀兰苑练字，他知道，她不会离开太久的。因为，她带走了那枚碧玉簪，却将她最珍爱的东西留在了府中。

韩祎打开手中精致的木盒，里头躺着一枚七色玉镯，玲珑剔透，华贵无比。

他想，只要他等下去，总有一天，会等到她归来。轻

酒
妖相无双
Written by | 阿荧
Painting by | Easiyu.羽

一

明禄坊位于十景河边，到了晚上，潺缓波光上有无数灯光轻漾，简直要与天上银河争辉。到处都是管弦声，只听轻歌相和、笑语起伏，好个销金的妖宫、葬魂的地府，不知有多少风流传奇，又或不足为外人道的勾当，在此上演。

一个精干小厮把袖子高高卷起，做了个眼色，几十个人高马大的伙计点头会意，分两边散开，向一个闲置的院落悄悄包抄去。人都到位后，小厮一声呼哨，大家一齐动手！扒墙的扒墙、撬锁的撬锁、蹿屋顶的蹿屋顶。院内那素髻宽袍的女子，毫无抵挡余地，被抓了个正着。

她眉目平平，只是带着一种特殊的温和与迷惘，就像水烧开后的蒸气，雾蒙蒙充斥在那里。

“怎么到这里都能被你们找到？”她愕然，倚着荼蘼架，一手放下不过巴掌大的酒坛子，一手扶正发髻旁边弯如新月的银篦。

粗壮伙计们视线扫过地上的十来个小坛子，哑口无言，脸色黑得像泼了墨。那小厮进来，往宽袍女子面前一跪，大放悲声：“老板！你回去吧！好好干活吧！别再偷自家的酒喝了！这都是钱——哪！”

是了，这个随便披件男式宽大袍子就敢乱跑、身上除了结髻的银篦和束带的石缨之外别无装饰的女子，就是明禄坊最红的酒家老板兼首席酿酒师，无姓，闺字无双，人称无双姑娘，或无双老板的就是了。

她不久前才出现在明禄坊，无根无蒂，凭一手过硬的酿酒技术，先是单挑各酒家，后来被各酒家联手群攻。她没输，老酒家们没胜，眼睁睁地看她一炮而红，成为明禄坊最知名的一块招牌。

幸亏无双酒家能供应的酒不多，占据不了多少市场份额。

因为只有无双亲手酿出来的酒才有那特殊的风味，换个人就不行，程序一样都不行。真是天晓得为什么！何况，她任性，说不酿就不酿。更更何况，她还馋！自己偷自己酿的美酒喝！结果能拿出去卖的就更少了！

于是在其他店伙计都抱怨老板盯得太紧、管得太严的情况下，无双酒家的伙计们却要天天双目炯炯地盯着老板：又跑哪儿去了？抓回来酿酒！好好干活不许偷懒了！喂，不许偷喝！

“不回去。”无双哀求，“家里不是闹鬼嘛？我逃出来躲在这儿，不想回去。”

是啊！说是闹鬼，其实也只有她一个抱怨，肯定是偷懒的借口而已！小厮嘲笑道：“是啊！一个懒鬼，只有老板才看得见。”然后呼喝着伙计们，“老板再不走，就扛上！”

“好！”几十条好汉暴喝一声，摩拳擦掌。

“喂！”无双为之气结。

摩伽抱臂倚墙而站，脸色阴晴不定。她……是真的看不见他了？像凡人一样？

“老板啊，回去，丁大娘在。”小厮在无双后头碎步跟着，絮絮叨叨。

摩伽伸手，想触碰无双额边很淡的一丝伤痕。他指尖附着一道小小的咒术。

“丁大娘提的亲，你认真考虑一下嘛！”小厮恳求无双。

无双猛然止步回头。摩伽差点儿戳着她眼睛，赶紧缩手。看得摩伽都开始发毛了。她指着摩伽身后的墙，对伙计下令：“这一条砖缝没对齐！帮它刷一层粉遮一遮吧！”

摩伽唇角微微上扬：这龟毛性子倒是跟以前一样。

小厮道：“墙什么的管它干吗——啊，老板！丁大娘的侄儿，你招了入赘吧！你好歹是个姑娘家，人又迷糊，怎么做大生意？有个男人帮你照顾一下多好。”

无双侧过头，认真地考虑。

平地猛一阵风起。吹得树木乱摇、沙子腾空飞卷迷人的眼。众伙计抱头鼠窜，跑出几步，又回来救无双，嘴里嘟囔着：“怪风！看来真要请术士看看了。”

二

妖侍们围着摩伽叩头：“吾皇息怒！万一引来术士关注，乃至激起妖界与人间的大战，岂不是不妥得很？”

烈风渐息。

一个自诩聪明的妖侍灵机一动：“吾皇既还生着国相的气，逮国相回去治罪不就好了？”

摩伽眼刀一扫，敛下来的风力“噌”就朝他捅过去了，差点儿没把他噎死！

一个老成的妖侍赶紧道：“吾皇圣明！不如先回妖界。或许去黑风谷的人已经有了发现回来，须吾皇定夺，也未可知。”

摩伽这才起驾回去了。老成的妖侍对着自诩聪明的那个哼哼冷笑：“奔波儿霸！你知道国相怎么贬谪的？”

“呃……因为非主张废后不可，跟咱们圣皇闹矛盾了？”

“哼！那你知道国相怎么发达的？”

顿时叫人——哦不，叫小妖来劲了！“吾皇还当皇子的时候，国相做学士，被人恶整，半夜还在书阁里干活，幸亏吾皇慧眼识人才。就这么着，国相辅佐了吾皇！吾皇登基时，不是还没立后嘛？祭天地仪式上，国相就代替了后的位置。吾皇登天台祭天，国相就领着百官在地坛祭地。唉！我有幸在天台第三十一层台阶侍立！紧挨着健锐营、金玉礼赞官。看吾皇拾级而上，着大礼弁服，戴十二缝五彩落星古象绛纱冠，系朱面素里金龙凤革大带，佩六采绶，持玉圭……”

老成妖侍打断他：“我在地坛，看国相清瘦了。咱们一履一钉、一戈一甲，都是他检查过的。吾皇举祭杯，国相率百官应和成礼。灯火辉煌，上下交映。我见吾皇俯首下望，国相抬眸凝视，那一刻简直像是：我们妖界可以蒙他们福祉，稳固千万春秋。后来的平叛之战你也知道了？难怪国相能得吾皇信任。”

奔波儿霸讪讪道：“难怪人说国相专权。”

是。国相作为臣子的荣耀达到顶峰，随之而来是流言四起。国相不为所动，仍然大刀阔斧重整人事制度、推行新的改革，当旧元老们附着在旧制度上的利益都像软弱的蚌肉一样被毫不留情地剥离时，对国相的攻讦到达了最高点。甚至他主持祭地仪式，也被当作狂妄自大的铁证被拿出来说事。

再之后，新皇终于立后了。

国相却容不下新后，尽全力反对，终于导致君臣决裂。

侍卫长探头：“喂！说什么呢，你们两个？站好！”

凤辇从宫门驶过，缨络上晶铃摇响，蔓帘长长地掩下。侍卫低头，看不见轿中的娘娘，是否如传闻中一样……容颜酷似国相？

三

少年登基。都说是少年登基。

一千年光阴，在妖界，也不过堪堪年少。

那么，三百年前，他连少年都算不上，无非是个孩子。

且是个受排挤的皇子。有的时候，甚至受暗算。

那出诡计其实粗糙得很，他也不知道自己怎么就会上了当，等发现双足深陷泥沼，已经晚了。

偌大的学士阁，寂寂无人。都怪妖界重实用、轻学问，学士阁本就等同于朝廷的冷宫。摩伽想着，明日若有人发现他的尸体，只会以为他贪玩丧命，不知有没有人替他哭一声。这样思忖的时候，他感觉到如沼泽般的冷气从足踝朝心房攀缘缭绕，像蛇。

然后他看到一张脸，说不上美，但眉目间有种浩大而坚定的柔和，对他看了短短一瞬，就对他伸出手，简简单单地说：“来！”

相当细的手腕，那一刻却叫他觉得，把一生交过去，都可以依赖。

这个学士，后来就成了他的谋士。说是百无一用的书生，竟然成了他最重要的臂膀。他渐渐长大，变得沉着、懂事，在决战的前夜却也难免徘徊不定，终于叫众人都离去，只留了最重要的人在面前，说了几句话，许诺道：“我若登皇，必以卿为相。”顿了顿，忽激动地补了一句，“卿不弃我，我不负卿。”

“……卿不弃我，我不负卿。”三百年后的摩伽在窗下小寐，迷蒙中喃喃，唇角泛起一丝苦笑。

呵，君臣间也有过这样的好日子！

三百年后他选的皇后，国相不赞成，竟不惜捏造证据，要求废后。他百思不得其解：国相怎么成了这样？却有人把铁证摆到他面前：国相是嫉妒皇后！国相其实是个女子！

他震怒，将他的国相、他如此信赖的臂膀叫来，当面对质。国相不承认、也不否认，只道：“这与臣的性别无关。”

“无关吗？”他双手按着案缘，感觉冷意从掌底缭绕上来，如两千年前，那条蛇。

“无关。”这样简单、疏冷的回答。

御案被他掀在空中，翻个身，落地，裂开，连案上的晶剑也碎裂。这晶石至纯，制剑后可以诛一切妖。他一怒之下，把晶剑都摔碎，千万片锐利晶片溅起，要是杀伤了国相，国相只能领受。

他恨了一声，伸手去捉回晶片。只有一丝晶片擦着国相的额角掠过。有鲜血滴落。内外侍卫的惊骇声闷在了喉咙中。在摩伽攥着满把碎片能说出任何话之前，国相，这个听了他一切秘密、却瞒了他三百年的女子，不理会他受伤淌血的手掌，柔和而坚定地伏身行礼，道：“吾皇既信她不信我，我便弃绝妖界，从今往后，眼不见，心不烦。”

他愕然。怎么会演变成这样？这……这是一句诅咒！

她诅咒了自己，从此绝迹于他的世界。

珠帘摇动，凤冠霞帔的端静人儿到了他的案前，香唇微启对他道：“吾皇，黑风谷有人回来了，你要听吗？”

摩伽惘然抬头。

真是相似啊！这张脸。眉黛楚楚胭脂透，又添了婉转嫣然的笑，如此动人。从第一眼起，他就想：他是永世没福分见这样的妆容与笑颜，出现在国相脸上了。

四

“我们老板是妖？”无双酒家的小厮惊呆了。

“没搞错吧！我们叫你是来查闹鬼的事！”几十条好汉也惊呆了，“还有差点儿把我们老板吹死的妖风！”

“没错。”被重金聘来的道士坚定地点头，“她不是人！”

“那我是什么？”无双也抬起手，愕然地看看自己的手臂，咬一口，疼，且会流血。

道士猛然一蹦三尺高，桃木剑划出星火护在自己身前，嘴里念念有词。

围观人等把臂后退三步，挤得更紧，伸长脖子等着看怎么回事。

什么也没发生。

“道长！怎么了？”小厮急切地问。

“哦，没什么。”道士很尴尬。他还以为这个“不是人”的老板娘要喷出血咒什么的呢……害得他防卫过激了。咳咳，真是对不起观众。

“总之！”他摸摸鼻子，“这个妖很厉害，我对付不了。我师父、师叔们随后就来。他们都不收钱的！当然你们愿意孝敬小观香火钱那也……喂，你们什么反应！”

无双点头，做出最合理的推测：“我知道了，你们是被其他酒家收买的。”

疑心被煽起，闲言碎语像春天原野上的小花蔓延。道士的自尊受到了伤害，顿足咆哮：“不收了你，对不起我们的名声！”风波演化得如此激烈，一向很有眼力见儿的小厮害怕了，劝无双到乡下去避避风头。

无双恼了：“我为什么要避？你也觉得我是妖？”

其实小厮根本不在乎老板是人是妖，只要不吃他、而且能带他们发财就好——但这话是不能直说的：“老板！唉，老板！你受了伤怎么办？识时务者为俊杰，躲躲也好嘛！”

无双终于拗不过，往乡下去，却一步踏入了早布好的七星阵。

这帮人来得还真快！

桃木剑头划出来的火星聚成狂龙，冲着无双吐着毒信扑击。无双闭上眼睛——

她飞了起来。

不知哪来的狂风，像大刀舞动，将毒龙煽得更癫狂。那龙张牙舞爪脱离了主人操控飞起来，忽而鳞甲片片碎裂散落，每一片都化作新的蛇，扑向原主，害得老道们在尘埃中哀号翻卷。

无双睁开眼睛，左看右看，只见风号云卷，她一个人飘飘荡荡在青冥中。说不怕是假的。她连声儿都发抖了：“哪位神仙救我？显个形儿看看好不好？”

什么神仙？摩伽忍不住抱怨。反正她给自己下了毒咒，再也看不见他、也听不见他，他倒敢说出心里话了：“神仙有什么了不起？十二星宫大战到现在还没打完。室女宫什么的都被踏平了，里头仙子还不是四处逃窜。哪有我们妖界太平美满？”

无双嘀咕：“怎么这么大风。我这是要往哪儿去？”

一串蓝色火花在她与他的脚底升起——兰月火曜日。

妖们在这个日子，燃放兰焰，好吓退魅妖。

所谓魅妖，据说原本也是妖，但选择了

邪道修行，以妖为食，很善于伪装，只有一条乌黑的魅尾可供辨认。经过三代之前的大围剿，它们在妖界已经绝迹了。只有火曜日的仪式保留下来。

摩伽似听见耳边响起三百年前小小少年的声音：“先生，我不爱宫廷。那里面全是魅。”

他揽着无双的手臂，不觉箍紧：“我曾对你说，宫里的人全是魅。这只是打个比方。你怎么敢指控我的新后是魅妖？指控也不指控得像样些！竟然做个假的魅尾装在新后身上叫我们看！你不是很仔细吗？智商就只此而已？你……你真嫉妒她？那又何必出此下策？只要你……你……”明知这狠心的女人听不见，仍脸红心跳，竟说不下去，但闭了闭眼睛，道：“你不喜欢我，也罢了。怎么连我身边有个似你的人，都不容？你就陷害她、甚至追杀她？”

无双打个哆嗦：“风怎么这样紧？好痛。”

摩伽放松手臂，带她降在宫中。他的侍卫长迎上来，神色惊疑不定：“吾皇……”

“把她带下去吧。”摩伽淡淡道，“黑风谷那个唯一幸存的孩子怎么样了？”

五

黑风谷绵延千里，有七个村落，都以种田打猎为生。戚阿宝是戚家村村长的孩子。那年戚村的田地里忽然发现了粮瘟病。长得正茂盛的当季粮啊！戚村长当机立断，叫乡民们将庄稼全烧了。有些人舍不得，也被村长逼着，烧成一片焦地。

事实证明戚村长是正确的。其他村落因为舍不得，结果让瘟疫蔓延，把吃食毁得干干净净。只有戚村在焦地上补种了些命贱、产量大的粗粮，旁边还留出几十丈方圆的焦地隔离，粮瘟传不过来。粗粮得以丰收，虽然口感不行，至少能保肚子。周遭诸村就来问戚村买粮，除了金银钱钞之外，有个涅村长把他出名漂亮的女儿都送来了。谁都知道戚村长早早丧偶，阿宝记事儿起就没了妈。涅村长这是想做戚村长丈人的意思。

戚村长却道：“你的女儿，你领回去。”涅村长还继续赔笑拉关系，戚村长道：“你把你新纳的小妾送过来吧。”

阿宝记得，涅村长猛然间面如死灰，像戚村长要的是他的性命。

毕竟一村人的肚子更重要。那小妾，还是送过来了。轿夫扛了一乘小轿来，把轿子放在地上，就退去了，戚村长亲自掀开轿帘，将里头的女子扶出来，老泪纵横，对阿宝道：“快叫娘亲。”

阿宝抬头……

他不记得自己看到了什么。眼前似乎是一片空白。他的所有记忆呼啦一下子变成了空白的，直到不知多久之后，几个妖侍把他救醒，告诉他：所有他的亲人、村人都不见了。黑风谷空了。只有他小小的身子落在枯树缝隙中，大概因此才保得一命。

新后曾被人追杀至此，贴身丫头沦落为当地村长的妾室，后来与所有人一起失踪。新后怀疑他们都是被国相杀了。国相本来的目标是新后，失败之后，杀人灭口，却无意中留下一个人证。

阿宝是惊吓过度吧？所以失去了记忆。如果他恢复了记忆，指认国相。那么即使摩伽，也不能再保护无双了。

摩伽曾当无双是个饱学儒士那样敬仰，叫她“先生”，叫了三百年，从半大不大的孩子，长成了风度翩翩的少年，看她总是那般样子，不由好奇："先生，你到底多少岁？"

她含糊道："总比你大就是了。"

她骗了他三百年，还亲口对他说，她的性别与他无关。

平生头一次，摩伽忍不住他的脾气，摔碎晶剑，误伤她的额角。在他准备道歉之前，她已经发出毒咒，离他而去。

摩伽不知道自己到底做了什么，惹她发这么大的火。她欺骗他，他还没问她的罪呢！

他们曾经是那么要好……在庭院里与同伴玩耍时，那些小妖侍们用树枝结了冠冕，给他戴上。他玩累了，她来接他回去歇息。他取下树枝的冠冕，戴到她头上，困眼蒙眬地说："你戴着好。"

登基时，祖先传下的五彩落星绛冠压得他脖子疼。他已经知道不能任性地叫她分担了。但她如果真问他要，他想，分享也是没问题的。

结果她弃他而去！

"卿弃我，不是我负卿。"摩伽立在无双面前，恶狠狠道。

无双茫然地睁着双眼。由于诅咒的作用，她什么都看不见。侍卫惶急地赶来禀报："黑风谷戚阿宝暴毙！但在死前，他想起来凶手是国相！"她听不见。庭中元老、高官们一起来请愿："有传言，国相才是魅！如吾皇不信，何不叫她显出本身来看看？"句句严厉的控诉，对她来说也不过是空茫的风声。

妖有两种身，一种是幻身，在修行中可以自行选择；还有一种是本身，即最初的形态，所谓"原形"。魅妖若显了本身，魅尾仍会在。

无双当初指认新后为魅，要求新后显本身。在他"你就让朕看看有何妨"的帮腔下，新后含屈忍辱，果然显原形。无双指着新后道："瞧！瞧！这不是魅尾？"

可那根本是假的魅尾，用咒术捏造的。

外头的请愿声，更加响亮了，到了要吵破耳朵的程度，忽然停止。新后姗姗行来，善解人意、柔媚地对他一笑，转身对众请愿的妖界大佬们道："其实吾皇已对废相做出最严厉的惩罚了。"

哦？他做出了？摩伽自己都觉得诧异，支着耳朵听他的新后道："此人在妖界，已经视无所见、听无所闻、嗅无所味。各位试将五观皆闭，是怎么感受？何况还丢弃了在妖界的记忆，已经不知道因果了！不知因果的受苦，是最痛苦的。废相被吾皇带回妖界，受苦到现在，还没有发疯，妾身已深觉诧异。就让她在这儿无休无止地待下去，已是最重的惩罚了。"柔媚语调中，满满是对摩伽手段的钦佩。

摩伽似觉头盖骨被利刃分开，一盆雪水"哗"地倾下。

在众人纷繁的醒悟、赞扬声中，他默默转身走开，避开无双空洞的视线、看了看无双已经痊愈的额角，从她身边走开，到后头的小房间，在旧椅子上坐下。

他把她安置在他们三百年师生隔案相对、同窗研读的旧屋中，她看不见。他为她医治额角的伤痕，她没感觉。她回妖界，等于坐在一片雪原中——不！雪尚且有颜色。而他令她面对的处境，是一片空无。

绝对的"空无"，到底是什么感觉？

他试着将视觉关闭，颜色都消失了。但他能听到枝头小虫子爬过树叶的声音、感觉到身下旧椅子舒服的线条。

他把听觉与触觉关闭。于是嗅觉变得敏锐，能闻到徐徐散发的木头的香气，另一个房间里传来的她的气息……

呵，她的气息！

他狠狠把嗅觉、味觉全关闭。

于是一切都与他无关了。只有心底的声音浮上来：

“你是什么妖？本身是什么？我问过你。你不答，只责怪我失了学生的礼数。礼数这么重要？皇后为了我甚至能现出本身，你为什么不能？是我对你来说不够重要？

“你去人间也罢了。人家给你做媒，你居然还真的考虑？你岂不知妖与人结合，要害了人！你这样细心，事先怎么没想到这点？

“在学士阁时，你看见一本书放错、一个字写歪了，都要计较。同僚们都受不了，故意把书库弄乱，害你熬夜整理，误打误撞救了我。辅佐我时，你也没宽待过我的错，哪怕再细小。这样的你，我为什么还舍不得你？

“为什么我要去看你，拨弄你的用具，害你以为闹鬼？

“从道士手里救了你，也罢了，为何挽起你就不愿再放下，一直带你回妖界？

“原是我痴。”——原是他太痴。

摩伽睁开眼，心地清明。

他行至她的囚室，最后望她一眼，吩咐侍卫：“放回去吧！”

又有抗议声。他置之不理，只道：“不管她是什么、做过什么，反正已经都放下。只是个凡人而已了。”

她酿的酒，那么美味。只因每次酿造时，都有仍然效忠她的小妖灵，舍生忘死地扑来，以命入味。那些妖灵比妖低级，服食原也不妨。但无双在有记忆、看得见时，是绝不会允许的。她这样尊重一切生命，哪怕仅仅是妖灵。

再不敢相信，他也只能承认这个事实：她真的放弃妖界的一切了。

这样彻底的诅咒，连他都解不开。

不知道在一片空茫中，是什么声音、什么回忆支持着她没有疯狂。他也不必追究了。对她痴到这般地步，他也该放手了，就让她回人间度余生吧！

六

黑压压的军队，拦住了无双的去路。

摩伽惊怒：妖军竟然违逆他的命令行事！

“是又有妖死了，而且明显是死在魅的猎杀下！”新后慌张地绞着手指，对他道，“大家都很害怕。吾皇，听说废相在人间也还大量服食妖灵？回来妖界，她就又开始吃妖了！”

“她一直在我们的监视下。”摩伽脸色发白。

“大家说……说她还保留着记忆和妖力，所以骗过了……吾皇……”

“这是不可能的！”摩伽大喝，“我证明给你们看！”

军众抬头，看妖皇高高飞凌于众人之上，厉声道：“你们都知道国相在学士阁中与朕结识，却知不知道那时朕中了兄弟的阴谋，在陷阱中快死了，是国相置自己性命于不顾，救朕出来！你们都知道朕登基后有人叛乱，却知不知道是朕的兄弟在背后操控，而国相从始至终挡在朕前面！你们都知道废相时国相被朕的晶剑击伤，却知不知道那是朕一怒之下摔碎晶剑，剑的碎片要伤到朕，国相挡在了朕前面！”

前两桩都是真的，但最后一桩……她没有挡。他撒谎了。那又怎么样？他袍袖一卷，啸道：“朕与国相，本来有妖契束缚。朕的性命在国相之上！如今朕要将自己置于险境，你们看国相有没有反应，就知她是不是真的舍弃一切了！”

说着，他要自伤。可是身为皇者，他身上有祖先的庇佑加持，要自己伤害自己都做不到。好在还有“诛圣台”，设有的锁链与晶刃可以破解祖先庇佑。皇族人员要是有罪要受诛的，就进这个台里接受惩罚。想他登基那年，他的兄弟摩罗，还有摩罗的生母阑妃作乱，想把他弄进诛圣台，结果自取灭亡。如今摩伽自己进去，把自己锁住，然后让台上晶刃划破自己的手臂：“看？她没有反应，是不是？”

无双呆立，眼神茫然。他在她视野中，是真的不存在了。他喉头痛楚，大声疾呼：“不管什么理由，废相已弃绝一切前尘，没有记忆和妖力，不可能偷逃作案。魅另有其人！你们听我的命令，放下武器回去，今日的事我不追究！”

有军士动摇了。但又有军士掉转兵刃，反过来逼动摇的军士继续往前。而元老手中亮出兵符——本该在他寝宫中收藏着的兵符！

事情不对了。摩伽心重重地跳，要打开锁链，从诛圣台中出来。但台锁已被从外面封死，晶刃自动运行，要取他的首级。

新后把手从台外机关放下来，对他盈盈地笑，身后一条魅尾，高高扬起：

“是啊，如今也不怕叫你知道了。”她笑道，“你以为你把兄弟和母妃都杀了，对吗？却没想到还留我一条命在！我就是阑妃，如今的魅，只有国相看出来了。她要揭穿我？可惜我是魅啊！我抛弃了原来的形象，但能变幻成你们心中最爱的形象。所以戚村长视我为亡妻、你视我为国相。阿宝那孩子一无所爱就一无所见。我吃了黑风谷的妖们，国相追查，我就嫁祸国相。国相要你们看我魅尾，我做一个假魅尾，让你们反以为国相栽赃我。你竟然自己把自己锁进诛圣台！哎哟，我要笑死了！我为什么现在向你坦白？呵！因为我要吃了你！而其他人？他们是听不见的。我是魅呀！看我施出魅术，叫他们只能听见我哭着指责你庇护废相。瞧！他们被我煽动得多愤慨？”

是的，军众和元老们都骚动了。而晶刃已经将摩伽逼到死角。他再无逃避的余地。

然而……军人和元老的骚动似乎是对新后而发？他最精锐的龙骑队、本该守在边关的，此刻竟及时赶到，飞翼遮天蔽日，把反叛的力量压制住了。无双茫然的表情一扫而空，向诛圣台疾奔而来。

新后也感觉到不对了，掀起衣袂，看见破魅符，尖叫：“这是什么时候放的？”

魅术被击破。她刚才的自白没有受魅术遮蔽，全叫人们听见了。无双没时间废话，一手拧断台锁、将自己身子扑在摩伽和晶刃当中。

他有句话说对了：他的性命在她眼里如此重要，甚至超过她自己。

并没有什么所谓的契约束缚，她只是……如此在乎他，超过他的想象。

她从未弃他而去。

揭发新后失败，她发现新后已与元老们

勾结，甚至渗透军队，于是她以退为进，在人间韬光养晦，暗中布局。小妖灵们是来向她传情报的，碍于新后耳目，只能以舍身酿酒来掩饰。直到这一刻，尘埃落定。

无双阻住了晶刃，他得以脱身出来，诛杀了新后。这个女人，到这一刻，才真正死了。他谨慎地确认。

而无双也已奄奄一息，对着他，抬起手，抚平他侧面的妖翎，松了口气："现在好了。"

心痛到一定程度，竟觉不出痛了。他对着她尸身，惘然地想：如今他算是能看见她的本体了？

她的尸身却再无变化。

她一直以来给他看见的，就是她的本来面目。

他忽然明白了！线索历历都在，他居然这么蠢，直到此刻才醒悟：她不是妖，而是仙界大战中逃亡的室女宫的仙人。所以她这么苛刻，连一个歪了的字、一丝伤了的翎都难以容忍。所以她能看破新后的魅尾。所以她不会真的被那决绝的诅咒所困。所以……她不能嫁他！

妖与人结合，会伤害人。仙与妖结合，却会伤害妖。

他低头，看着她尸身逐渐模糊，化作了千万朵鲜花。

这是她跟小妖灵立的契。小妖灵为她而死，而她承诺，在她死后，以她的尸身为滋养，换妖灵们重新获得生命。

作为花朵而重生的生命。

怒放的花丛中，他一瞥而见她的心。在兰月火曜日之后，被割得七零八落。

他说："你为何不容我身边有一个似你的人？"

他说："神仙算什么？室女宫不是都被踏平了。"

他说："你不喜欢我。"

他说："卿弃我，不是我负卿。"

句句如刀割着她，还不够。他在她面前把自己愚蠢地置于晶刃下，以为她不在乎。

她在乎，但她召唤的龙骑队还没有赶到、新后还把他捏在手心，她还不敢动。她忍着，担心着、害怕着，直到一颗心支离破碎。

这颗心终于也全化作繁花似锦，一丝血迹都没有留下。

现在他感觉到痛了。他痛得一颗心都要撕裂开来。他没有她这样的定力，忍不住，真要把胸膛撕开、把心扯出来丢进花丛中与她同眠。龙骑队长冲上来紧紧抱住了他。他仰天，张开嘴，竟然笑了。笑声传得很远。他觉得一切都不真实。

也许下一刻，她会从花丛中出来，又揪出他哪个小错误、把所有人惹毛了，反要他回头给她善后吧？她不会消失的。因她明明跟他拜过天地，要共承一个万年太平！是不是？是不是！

没人回答。鲜花一朵朵绽开，承着灿烂阳光，如万年都可以这样甜蜜动人。怪

读编会

主持人◎肚子饿得咕咕叫的大野

小葵去外地调研了，但在辛勤奋斗在编辑部第一线的众编看来，她就是摸鱼度假去了！哼，世界这么大，哥也想去看看！

回想当年哥还是一名学生党的时候，一年到头就只痴迷于一件事，那就是放假，放假！放假！而最悠长、最嗨皮的恐怕就是高考之后的那个假期了。今天就让哥带领小轻编辑部一起回味一下那年的悠长假期是如何嗨炸天的！

凉小葵：逛街逛到手抽筋

假期嘛，首先要做的就是放松，而放松首先要做的……就是逛街。和闺蜜一起“东市买骏马，西市买鞍鞯，南市买辔头，北市买长鞭……”

其实我更享受的是逛街中的乐趣，而闺蜜却是个彻头彻尾的购物狂。

“你不买点儿东西吗？”她总是这样问我。

“暂时没有我想要的。”我只能这么回答。（其实是因为穷！）

“哦，那你帮我拿着点这个吧。”每次我们两个人的对话基本都是这个套路。

犹记得那是一个风和日丽的早晨，闺蜜跑到我家，居然让我陪她去赶集，不是那个和5× 同城差不多的“赶集”，是真正的赶集啊，我去！我到底去不去！我去……

集市位于市郊的镇上，我们骑着一辆自行车，她带着我，我带着钱，一路上车链子掉了 4 次，我们终于到达了目的地。

闺蜜买了好多好多东西，西瓜、苹果、桃子……每次买完后就放到车上，然后继续逛。就在我们第五次返回自行车旁的时候——自行车不见了！东西全扔在地上！

于是我们拎着好几大袋子的水果走了半个小时终于到了公交车站，真是没想到那个贼怎么这么没有职业操守，你连车带东西全都偷走不就完了吗，非得把水果给我们留下干啥！（怒气爆格状）

米修：第一次见面看你不太顺眼 谁知道后来关系那么密切

记得那年假期，我爸看我在家闲着无聊，便每天晚上吃过饭领我去公园遛弯儿，做做器材、跑跑步、打打羽毛球、滑滑旱冰……

就在夕阳西下的傍晚，我滑着旱冰在公园的湖边耍帅，突然，看见休息椅下面白白的一团东西，毛茸茸的，我用手一碰，触感软软的，再一碰，这毛绒玩具居然自己会动！吓得我一下就躲到了湖里！

呃……不是掉！是躲啦！

当我艰难地从湖里爬上来后，才发现这个毛绒货居然是只萨摩耶。

“喂，你吓到我了，你知道吗？”我很气愤，大声质问老白。

“汪！汪！”老白把脑袋一歪，懵懂地看着我。

我浑身湿漉漉的，很不舒服，于是快速地回了家，想想桌子上还有老妈做的可乐鸡翅，顿时心情也没有那么差了。然而，当我从浴室出来的那一刻，我永远无法忘记餐桌上那个啃着可乐鸡翅的“毛绒玩具”。

“你怎么进来的？”我吓得匍匐到了地上。呃……不是摔！是匍匐！

“汪！汪！”老白把脑袋一歪，懵懂地看着我。

于是，这个怎么赶都赶不走的“毛绒玩具”就留在了我的家里。

（米修讲完，喝了一大杯水，突然编辑部的门口出现了一只萨摩耶。

“哎呀！你怎么过来了？”米修吓得把水喷到了大野脸上。

“汪！汪！”那只萨摩耶把脑袋一歪，懵懂地看着米修。）

流木：自己动手，丰衣足食

大概是在公元 200× 年的 6 月 9 日，案发时间是那天傍晚：

第一次看表，19 点 59 分。时光飞逝，如白驹过隙，当我第二次看表的时候已经是 20 点 27 分了！我还活着！距离我吃自己第一次做的饭足足过去 28 分钟了！完全没有出现任何心绞痛、手脚无力、上吐下泻的症状。

是的，那一天，我下厨了！继恐龙灭绝、阿波罗登月、袁隆平杂交水稻研制成功、胜利小学三年级六班米修修小朋友被评为优秀少先队员等改变人类发展轨迹的事件之后，我，流小木，终于也给世界做出了自己的贡献！

我还记得那道菜的名字叫蒜薹肉丝，我为此沾沾自喜了好久，直到亲爱滴娘亲下班回到家……

“你疯了吗！蒜薹里你放那么多碱干什么！” 这是娘亲吃到我的蒜薹肉丝后跟我说的第一句话。

后来我才明白，原来那种白色的粉末除了盐和淀粉之外还有可能是碱，我说那个菜怎么有点儿苦呢。就是这样，那个暑假的我吃着自己做的饭从 120 斤减到了 105 斤。

最后，善良的我再次提醒大家，自己做饭有危险，请勿擅自尝试！

大野：论成败人生豪迈，大不了从头再来

要说那年的悠长假期，就要先从高考说起。

犹记得那是一个酷热的天气，刚刚结束战斗从考场走出来的时候，听见隔壁班出来的几个嗓音特大的哥们儿在交流今年的作文题目《旱》。“旱”是什么鬼？作文题目不是“早”吗？于是我三步并作两步地追上那俩哥们儿。

我：“今年真是撞上大运了哈！作文题目如此简单，我都不敢相信，看了好几遍呢！”

那俩哥们儿其中一个：“是啊，旱，这种灾害类的主题都还比较好驾驭。”

我：“……”

鉴于高考语文作文直接看错了题，我的小心脏实在没能承受住如此大的打击，导致的结果就是后面的科目连连失利：考数学的时候把等腰三角形画成了直角三角形，把双曲线方程写成了椭圆方程……好吧，我承认我数学不好；考文综时最惨，神游的我连题都没答完。

高考考成这样，接下来的事情大家可以自行脑补一下……

没错，你们都是天才，我光荣地复读了！所以这个高考之后的暑假，我重回了高三学堂，过着每天早七晚十，卷子、笔记满天飞的灰暗生活……

不过，哥的优点就是心态好！

论成败人生豪迈，大不了从头再来！

朱颜：以后再也不吃辣

一向被封为“少女学霸”的我，高中毕业后很幸运地通过了爱尔兰某大学的申请，想着马上就要离开我亲爱的祖国了，便萌生了走遍中国的想法。

当天傍晚，家政女王老妈，家务总理老爸，人民群众我，在我家炕头上就走遍中国计划第一站的问题进行了长达半小时的三方会谈。

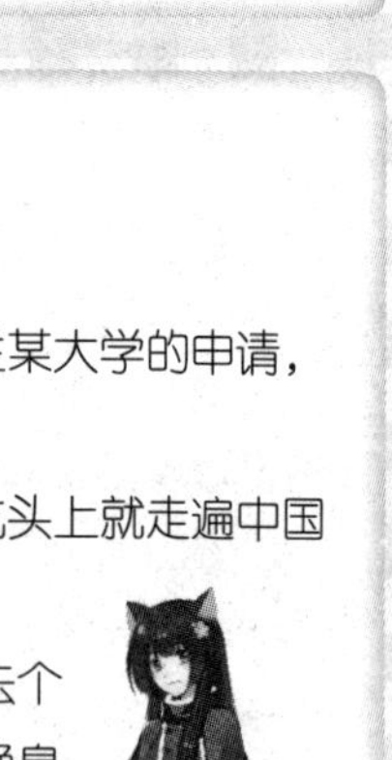

老妈表示，韩国泡菜五味俱全，易消化，爽胃口，所以我们应该去个离韩国近一些的地方，比如吉林延边；老爸指出，人间美味，长沙一绝臭豆腐，所以应该去长沙；我一向对吃什么没有特别要求，所以在老爸老妈无休无止的唇枪舌剑中保持着中立。

会议最终，老爸以其持久的耐力胜出，长沙之行就此开启。

一路长途跋涉下了火车。

老爸：“来三份正宗臭豆腐！”

店小二：“好嘞，请问需要放辣吗？”

老妈：“吃不了太辣的，微辣就行。”

五分钟后……

老爸：“来三瓶水！要大瓶的！”

店小二：“小店有免费汤，正宗湘味鲜品汤，要不然，三位尝尝看？”

香味汤？这名字够简单粗暴，我暗想。

老爸：“行行行，来三碗吧，快点儿哈！”

望着三大碗黄黑色的混混沌沌的汤，实在是没看出所谓“鲜品”体现在哪儿。只见老爸喘着粗气，迫不及待地端起碗猛喝一大口，分分钟眼泪落下来……

原来，此“湘味”非彼“香味”，“湘味鲜品汤”无非就是在麻中带辣的胡辣汤里面加了几撮虾皮而已……

非非：假期一秒变电视剧狂人

让我感到幸福的假期很简单，一台电视机，一堆帅气小鲜肉主演的电视剧，一张床，一箱触手可及的零食足矣！

记得当时高考一结束，在从考点回家的途中，经过报刊亭，我便买了厚厚一沓电视资讯报纸（那时候没有现在网络发达，电视媒介还是相当受欢迎的），乐颠颠地跑回家开始制作我的“假期电视剧恶补计划”。

深呼吸，端坐在桌前，手执一支笔，摊开一本错题本，将路上买回来的电视资讯小报铺展开来，一个时间段一个时间段计算。

9:00，东方卫视，××偶像剧；

9:45，东方卫视广告的间隙，深圳卫视××电视剧；

……

19:30，东南卫视，××仙侠偶像剧；

23:10，电影频道，××欧美大片。

在我正奋笔疾书，忙乎得热火朝天时，老妈从厨房钻进来，慢慢地走近……直到看清楚我正在做什么的时候……

“忘了告诉你，咱家电视自从你高考倒计时进入100天就没再交有线电视费。”

“啥玩意儿?！妈你怎么能这样！这个暑假我都指着电视剧活了！”

“等成绩吧，成绩出来要是还说得过去就给你接有线。”

“……”

当然姐的成绩还是不错的，于是，我两个多月的长假就与电视为伴，同样陪伴着我的，还有不断上涨的眼镜度数和不断增加的体重……轻

女巫店

主持人◎偷偷蹲在角落里窃笑不停的米修

号外号外！本期女巫店易主啦！

哈哈，事情是这样的！凉小葵童鞋心心念念了好久，终于如愿踏上了她梦想的国度……（小葵：伦家就去南方调个研，又没出国！）米修君作为一名乐于助人的好青年，在帮小葵义务照顾她家面团儿、冰棍儿之余，还自告奋勇地担任起了本期女巫店和段王爷的主持人！

昨晚刷朋友圈，意外地看到正在南方调研的葵姐晒了好多张看上去很奇特的冰！这着实让最近痴迷于吃冰的修修口水四溢，无法自拔……导致的结果就是一夜无眠，黑眼圈和第二天的太阳同时升起了……

本期就让修修带大家一起，边吃冰，边认识自己的特质吧！

一、对于冰激凌这种冰冰的甜腻零食，其实在春夏秋冬不同的季节各有一番风味。而假如你变身成冰激凌，会是圣代呢，还是刨冰？

接下来就让我们一起进入冰激凌的世界里，看看各位爱卿是哪款。

1. 你买了一双限量版球鞋，正打算向朋友炫耀一下，没想到才一出门，就被弄脏了，试想，会是什么原因？

踩到烂泥巴→6

被打翻的油漆染色→2

2. 你发现自己中了彩票头奖，却发生一件衰事，那会是什么事？

中奖号码是上一期的→8

还没领奖前就弄丢了→3

3. 你觉得下面哪一件事比较神奇？

一个人长出了10厘米的尾巴→8

很多人真的是被外星人带走的→4

4. 你最怕发生什么事？

出车祸受伤→10

被歹徒绑架→11

5. 如果让你选择，你现在想吃的是？

冰激凌、霜淇淋→9

刨冰、冰棒→7

6. 你觉得下面哪种情况，堪称友情衰事第一名？

闺蜜被好朋友抢走→5

被伪闺蜜骗得人财两空→7

7. 你觉得下面哪种情况，最需要靠老天给的运气？

你喜欢的人恰好也喜欢你→9

游戏赢大钱→10

8. 当你觉得运势不顺的时候，会想做哪一件事？

占星或找人诉苦→7

花钱买东西犒赏自己→4

9. 你觉得哪一位公众人物更帅？

李敏镐→12

谢霆锋→13

10. 吃刨冰的时候，你会选择什么料？

红豆、草莓→13

芒果、仙草→14

11. 如果禁止你说“衰”这个字，你会用什么字代替？

背→14

惨→12

12. 你觉得运气是可以靠占星类的方式来改善的？

是→A

不是→C

13. 当你发生衰事时，第一个想告诉谁？

家人→C

朋友或其他→B

14. 你觉得自己是一个欠缺好运气的人吗？

是→B

不是→D

【测试结果】

A. 雪糕：外表臭屁，内心善良

你的个性就像内软外硬的雪糕一样，外表自视甚高，内心却十分善良，异性缘比同性缘好，但是只要稍微有不如意的事情发生，你马上会陷入情绪混乱中，或是大发雷霆。

基本上，你的各方面条件的确好于其他人，在人群之中，也总能成为大家的焦点，但是你没有好好利用优势，反而让它成为你的绊脚石，十分可惜。想要幸运多多的话，就学着多多发出善意的微笑吧！这样才能广结善缘，让你的声势如日中天哟！

B. 刨冰：八面玲珑没原则

说得好听点，你就像加了各式各样好料的刨冰一样，是个包容力强、能屈能伸的人，说得实际点儿，你是个没什么原则的人。

因为你配合度高，也从不得罪任何人，所以朋友都非常愿意围绕着你，而且都愿意帮助你，每当有麻烦出现的时候，往往都能化险为夷，若你能把这个特色运用在求学和工作上，一定会有显著的成果！

C. 霜淇淋：四海之内皆兄弟

你就像柔软的霜淇淋一样，有着非常随和的个性，对任何人都没有偏见，面对外来的批评或指责你也听听就忘了，拥有四海之内皆兄弟的热情与开朗的胸襟。

人缘儿颇佳的你对外人比家人好，但这种过度乐天的个性容易使你变成散漫的人，只知道安逸快乐地过完每一天，而失去建立理想人生的动力。因此，从某个角度来说，你也是十分容易自满的人，若想拥有更好的人生，尽早确定人生目标是绝对需要的！

D. 冰激凌甜筒：忍耐力最高

包装完善、冷藏方便的“冰激凌甜筒人”，具有无人能及的耐力和毅力。

通常对别人来说是不可思议的目标，“冰激凌甜筒人”都能咬牙完成。

从外在的表现来看，你负责、认真、极具企图心，其实这完全是压抑和硬撑的结果。小心太多的责任感和超高理想，总有一天会把你压垮，要多学着放松情绪，并信赖家人、伙伴及团队的能力，团结将是你成功的关键！

嗯，冰也吃了，接下来聊聊有趣的事情吧！已经过去的暑假里，大圣和小胡巴联手，终于使国产动漫迎来翻身之日，而修修也是动漫的忠实粉丝哦，从樱桃小丸子到哆啦A梦，本修可是陷在萌萌丸子和大蓝胖子之间久久不能自拔……

二、各位爱卿，你是哆啦A梦还是樱桃小丸子？快快做个测试，看看你内心深处的特质是什么？

1. 你是不是固执的人？

是→2

不是→4

2. 你比较容易同情弱者？

是→3

不是→6

3. 你是不是败金主义者？

是→7

不是→5

4. 你希望和乐观开朗的人在一起？

是→9

不是→3

5. 你喜欢明亮的颜色？

是→13

不是→8

6. 你是一个有责任感的人？

是→15

不是→5

7. 你很健谈？

是→12

不是→8

8. 你的个性是属于比较怯懦的类型？

是→14

不是→19

9. 你讨厌忧郁、悲伤的气氛？

是→7

不是→10

10. 你觉得自己能够比较客观地面对任何事物？

是→11

不是→12

11. 你曾被人说过你有牛脾气？

是→F

不是→20

12. 你的脾气还不错？

是→19

不是→20

13. 你喜欢个性单纯而善良的人？

是→14

不是→17

14. 你是一个很世故的人？

是→B

不是→18

15. 你讨厌复杂难懂的事？

是→13

不是→C

16. 别人常常说你想法天真？

是→A

不是→E

17. 你是好恶分明的人？

是→E

不是→B

18. 你对陌生人会抱着怀疑的态度吗？

是→17

不是→16

19. 你对于自己喜爱的事情，会投入到废寝忘食的程度吗？

是→D

不是→C

20. 曾经有人说你太过老实了？

是→F

不是→D

【测试结果】

A. 烧焦面包

你的特质是与人为善，思想单纯，没有坏心眼儿非常有爱心且真诚不做作。善解人意是最大的优点。而另一方面，你缺乏主见，天生又不够机智灵巧，因此容易被人利用。

闺蜜对对碰：适合你结交的闺蜜多是温柔、体贴又善良类型的。

人生忠告：一味地让步，并不是解决问题的根本之道，适度地拒绝，才能让别人懂得尊重你。

B. 贱兔

直率坦白，敢作敢当。对自己极有自信是你的特质。做事有效率、判断力强，有领导众人的才能是你最大的优点。你的缺点是容易自以为是，过于直接而伤人于无形。

闺蜜对对碰：适合你结交的闺蜜多是脾气好、欣赏你的类型。

人生忠告：凡要成功，都必须得天时、地利、人和，如果太过刚愎自用，只会失去人心哦。

C. 豆豆

你天真、富有创意，又具备迷倒众卿的群众魅力，这是你独一无二的特质。你的优点是热心助人，一腔正义在身，遇事沉着冷静。不过只有三分钟热度、光说不练是你最大的缺点。

闺蜜对对碰：适合你结交的闺蜜多是思想成熟、懂得照顾人的大姐姐类型。

人生忠告：务必制定出明确的目标，并妥善运用难得的创意和人缘儿来实践。

D. 樱桃小丸子

你的特质是开朗幽默、社交能力佳，而且洞察力相当敏锐。兴趣广泛的你永远是朋友圈里最受欢迎的那一个。但这样的你总是三分钟热度，经常只挑有兴趣的事做。

闺蜜对对碰：适合你结交的闺蜜多是可以和你一起游戏人间的类型。

人生忠告：小聪明和大智慧是截然不同的境界，若不花时间和功夫学习，就要接受老大徒伤悲的后果。

E. 哆啦 A 梦

你的特质是静如处子，动如脱兔，拥有高智慧和双重人格的倾向，而你最大的优点则是懂得如何发挥自我潜力。聪明的你耳根子太软，经常会因为别人的刻意逢迎而弃守原则。

闺蜜对对碰：适合你结交的闺蜜多是天真、单纯、温柔的类型。

人生忠告：不要因为一时的心软误了大事，或坏了一生的清誉，多多运用智慧选择朋友。

F.Hello Kitty

你的品味独特，对美感和艺术极有天分，因此不论男女都有极佳的异性缘。不过你最大的缺点是缺乏原则，且不善表达内心真实的情感，遇到困难的事情经常会是非不分。

闺蜜对对碰：适合你结交的闺蜜多是外形美、品位高、条件佳以及具包容力的完美类型。

人生忠告：活在自我设定的美好世界自然是快乐似神仙，但若是与现实完全脱离，你会在虚拟空间中越陷越深。轻

乐漫社

主持人◎沉浸在二次元不能自拔的流小木

继很久之前成功地把姐姐引入旧货收藏营之后，流小木最近深深地意识到：人的外在和内在应该是要做到同步发展的！（大野：你这是抽到哪儿了呀，居然能意识到如此有深度的生命命题……）

因此，我流小木决定了！要从内在对我姐姐进行彻头彻尾的改造！改造的途径是什么呢？哈哈哈，你们猜对啦，就是要和我一起进入梦幻多彩的二次元世界！本期乐漫社，就让流小木带领大家畅游二次元，盘点一下二次元中那些可爱贴心的姐姐们吧！

本期主题：苍天啊！赐给我一个姐姐吧！

1. 强气型御姐

御姐。日文写作“御姉”（おねえ），本意是对姐姐的敬称，引申为指外表、身材和个性成熟的年轻女性类型，许多人一提到御姐，本能地就会想到那些身材完美，事业成功，性格坚强，甚至居高临下的感觉。而这种形象更符合强气的特征，所以我们归之为强气型御姐。

强气御姐一：相泽千鹤

代表作品：《侵略！乌贼娘》

虽说平常眯眯眼的样子还算是和蔼，但是发起怒来的千鹤仍是乌贼娘的噩梦哦，好怕怕……

强气御姐二：诹山黄泉

代表作品：《食灵零》

如果不是弟弟的背叛，想必神乐还在依靠着黄泉，和她过着一同退魔的工作吧。

2. 邻家大姐姐

温柔贤惠，性格完美，可谓是邻家大姐姐的代名词。各位如果没什么概念的话脑补一下流小木就好啦！（偷笑中……）上得厅堂，下得厨房，这样的姐姐无疑是许多姐姐控们最想要的姐姐啦！流小木她姐姐快看这里，人比人气死人，You still have a long way to go！（在成为邻家大姐姐的路上，你仍然还有很长的路要走。）

邻家大姐姐一：高槻弥生

代表作品：《偶像大师》

不是为了自己而去做偶像，最终目的只是为了养活自己的弟弟妹妹，家务全包勤劳节俭，这样的姐姐让人敬佩。

邻家大姐姐二：玛利亚
代表作品：《旋风管家》

能够微笑面对家中死宅大小姐以及倒霉管家的各种行为以及他们的脑残朋友的人，还不够资格做邻家大姐姐吗？

3. 萝莉型姐姐

萝莉型的姐姐和性格其实并没有太大的关系，这里我们主要强调其身体发育速度稍慢以至于成为我们所谓的一种属性——“萌”。

萝莉型姐姐一：宫川渥美
代表作品：《直笛与双背带背包》

虽说从生活上来讲是个典型的大姐姐，但是由于自己的身材以及弟弟夸张的个头儿，还是让其他人感到难以接受。但是据流小木所知，渥美班上的某个萝莉控似乎并不介意……

萝莉型姐姐二：伊利亚
代表作品：《Fate系列》

背负了太多的使命，伊利亚的结局虽然早已注定，但是仍未舍弃追求自己生活的梦想，流小木看来，虽然作为卫宫士郎的姐姐，但她应该更想被称为妹妹吧。

4.“中二病”姐姐

“中二病”（又称初二症）是伊集院光在广播节目《伊集院光 深夜的马鹿力》中提出，多用来比喻日本某些青少年在青春萌动期的成长过程中对大人的比较喜欢的“潇洒的东西”感兴趣，而对孩子比较喜欢的东西、或是年幼时曾经喜欢过的幼稚东西体现出一种无意识的全盘否定的倾向。有这样一个姐姐，不晓得会不会是一种独特的体验呢？

『中二病』姐姐：黑猫（五更琉璃）
代表作品：《我的妹妹不可能这么可爱》

“中二病”的姐姐会每天和你说哪些“中二”言论呢？不要期待得太多，实际上黑猫才是一个非常正经的好姐姐哦！是不是都被她的外表骗到了呢？

段王爷

主持人◎穿着大白T恤上班的米修

昨天，修修下班后正喜滋滋地听着音乐向地铁的方向走着，突然接到了在老家读高二的和我特铁的表妹的长途电话。

许久没和表妹通电话的我语气很是激动，先是问她最近学习怎么样，紧接着又关心了下在学校的饮食睡眠都好不好，零花钱够花不……一通激动过后，我惊讶地发现原本话痨的表妹今天很沉默……再一追问，才知道原来她最近一次的月考因状态不佳而考得不理想，很想找个人倾诉下，不知不觉电话就打到了我这里。

是啊，曾经年少时代的我们，总以为考试成绩比天大，那一纸成绩单，就像是判决书一样，决定着别人怎样看我们以及我们想要让别人怎样看待。然而，事与愿违的事情太多，十年寒窗，谁还没在考试时赶上点儿倒霉事儿……

#那些年，我们在考场上发生的糗事#

1. 湖南考生小明和小红青梅竹马，高考时约好报考同一所大学。紧张的高考结束了，两人的成绩都还不错，于是秋天的时候，一个去了兰大，一个去了南大……

2. 学霸和普通学生根本不在同一个世界之中。

举个例子吧，我的数学成绩不太好，虽然很用功地学，但仍然不见成效。

有一次，我向班上的学霸请教：“高考数学如何考到140分？”他说：“少写两道填空题就行了。”

3. 考数学时天气难得凉爽，正遇上几道不会做的大题，一不小心就睡着了……正做梦呢，监考呼唤我：“同学醒醒，还有半小时交卷了，把你卷子晾晾，湿得没法装订。”

4. 考试前一天的晚上我妈帮我减压：“放轻松，别给自己太大的压力，考差了又怎么样，不能读好的大学又怎么样？大不了我没你这个儿子。”

5. 期末考试前夕，外甥紧张，我赶紧推荐他听几首当红流行歌曲放松放松心情：曲目依次为《淘汰》《世界末日》《结束我们抱着哭》《我没那种命》《从头再来》《把悲伤留给自己》《再见理想》……

看过以上，我深深地觉得学生党们都是名副其实的战士啊！不仅身体上要受折磨，精神上还要受到来自各方的摧残……爱卿们想不想了解下不同血型各自的“高效学习法”呢？如果不同血型的同学在同一个考场上，在临近考试结束时都会有哪些奇葩表现呢？快让修修带着大家一同去找“血型君”挖出真相！轻

高效学习法

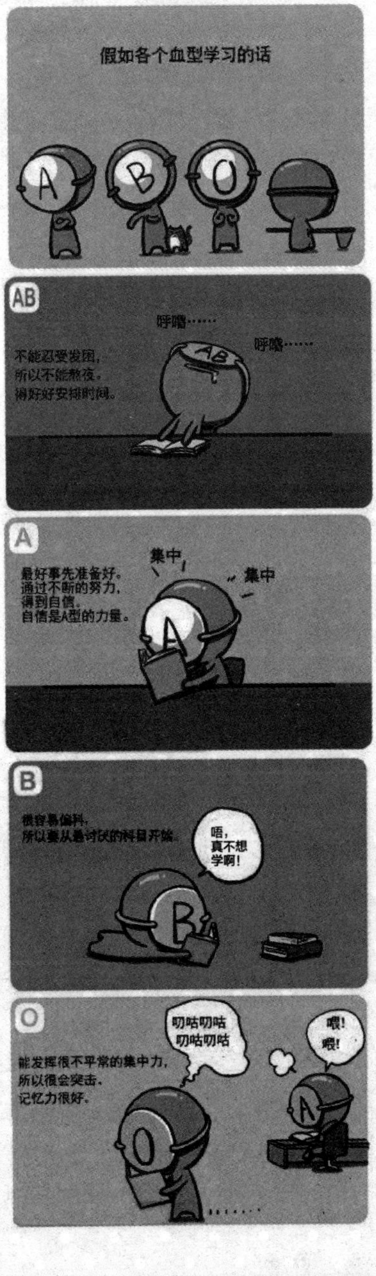

各血型对考试的反应

在一个房间里学习的话……

意林轻文库

第一季 毛毛熊的浪漫樱花雨

【萌物语】小怪兽觉醒记/闲画

莫名出现的珠链、会写字的猫、照不出影像的镜子……夏米的生活里充满着难解的谜。

【轻文库】邻家武圣二（连载1）/两色风景

睽违两年，《邻家武圣》终于卷土重来啦！自从未来的“武林盟主”卓小豪一家搬来后，曹歌的生活里每天都在上演惊心动魄。这次邪恶势力又在蠢蠢欲动了——杨剑的弟弟杨峰开始了新一轮的袭击计划。新的故事，又要开始了……

青春最美 梦想出发

中国式优质轻小说第一品牌

《意林·轻小说》

全心全意 光芒升级！

2015升级版缤纷主题杂志全面进驻书店，缔造纯美与阳光共同写就的青春！

第二季 发梢轻绾茉莉香

青春最美 梦想出发

中国式优质轻小说第一品牌

《意林·轻小说》

第二季甜蜜来袭！

初夏微凉，一本散发着纯白茉莉沁香的礼物，献给你我纯美感动的青春。

专门为13-18岁的青春少男少女量身订制！

【青春纪】旧物收集者/冷亦蓝

吴菲菲又开始在地摊上淘货了，没有人知道，她淘的其实不是旧物，而是回忆。直到那个优雅帅气的少年出现，才发现有些人的记忆注定是一片空白。

【博异志】元气少女与龙骑士/绯雨樱

沈离，魔法学校排名倒数第一，可这个学渣的生命里竟然冒出来一个学霸美少年……这是怎么了？

意林品牌书系推荐

意林女生文学·《小小姐》品牌书系 中国女生文学第一品牌，纯正、阳光、向上，优质女孩必选文学读物

萌灵小说系列

《悠莉宠物店 I》	18.80
《悠莉宠物店 II》	18.80
《悠莉宠物店 III》	19.90
《悠莉宠物店 IV》	19.90
《悠莉宠物店 V》	19.90
《封印之书·九尾狐》	19.80
《封印之书·独角兽》	19.80
《玛丽晴异闻录》	19.90
《薇妮天使旅行》	19.90

冒险励志系列

《迷藏·海之迷雾》	18.80
《迷藏 II·月影迷踪》	19.90
《花与梦旅人 I》	19.80
《花与梦旅人 II》	19.90
《花与守梦人①·大公的苏醒》	19.90
《花与守梦人②·占星师的眼泪》	19.90
《萌侦探纪事 I》	18.80
《萌侦探纪事 II》	19.80
《萌侦探纪事Ⅲ》	19.90
《萌侦探纪事Ⅳ（大结局）》	19.90
《迷宫街物语》	19.80
《艾蜜儿宇航日记》	19.90

幸福蔷薇系列

《蔷薇少女馆 I》	18.80
《蔷薇少女馆 II》	18.80
《蔷薇少女馆 III》	19.80
《蔷薇少女馆 IV》	19.90
《蔷薇少女馆 V》	19.90

浪漫古风系列

《七寻记 I》	18.80
《七寻记 II》	19.90
《七寻记Ⅲ》	19.90

果绿年华系列

《蝴蝶飞过旧时光》	19.80
《第一女执政官》	19.90
《风之少女琪琪格》	19.90
《霓裳小千金》	19.90
《两生花开时》	22.00

月舞流光系列

《前方江湖请绕行》	19.90
《三色堇骑士之歌》	19.90
《守望彼岸星海》	19.90

萌淑女驾到系列

《萌淑女驾到之美女训练营》	19.80
《萌淑女驾到之天使候补生》	19.80
《萌淑女驾到之人鱼的信奉》	19.90
《萌淑女驾到之天鹅公主成人礼》	19.90

星愿大陆系列

《星愿大陆①：天命巫女》	19.90
《星愿大陆②：白银蔷薇》	19.90
《星愿大陆③：幻月手杖》	19.90
《星愿大陆④：永恒星钻》	19.90
《星愿大陆⑤：夜之王子》	19.90

浪漫星语系列

《处女座：完美年华初相见》	20.90
《天蝎座：假面黑桃 Q》	20.90
《双子座：闯进你的孤单星球》	20.90
《巨蟹座：追梦的水晶鞋》	20.90
《天秤座：优雅走过下雨天》	20.90
《白羊座：裙摆是花开的地方》	20.90

最佳少女文学读本

《青春在歌唱（新版）》	16.80
《盛夏的幸福时光（新版）》	16.80
《遇见最美的年华》	18.80
《踮脚跳支圆舞曲》	18.80

淑女风尚馆·气质养成系列

《我要我的淑女范儿》	18.80
《优雅女孩的秘密》	18.80

小 MM 迷你爱藏本

《蝴蝶停在十六岁》	18.80
《焦糖玛奇朵天使咒》	18.80
《那一年，花开半夏》	18.80
《雨季微凉时》	18.80
《只穿一天公主裙》	18.80
《月色银蔷薇》	18.80
《傲娇公主的美丽回旋》	18.80
《花田明月照年少》	18.80

重磅作家系列

《薄荷香女孩》	19.80
《不说再见好吗（上）》	17.90
《不说再见好吗（下）》	17.90
《风走过树林》	17.90
《忆棠的夏天》	17.90

唯美新漫画系列

《钢琴小淑女（第一季）》	17.90
《钢琴小淑女（第二季）》	17.90
《钢琴小淑女（第三季）》	17.90
《钢琴小淑女（第四季）》	17.90
《七寻记·鎏金龙纹镯（漫画版）》	15.00

《七寻记·夔龙黄玉佩（漫画版）》 15.00
《天鹅座·鹅黄》 18.80
《天鹅座·柳青》 18.80
《天鹅座·冰蓝》 18.80
《天鹅座·禧红》 18.80

绘色缤纷系列

《淑女绘·花的学校》 22.00
《淑女绘·童话诗人》 22.00
《淑女绘·雪花的快乐》 22.00

日光倾城系列

《巧克力色微凉青春Ⅰ》 20.90
《巧克力色微凉青春Ⅱ》 20.90

纯美小说系列

《少女果味杂志书①：甜心草莓号》 14.80
《少女果味杂志书②：蜜桃慕斯号》 14.80
《少女果味杂志书③：焦糖布丁号》 16.80
《少女果味杂志书④：香草海绵号》 16.80
《少女果味杂志书⑤：可可森林号》 18.80
《少女果味杂志书⑥：果果米苏号》 18.80
《少女果味杂志书⑦：香橙泡芙号》 18.80
《少女果味杂志书⑧：樱桃芝士号》 18.80
《少女果味杂志书⑨：蓝莓布朗号》 18.80
《少女果味杂志书⑩：薄荷方糖号》 18.80

蝴蝶蓝系列

《蝴蝶蓝（第一季）·千面桃花姬》 19.90
《蝴蝶蓝（第二季）·紫莲山庄》 19.90

班花朵朵系列

《班花朵朵①·我是艺术生》 20.90
《班花朵朵②·电影初体验》 20.90
《班花朵朵③·偶像保卫战》 20.90

小 MM 四周年主题书

《现在是女生时代！》 28.80
《现在是女生时代！②·我们闺蜜吧》 28.80

欢乐联萌系列

《养只萌呆镇镇宅①》 19.90
《养只萌呆镇镇宅②》 19.90
《养只萌呆镇镇宅③》 19.90
《养只萌呆镇镇宅④》 19.90

天使在身边系列

《路过心上的哈士奇》 20.90
《当心！浣熊出没》 20.90
《萌动之森①·雪地精灵伶鼬》 20.90

《意林·轻小说》·轻文库品牌书系 引领校园小说阅读新潮流

绘梦古风系列

《公主驾到》 23.80
《花颜错》 23.80
《山寨世家》 23.80
《倾世迷迭书》 23.80
《凤九卿 1》 23.80
《凤九卿 2》 23.80
《美人千千泪西楼》 23.80
《木兰帝（上）》 23.80
《俏娇小仙闹皇宫》 23.80

恋之水晶系列

《致淡玫瑰色的你》 22.80
《宁负流年不负君》 22.80
《世界第一的假面殿下》 25.00
《脱线萌星易容记》 25.00
《指尖花凉忆成殇》 22.00
《欢歌犹在意微醺》 22.00
《见习保镖呆呆兽》 25.00
《可可少女梦想纪》 25.00
《后天男神Ⅰ》 25.00
《挥手告别小时光》 23.80
《世界第一的公主殿下Ⅰ》 23.80

奇幻仙境系列

《天命玄鸟·蜃世歌》 23.80
《玫瑰帝国·荆棘鸟之冠》 25.80
《玫瑰帝国·黑羽蝶之翼》 25.00
《玫瑰帝国·白蔷薇之祭》 26.80
《彼渡少年与妖怪契约》 23.80
《神典·末夜公主》 23.80
《御灵骑士团·诺茵与彩狸》 23.80
《逆世界之瞳》 23.80

暗影迷踪系列

《终极推理事件簿》 22.80
《超级学园探案密码》 22.00

新炫武侠系列

《邻家武圣》 23.80

星光璀璨系列

《轻星球·仙女星云号》 19.80

灵气少女系列

《星有灵犀遇见你》 20.80
《萌熊改造计划》 20.80
《守护极速甜心》 20.80
《元气星女倾城记》 20.80

《意林·小文学》品牌书系　阳光阅读·快乐写作

成长物语系列

《艾丽鲨半成年》 19.90
《换双翅膀飞翔》 19.90
《琥珀青春》 19.80

爆笑学园系列

《鬼马女神捕①：绝密卧底（上）》 14.80
《鬼马女神捕②：绝密卧底（下）》 14.80
《天神学院·魔女见习生》 19.90

魅力悦读系列

《程家兄妹·永不毕业的少年》 19.90

幻之星球系列

《地球假日①：寻找洛神》 19.90

动物奇缘系列

《萌兽报到，请多关照》 19.90

意林青少年国际大奖小说系列（少年励志正能量丛书）　总统的选书标准，世界级童书大奖

国际大奖小说系列

《鲸武士》 22.90
《囧男孩日记》 19.90
《阿萨的心事》 14.90
《冬天的小木屋》 12.90
《河豚少年》 12.90
《林克的流浪之旅》 13.90
《墓地低语》 16.90
《铅十字架的秘密》 19.90
《少女骑士变身记》 22.90
《雪橇犬之歌》 14.90
《沼泽女孩》 25.90

一生必读的经典名著系列

《80天环游地球》《海蒂》 19.90
《吉卜林动物故事集》 16.90
《木偶奇遇记》 15.90
《青鸟》 15.90
《森林王子》 12.90
《所罗门王的宝藏》 16.90
《汤姆·索亚历险记》 15.90
《小飞侠彼得潘》 16.90

意林红石榴品牌书系　时尚·情感·励志

女性情感励志系列

《灰姑娘的星动时代 I 艺路星碎》 25.90
《灰姑娘的星动时代 II 艺往情深》 25.90

《俏娇小仙闹皇宫》

柳扶疏自我突破之作！不同凡响的爆笑仙侠！

巧笑嫣然、顾盼生姿，这样的她怎么可能只是一个洋葱？

被自家仙君的“黑脚”无情踢下凡间，她还没来得及哭诉，就被卷入一场斗争。

还好蠢萌如她，竟也欢乐地演绎了一回无厘头的宫廷生活。一路的“打怪升级”，她最后能否完成任务，荣归仙境？